胡建伟　主编

塘栖当代文选

TANGQI CONTEMPORARY ANTHOLOGY

中国轻工业出版社

图书在版编目（CIP）数据

塘栖当代文选 / 胡建伟主编 . — 北京：中国轻工业出版社，2020.9

ISBN 978-7-5184-3046-8

Ⅰ . ①塘… Ⅱ . ①胡… Ⅲ . ①散文集 – 中国 – 当代 Ⅳ . ① I267

中国版本图书馆 CIP 数据核字（2020）第 108813 号

责任编辑：毛旭林　　责任终审：劳国强　　整体设计：锋尚设计
责任校对：吴大鹏　　责任监印：张　可

出版发行：中国轻工业出版社（北京东长安街6号，邮编：100740）
印　　刷：三河市万龙印装有限公司
经　　销：各地新华书店
版　　次：2020年9月第1版第1次印刷
开　　本：710×1000　1/16　印张：17.75
字　　数：300千字
书　　号：ISBN 978-7-5184-3046-8　定价：69.80元
邮购电话：010-65241695
发行电话：010-85119835　传真：85113293
网　　址：http://www.chlip.com.cn
Email：club@chlip.com.cn
如发现图书残缺请与我社邮购联系调换
200505W1X101HBW

名镇塘栖（代序）

胡建伟

20世纪70年代初，丰子恺先生写了一篇散文，题为《塘栖》。北京作家林斤澜先生非常喜欢这篇散文。林斤澜，作家、诗人、评论家三栖，曾任《北京文学》主编。他认为，这是丰先生所有散文中写得最好的，说《塘栖》已经进入了“哲学的深度”。林斤澜说，他一遍二遍三遍四遍地读《塘栖》，不知道读了多少遍，已读得口齿生香。当年丰子恺从他的故乡石门湾去杭州，以当时快捷的走法，只要坐一小时轮船，乘一小时火车，便可到达。但生活态度颇雅的丰子恺要让自己的生活慢下来，于是，“常常坐客船，走运河，在塘栖过夜，走他两三天”。丰子恺的故乡石门湾，运河擦肩而过，他的童年就在那里度过，后来又常常回故乡，但我没有发现他专门为石门湾写过一篇散文。丰子恺在《塘栖》中写了什么呢？他写彼时江南水乡特有的那种客船，写运河两岸风情，写在塘栖的河畔小酒店喝花雕，吃素丝面，在塘栖街上闲逛，又写靠在船窗口剥枇杷吃。然后，丰子恺诗兴大发：“江南佳丽地，塘栖水乡是代表之一。”以地名为其散文作品的题名，这在丰子恺而言，也是罕见的。是什么促使丰子恺写下了这样饶有情趣的散文呢？也许是他的生活态度在塘栖的小酒馆里找到了某种契合吧。

1935年冬末，现代作家郁达夫来到超山，寻访梅消息。此次超山之旅，郁达夫写下了脍炙人口的名篇《超山的梅花》。游报慈寺大明堂，穿梅林赏宋梅，拾级登攀，走过中圣殿，走过黑龙潭，直达超峰心旷神怡，郁达夫也是诗兴大发："超山的好处，是在山头一堆石，山下万梅花，至若东瞻大海，南眺钱江，田畴如井，河道如肠，桑麻遍地，云树连天。"超山，是名满天下的赏梅胜地，其梅不独"古""广""奇"，绿萼六瓣，也不独幅员广大，十里香雪海；而更重要的是金石大师吴昌硕与超山梅花的诗意情缘，赋予了超山梅花不朽的人文情怀。郁达夫在《超山的梅花》中写道："而超山北面的塘栖镇，又以南宋的隐士，明末清初的田园别墅出名，介于塘栖与超山之间的丁山湖，更以水光山色，鱼虾果木出名。"郁达夫与丰子恺一样，都为塘栖留下了丰厚的文化遗产。

塘栖的格局自古已成。古镇到底有多古？关于塘栖的历史，历来众说纷纭。清《唐栖志》载："史前480年，越王勾践兵败退守会稽之时，曾于塘栖武林头筑关防，建宅居。"据说这是关于塘栖的最早历史记载。如果以这个记载来为塘栖的历史确定上限，那么塘栖的历史，差不多就有2500年了。余杭镇曾提出他们是"双千年"古镇，意思是他们的历史起码要比号称"千年古镇"的塘栖还早1000年。如果这个说法成立，那么塘栖还是要比余杭镇"老"500年。史有记载，言辞凿凿，这应该是没有办法的事。但事实上，以愚之见，塘栖并没有2500年这么长的历史。越王勾践仅仅在武林头"筑关防，建宅居"，至多只能算个兵营，离古镇所应具备的众多元素实在是差之甚远。况且，其时，并无"塘栖"这个地名的出现，所以塘栖的历史就不应该有这么长。说塘栖历史悠久，一个问题是，塘栖究竟有多悠久的历史？据传，唐代宝历年间（825—826），大匠尉迟恭督修塘栖通济桥（即今广济桥前身），距今1190年，清咸丰年间曾有一碑记载此事。这个记载证明塘栖有千年以上的历史，无疑。从方志上看，塘栖镇在仁和县（古时行政区划）北五十里，与湖州府德清县接壤。京杭大运河将塘栖分成水南与水北，水南属仁和，水北属德清。广济桥凌河卧波，成为官道舟车之冲。清时镇上人家，水北约二百家，水南则逾两千家。市帘沽旆，辉映溪泽。丝缕粟米，百货凑集。舟航上下，日有百千。居民稠密，数里之间，烟火万家，家户富饶，名族十余，解句读、服青衿者达百人，且狱讼繁多，赋敛日益。但乾隆《杭州府志》云："此镇宋时所无，而今为市镇之甲。"这个说法应该有谬误。有尉迟恭的通济桥在，塘栖的千年历史应该无从怀疑。筑一座形制特大的石拱桥，本身就体现了此地强大的经济实力，还有繁荣的商贸、讼狱、赋税、琅琅书声、青灯黄卷、丝绸花果鱼米、名门望族，这些都符合了一个千年古镇所应有的条件了。

在塘栖的人文历史上，有两位人物不得不浓墨重彩一番。元至正年间，江苏泰州军阀张士诚拥兵数十万，其势力范围南到浙江绍兴，北到山东济宁，西到安徽北部，东到东海，自称"诚王"，国号"大周"，年号"天祐"。张士诚为了备战便于调运军粮，招募20万之众疏通开挖新运河，古镇因运河渐兴。明弘治年间，修筑广济桥，使两岸聚落连成一片，于是，蔚为大镇。《唐栖志》载，"迨元以后，河开矣，桥筑矣，市聚矣。"又云："唐栖官道所由，风帆梭织，其由杭州往者，至此少休；自嘉秀而来者，亦自此而泊宿，水陆辐辏，商贾鳞集，临河两岸，市肆萃焉。"张士诚"新开河"的意义在于"唐栖之人烟以聚，风气得开"。张士诚给了我们一个不朽的塘栖。有一种说法，说张士诚是土匪出身，不值得后人来纪念他景仰他，这就是要商榷的地方。历史的虚无主义是要不得的，英雄不问出处么，看张士诚，就看他做了什么，因了运河从塘栖过，也因他为塘栖留下无尽的物质与文化遗产，我们尊他为"塘栖之父"。

明弘治二年至十一年，即公元1489年—1498年，宁波府鄞县商人陈守清募集资金重修广济桥。《唐栖志》载：陈守清，宁波鄞县人。唐栖跨塘有桥曰"通济"，久益倾圮，往来病之，士人以舟济，疾风急湍，溺毙者岁有三四，过者悯焉，而惧其功之大。守清过其地，天晚风骤，目其险，私盟于心，积念郁虑，剪发走四方，募财重建，工巨费殷，久莫就绪。击柝里中，莫有应之者。乃附漕舟入京师，拽铁索棋盘中，太监麦秀异之，入语宫中。周太后助银四百二十两，武宗在青宫

（即正德帝尚为皇太子时）亦赐银三十两并无量佛一轴御宝，台辅之下莫不喜舍……七孔石拱桥历时九年修竣，而在整个修桥过程中，颇耐人寻味的本乡人士的集体意识，一句“击柝里中，无有应之者”，不仅烛照了各人自扫门前雪的庸俗心理，更是彰显了外乡人陈守清的坚韧、急人所难、急公好义的精神和他的恻隐之心。陈守清是塘栖人文历史中最值得称道的仁者经典。今天，广济桥以其精湛的工艺与深刻的内涵，形成了其永恒的魅力。2014年6月22日，在卡塔尔多哈的第38届世界文化遗产大会上，正式通过了中国大运河的申遗请求，塘栖广济桥遂成为世界文化遗产，这是塘栖的骄傲与荣耀。陈守清同样是不朽的，我们尊他为“广济桥之父”。现在，陈守清铜像已经矗立在广济桥南堍，这是古镇塘栖的一道亮丽的人文风景线。

经典的江南水乡风貌，使塘栖具备了独具特色、不可复制的气质。平畴无垠，水乡一马平川。通衢大道，乡间小径，或悠长曲折的弄堂，或一进一进又一进的深宅大院，人气旺，商业发达，交通便捷，在喧嚣的现代气息里，人们也许就在寻觅为生存、发展的快节奏生活之后的慢生活。其实，快节奏生活和慢生活，是当代人类生活的两个组成部分，二者不可或缺，而快与慢有机结合的生活，才是渐臻佳境的生活。慢生活，并不就是浪迹天涯，也不应该是驴友式的行走与露宿，疲于奔命的旅游当然更不是。闲坐露台，垂钓湖荡、舟横野渡、戏水莲湖；在名镇、名湖、名山中游走，看名桥、名碑，啖名果；浅斟低唱，大快朵颐；或一炷香、一壶清茗、一本书，沐浴阳光清风，或细聆檐头春雨、金秋虫鸣……也许，这便是身心放松的传说中的慢生活。

作为明清时期已是“江南十大名镇之首”的塘栖，早已名满天下。名镇有名桥，还有名果，名果是塘栖枇杷。枇杷有红白二种，白为上，红次之。红者核大肉薄，甜而不鲜；白者核细肉腴，甜且鲜美，俗呼白沙，又名洞庭白，种出洞庭。四五月时，金弹累累，多村皆是，筠筐千百，远贩苏沪，岭南荔枝无以过之矣。1999年创办的“中国塘栖枇杷节”，已经成功举办十七届。枇杷，这个清代时的朝廷贡品，在新的历史时期，业已成为塘栖的金名片。名碑，是乾隆御碑。赫然威仪之乾隆御碑，坐落于塘栖水北街耶稣堂的西侧的小弄堂里，即原杭州府水利通判厅（添设府）旧址。1751年，也就是乾隆十六年，正当年华的弘历帝循京杭大运河南下，悄然君临塘栖古镇。弘历帝南巡，查得江苏、浙江、安徽三省缴纳皇粮的情况：苏、皖两省积欠额巨，而浙省却未予拖欠。站在这样的民风淳朴的鱼米之乡，皇帝一时龙心大悦，为表彰浙省，下令蠲免地丁钱粮三十万两，以示鼓励，并将“圣谕”刻于石，晓谕天下臣民。这块碑，是皇帝发给塘栖的大奖状，是京杭大运河上硕大无朋的古碑。其碑身高3.35米，宽1.4米，厚0.5米；碑额有双龙抢珠云纹，高1米，宽1.5米；碑座出土高1.1米，宽1.8米，厚约1米。碑总体高达5.45米，有一种名副其实的皇家气派，而从御碑所传达的另一种精神，则是浙省官民敬事急公好义（乾隆语）。作为名山，超山亦是当之无愧。超山，名超然山。源自天目山，至皋亭、黄鹤、临平山已为余脉。超山以其奇峰突起，超然于皋亭、黄鹤之外，故名。在临平至塘栖的水乡平原上，超山为群山之最。古书云：“超山立，龟蛇黄鹤马鞍诸峰亦有统领。”超山主峰八仙台海拔288米。超山胜景，曾飘逸于古代文人之笔端，其情其状，溢于言表，如今读来，诗情画意，依然动人心魄：“徘徊竟日，欲究诸胜，于是访堆云之崖，观海云之洞，步钓月之矶，坐濯缨之滩，立索珠之浦，探卧龙之渊，礼大士之堂，拜八仙之殿，谒玄武之宫，游黑龙之祠，遍历来仙、漱玉、听泉诸亭，真天开图画。令人如在青霞洞天，又何必实履三山十洲，始称仙境也哉，小蓬莱之号，实不诬也。”如果去超山，最好在乡村找一条船，船是小木船，缘溪上，循浅濑，至超山北麓，移步换形，沿岸能见灿烂的梅花。水乡春早，碧水汪汪，芳草萋萋，真的欸乃一声山水绿，在这样的名山游，人就是在画中了。在这样的季节，玉雪一色、红云飘忽的，便是超山梅花。超山梅花天下奇。超山梅花之所以称奇，一是历史悠久，其在晋代始植梅花，至今已有一千数百年历史。《临安府志》《杭县志》均有记载，超山在清代还有宋梅百余本，其花六瓣，雅士称“六出为贵”。超山大明堂有唐梅一本，另有红梅、绿萼、腊梅、牡丹。宋梅为绿萼古梅，虬枝古干，满身鳞甲，传说为名医吴镜如于丁山湖唐家桥寻访到一株树龄百年的古梅，后移梅于大明堂前。清代诗人张仲甫说：“超山之下万重雪，雪径幽寻到山崖。”又说：“我来花下醉歌狂，遐举欲与尘埃别。归舟一梦醒罗浮，已觉此身有仙骨。”苏东坡曾以“故作小红桃杏色，尚余孤瘦雪霜枝”和李之仪“嫩苞匀点缀，绿萼轻裁剪”的诗句，来分别形容红梅和绿梅的俏丽。超山梅花二是多，素有“十里香雪海”之雅称，曾有文人吟道：“白花平铺散玉，十余里遥天映白，如飞雪漫空，六花乱出。”清代文人林纾，在寻梅超山后，曾写下一篇游记：“……里许，遵陆至香海楼，观宋梅。梅身半枯，侧立水次，枯干诘屈，苔蟠其身，齿齿作鳞甲。年久，苔色幻为铜青……花乃大盛：纵横交纠，玉雪一色；步武高下，沿梅得径。”而郁达夫在其《超山的梅花》中写道：“梅开时节，香气远传到十里之外。”

超山自古以来，文人墨客纷至沓来。20世纪20年代康有为客寓超山报慈寺，留下了“南无阿弥陀佛”六个大字和“超山山后报慈寺，三十里梅百万树”两句诗联。1923年春，书画家周梦坡曾经在梅花丛中流连忘返，他感喟“况万花丛中，剩此冰雪之姿，野火不能摧，风霜不能蚀，殆以是见天地之心乎?”于是，相约友人，在宋梅之侧筑宋梅亭。宋梅亭的石柱上镌刻了七副楹联，妙辞佳句与梅林融为一体。“鸣鹤忽来耕，正香雪留春，玉妃舞夜；潜龙何处去？有梦猿挂月，石虎啸秋”是八十高龄的吴昌硕先生的手笔。吴昌硕一生与超山有着不解之缘，并将超山视作自己的归宿之地。八十二岁的吴昌硕曾写下了一首脍炙人口的诗：“十年不到香雪海，梅花忆我我忆梅。何时买棹冒雪去，便到花前倾一杯。”宋梅亭还有一副含义隽永的楹联：“几度阅兴亡，花开如旧；三生证因果，子熟有时。”种瓜得瓜，种豆得豆，借花喻世，奉劝众生，是一种含蓄的说法。而梅花强劲的生命力，却更是历史孤傲的见证，几度风雨，花开如旧，阅尽人间沧桑。

名湖，是丁山湖。丁山湖坐落于古镇之南、超山之北，系此处硕果仅存的天然湖泊。方志载：丁山湖汪洋数百顷，为镇南巨薮。丁山湖湖面宽阔，风光秀丽，乡民环湖而居者十余村，如环如玦萦抱，四周多墩阜，港汊纵横，非舟莫通，是经典的天然湿地。《景物略》上说，丁山湖相传为丁乐普读书庄，乡人呼为丁山，其下有湖，即名丁山湖。但有人从《咸淳志》上考证，说那时已有丁山湖名称的记载，证明此湖名称的流播应早于《景物略》所记。《咸淳临安志》是南宋时期的地方志，而《栖里景物略》则是清康熙年间的塘栖地方志，时间的差异说明了历史渊源的短长。天然去雕饰的丁山湖湿地，静候新时代的梳洗与妆扮。

塘栖历来被誉为“鱼米之乡、花果之地、丝绸之府、文化礼仪之邦”，京杭大运河穿镇而过，名桥、名碑、名山、名湖、名果集于一身，而魅力无限，历久弥新。

《塘栖当代文选》，是从将近200万字的文学作品中筛选出来的。这些作品来自2005年创办的《唐栖》。沈昱主政塘栖的时候，认为塘栖这么个历史悠久、人文深厚的地方，应该办一本乡土杂志。沈昱写了创刊辞，这本《唐栖》就一直坚持了下来。有了《唐栖》便有了许多人的写作。塘栖史上，文人辈出，诗词是主要文体，而当代的文学创作，从所收作品看，就是散文了。塘栖，毕竟是塘栖，有这么多人能拿起笔来写写塘栖的其人其事，实践自己的创作冲动，留下了不俗的文字。这部作品，是在反复筛选的前提下产生的，不讲名头，也不重身份，只看作品质量，我们以真诚的劳动，捧出了这部文质兼具的作品，为塘栖当代文学做了小结，同时也为塘栖人文传统作了接续、薪传。

是为序。

2020年4月于无术斋

（序作者系中国作家协会会员、余杭区作家协会名誉主席、塘栖文化促进会会长）

目　录 | Contents

莲湖

胡建伟

莲湖，在镇子偏东南。

江南多水。如果说河是镇子的血脉，那么水便是镇子灵魂了。无数的河流，无处不在的水，于是，绿荫翳日，草木葳蕤。石目港以东，弥望的是田野。田野，呈辽阔之势。桑林鳞次，翠竹清风，枇杷树墨染天际。五黄六月，挂果时节，越冬之物，金弹累累。耕地无垠，湖荡比比，瓜果蔬菜，稻麦菽薯，鱼鳖虾蟹，无所不有。春之生，夏之长，秋之收，冬之藏，自然法则，万物生长，欣欣向荣。这真是个风光无限，物产富庶的地方。

北斗星移，岁月更替，世事动辄兴衰。逐渐消失的田野里，出现了一个湖。湖的前世，就是一片田野。在现代建筑的森林中的这一片，像是要守住千年的童贞，坚定而执着。挖走了许多的泥，灌满了水，汪洋一片，田成了湖了。这里养过鱼，鲢鱼、鳙鱼、鲫鱼。这里养过虾，青虾、河虾、小龙虾。这里还养过泥鳅、黄鳝。湖边砌了小砖房，青砖裸墙，泥瓦苫项，有爬山虎缘墙翠绿，丝瓜花在屋顶炫耀鹅黄，一副过日子的架子。湖的出现，使植物们有了演绎生命的平台。衣藻和水绵这种世界最原始的植物，开始漂浮水面。扁平绿色的地钱抹绿了深色水印的湖壁。小鸡草、灯笼草、乌糯葛萁、凤仙花、蓖麻子、天竺葵、满江红、鱼腥草、水蓼、鸡冠花、刺苋、水花生、酱板草、金鱼藻、蔷薇、龙芽草、金缨子……一个个摇曳生姿，此消彼长。爬山虎爬上了高大的皂荚树。落叶乔木马缨花，正当人间六月，伞状而淡红色的花丝，在阳光下妩媚，在轻风中飘逸。这真是一个植物的王国了。这都是自然的造化，没来由的，人们便看到了一片原始的风景。湖边小砖房里变换着不同的角色，一个来了，一个走了，最后，一个一个地，都走了。

柳枝浮绿，草木复苏，镜面也似的湖皱了。湖面堆金跃银，波光粼粼。一只翠鸟从湖面掠过，一颤一颤地斜飞，眨眼便融入了湛蓝的天空。生动起来的湖面，有点点浅绿。不几天，澄湖之上，满天星在绽放，微风中的颤动，诚有撩人的楚楚。这就是荷钱了。点点荷钱，使一湖的水丰富了起来，莲叶未曾田田之际，传达的却是一种令人怦然心动的信息。荷钱出水，点缀绿波。这是此湖从未有过的情致，孕育与生长的故事已经开始叙述。她将奏鸣怎样的生命之曲呢？雨丝清亮，恰如莲湖抽绎的金丝银线。而荷钱，也在这样的演化中一圈一圈地拓展自己的裙边。所谓“茎叶既生，则又日高一日，日上日妍，有风既作飘摇之态，无风亦呈袅娜之姿，是我于花之未开，先享无穷逸致矣。”（李渔《芙蕖》）夕阳影里，让人读出生命的节律与生气来。

牵牛花在朝露中红、白、蓝，凌霄火着，茭白草绿着，芦苇吟哦古典诗意，饭瓜花从这边拉过去，丝瓜花从那边扯过来，金铃子在芭蕉叶间长吟。阳光和雨露，已经将莲湖涂抹得雍容无比了。一湖的荷香。菡萏成花，娇姿欲滴。蓬中结实，亭亭玉立。翠叶并擎，异馥清香。莲叶为莲花之先驱，莲房为复开之莲花。挤挤挨挨，挨挨挤挤，满湖的翠色，满湖的嫣红，满湖的丰硕，满湖遥接千载的诗词歌赋。澄碧的水，墨绿的秆，撑起一湖莲的渊薮。蜻蜓悬浮，鱼翔浅底，莲香如花烂漫。夏天的雨，说来就来，晶莹的珍珠落在翡翠玉盘上，令人怀想远古雅士涧畔抚琴，林中吟唱。

秋天来了。蓝天白云下的莲湖，依然湖翠叶香，仿佛要承续昨日的辉煌。唐代诗人阎朝隐在其《采莲女》中写道：“薄暮敛容歌一曲，氤氲香气满汀洲。”大致描写的就是夏末秋初这莲湖的景象。然而凝望莲湖，只觉少了生机，多了倦怠，自然的铁律，使莲湖渐成枯索的经典。秋冬之交的莲湖，是一个褪去了接天莲叶映日荷花气度与韵致的自然缩影。此时，莲湖已是一片褐色。莲叶褐了，莲房褐了，莲秆褐了。雁阵排空，使人想起季节的转换。西风起，菊香了，蟹肥了，已少有人问津莲湖了。冬风不知什么时候就起了，褐着的莲湖似乎了无生趣。人们差不多快忘记这个三面围着建筑群，曾经带给他们那么多愉快和幸福的莲湖了。看莲湖，只是一片浑水，还有横七竖八的枯瘦。有天地悠悠，怆然涕下之感。那是一个连天籁之声都无的夜，出奇的静谧。清晨，打开窗，哦，世界已是银装素裹！有了雪，这个世界就不仅仅是丰富了。莲湖就是这样。满湖的冰雪，有重塑莲湖之奇功。褐色的枯叶，褐色的莲秆，在冰与雪的结构和映衬之下，呈现的是一幅幅颇富质感的雪中几何图景。久久视之，忽觉莲湖虽然风雪弥漫，但依然鲜活无比。这是不一样的鲜活，就像是于无声处亲聆满湖的古筝满湖的锦瑟。那褐秆，那扇形褐叶，分明便是满湖的线谱和流淌的音符。而演奏之手，则是凌厉的风和旋舞的雪。自然之子，永不枯萎，生命已经换了一种形式。雪中莲湖，谱写的是大自然的华彩乐意，大音稀声，而大美无疆。

又是一个春天，草木芃芃的春天。

又是荷钱点点的莲湖。

莲湖的南面，是一数百顷的水面，广阔而浩淼。有久违的渔歌唱起，有捕捉阳光的银网撒开，有成群的白鹭掠起、翩飞……

塘栖的面

胡建伟

塘栖自古以来富庶、小康。

地域特色凸显地域风貌。地处北亚热带南缘季风气候区，四季分明，日照多，雨量充沛，湿润温暖，河流纵横，漾荡四布，畦亩规整，阡陌井然，于是，大地植物疯长。自然界兴衰更替，荣枯轮番，春华秋实，予人类以食物之飨。稻、麦曾经是塘栖的主要农作物。隔年播下的麦子，春末夏初时节已是金黄一片。遥望原野，大片的绿色氛围中，有风中起浪的麦田，远远地，能闻到麦子成熟的清香。麦子差不多与油菜子同时收获，镇上的榨油坊开始飘逸好闻的油香，面粉加工场也是机声隆隆，毛竹和铁丝搭就的晾晒场上，刚刚拉出的面条在阳光下随风飘拂，如春天里随处可见的柳丝，让人赏心悦目又充满了原始的欲望。

塘栖的面分湿面和燥面二种。湿面门市，刚加工出来的面，早市或上午就卖完了。燥面则可贮藏，以备不时之需。面，应该是北方人的食品，而在古镇，面曾经成了一种奢侈的东西。亲人生产了，要送鸡蛋、红糖等等，但必须有面，面成了人们心中大补元气的东西。有人生病了，可以吃一碗面，也就是既助消化又兼营养的意思。老人做寿，寿堂上供王母、寿星，下设烛台，寿礼讲究，一般为寿糕、寿桃、寿烛，而寄寓长寿、祈福康健的面，则是寿礼庆典上不可或缺的主角。

面，已经成为塘栖的某种隐喻，不起眼却丰富而有张力。从历史上看，塘栖的面从来没有做成一定规模的宴席，比如十数或数十种面，许多的人围在一起吃面，规模宏大而场面热烈，没有。家庭主妇说明天夜饭吃面，是日常生活的一点小小变化，波澜不兴，不起眼。面的品种多。小面，阳春面，虾爆鳝，片儿川，猪肝面，腰花面，鳝丝面，羊肉面，虾仁面，咸菜面，入锅拌面，肉丝面，青菜大肉面，荷包蛋面，香菇里脊面，凉面，冷面……小面是老辈人的叫法，就是现在的拌面，猪油、酱油、味精，当然少不了的是葱花，没有绿的逼眼的葱花，观赏性肯定差了，味道也将逊色许多。竹勺捞起面条，锅沿上靠两下，沥去了淋淋漓漓的汤水，扣进瓷碗，拌均了简单的调料，即可食之。小面之小，大约是简单而低调的意思了。曾见镇上一人，长脸，深目，体形如丝瓜，临街面店，正襟危坐，目不旁顾，双腿缠绕如枯藤爬树，其人拌面节奏分明，平端筷子挑面，缓缓离碗尺半光景，细长脖子一伸，滋溜——面条在嘴里发出快活的啸声，如是者N次，放碗，搁筷，手背抹嘴，脸上渐现红润。如此吃面如仪，吃小面而颇富张力的情景，已经成为古镇风情的历史定格，过目而实难相忘。

小面，就是拌面，而入锅拌面，则是塘栖人吃面的一种探索了。入锅拌面，是将猪油搁铁锅，待油热，出水沥干的面入锅，放酱油味精拌，上桌时撒以光清碧绿之葱花，其色泽更胜小面，油而不腻，嚼之更为筋道。片儿川的名声的流播可能不止杭嘉湖，吃小面嫌低档，吃虾爆鳝则奢侈，那么就来碗片儿川。片儿川其实是一种略高于大众的面，咸菜、肉片、笋片或茭白片，如果肉、笋或茭白切成丝，大约就是肉丝面了。这种面的名称，历来令人生疑，“片儿”是指辅料的形态，那“川”是什么意思呢？如果“川”即氽（cuan），那么指的则是烹饪的方法，比如“虾爆鳝”，就是虾和鳝在一起爆炒。但若是“片儿氽”意思明了却失之简单粗俗了。

塘栖的面店，至今简陋狭窄，有的甚至破败不堪，小本生意嘛，装潢是不考虑的。但面好啊，早晨的时候，各种各样的面店生意都好。常见镇子周边的有钱人慕名而来吃面，寸头，休闲装，布鞋，夹小包，开奥迪，或奔驰、宝马，叫一碗面，吃了，心满意足开路。有好事者想，这碗面的代价……塘栖的面好，这是没办法的事。有钱人和没钱人的消费观念，在塘栖的面的面前，就是这么不一样。

龙游到江山

胡建伟

去江山，去看看江山的一些古镇，文化促进会的一些朋友，要去考察山区古镇的人文历史。说实话我们对江山这个本省西南部的县级市，真的一无所知。

出发前的工作，主要是规划考察路线，寻找可看的点。从塘栖出发，得在高速公路狂奔四个多小时，考虑到坐车时间较长，华辅提出途中可以安排一个点，走走看看，看风景和休息两不误，以打破游程中长途跋涉单一目的的沉闷气氛。龙游石窟，传说中的我国古代最高水平的地下人工建筑群之一，说龙游石窟集人文、艺术、文化、工程技术于一体，是中华文明博大精深的体现。领导看了考察方案，就看出问题来了。现在不是反“四风”么？去看龙游石窟可能会有旅游之嫌。那好，进一步完善方案吧。华辅是一家旅行社的老总，风景名胜，风景名胜所蕴含的人文历史特质，似乎都在他的掌握之中。于是，龙游民居苑就成了此次考察的一个点。中巴车奔驰近三个小时，倦意悄然袭来，此时，车子拐下高速，眼前便是龙游民居苑，听起来就像是拆迁浪潮中的农居点，或者是经济适用房小区。一条街，白腻的粉墙与冷冷清清的街市，告诉游客这是一条新造的街，有人觉得新东西毫无价值。但从人类历史发展的进程看，这种观点便有些偏激与偏颇。一个古村落，一片古街区，一座古宅，一只古玉镯，让时光倒流，倒推一百年、五百年、一千年……现在的古物，那时统统都是新东西。因此，新与老只是个相对概念。当然，龙游民居苑的那条新街的确无足看，问题来了，复古与恢复传统，怎么复，复什么，已经成为症结所在了。走过新街，转折忽见一座木石结构的状元坊，神情不禁为之一振，由此可以一探龙游民居苑的究竟了。这一片建于20世纪80年代后期的龙游民居苑，坐落于龙游城南鸡鸣山上，占地约有六万多平方。在景区，林木森森，溪流淙淙，池碧花红，粉墙黛瓦，浸润了风霜雨旸，让人恍若置身于唐宋元明清的诗词歌赋于深秋暮色的袅袅炊烟中了。烟火气息与线装书，浣纱的村姑与衣袂飘飘的读书人，琅琅书声与牧童短笛，还有那杏花雨中隐隐的酒幌子，这一切，一时潮涌而来，又訇然汐退。南宋至清代的牌坊、祠堂、民居、戏台、廊桥、书院等各类建筑，参差错落于当代深秋的风中，又让人追寻于古往的人文习俗的书卷里。南宋刘章的状元坊，明代的进士第，龚氏民居，聚星堂，张氏宗祠敦睦堂，马氏宗祠，劳氏务本堂，陈氏存耕堂，万历年的翊秀亭，巫氏厅的邻竹斋，学者余绍宋在抗日的烽烟中，于此避居八年，发奋读书，著书立说，以另一种姿态投身抗战，直至胜利。鸡鸣山中，深藏着的这片古代文化丛林，却是传说着一个可以永恒的故事。1985年某一天，时任县长钱氏，闻讯有一老板已经将一座古宅拆卸。装车运走。钱县长立马带人半路截住，制止了一起见惯不怪的买卖文物级老宅的事件。文物被毁被偷运，鲜闻肉食者挺身而出。这位县长大人，可以进入民间传说的版本。而接下来钱县长通过一系列的操作，完成了全县多处文物古建的集中安置，才使后人看到了鸡鸣山中的这片龙游民居苑。文化意识，担当精神，处事智慧与前瞻性，形成了这片国家文物局批准建立的全国仅有的两处古民居异地迁建保护工程中的一个。至此，钱县长可以青史留名了。

千年的古镇廿八都，被人们称之为“一个遗落在大山里的梦”。浙闽赣交界的地方，仙霞岭谷深山高，地势险要，四方关隘拱列。东有安民关，南有枫岭关，西有六石关，北有仙霞关，易守难攻。三省边界的地理位置和历史上频繁的战争、屯兵、移民，使廿八都成为“方言王国”和“百姓古镇”。3600多个居民，有141个姓氏，操13种方言。长条形布局的古镇，建筑风貌也基本属于粉墙黛瓦、石库门封火墙、庭院深深的徽派风格。在镇上，200多个保存完好的古宅作坊，是古镇的主要元素。如同须江穿过江山市区，这里，枫溪水自北向南穿镇而过，山水之间，民居鳞次栉比。走在廿八都逼仄的街上，古宅比比皆是。姜遇臣古宅、杨通敬古宅、姜守全古宅……都是当年身份特殊、地位显赫人物的旧居，这些建筑大多三进二天井四合厅，歇山顶，马头墙，石大门，木雕门罩，不仅展示了财富，更展示了超群的木雕艺术、石雕艺术与建筑艺术。1100多年前，农民起义领袖黄巢挥师南下，在浙闽赣交界处的崇山峻岭中开辟了一条通道，从此四周关隘拱立，大山重围的廿八都成了历代屯兵扎营之所、兵家必争之地。廿八都因其形势险要，被称为“枫溪锁钥”。时间推移到清代，廿八都渐渐成了商旅重埠。从钱塘江来的船只载着布匹、日用百货到江山的清湖码头，然后由挑夫沿仙霞古道挑往闽、赣各地，一路艰辛，难以想象。闽、赣的土特产，也由挑夫挑回，在清湖码头装船，分送金、衢、沪、杭。廿八都鼎盛时期，商行店铺、茶楼酒肆，客栈旅馆布满了整条鹅卵石铺就的大街，这个三省边界的商埠，繁华富有了足足数百年。这些，我们都能在恢雅古朴、工艺精湛、布局巧妙、彩绘传神的古镇建筑群里窥见当年的繁荣。徜徉在古镇，按照路牌指引，我们来到了“戴笠与女特工陈列馆”。这里原是姜守全的旧宅。姜守全曾为国民政府吉林省财政厅长，少将军衔，军统中校处长。这座建于清光绪年间的占地面积800平方米、建筑面积500多平方米的坐北朝南的建筑，在抗战时期记录了它的光荣。1941年，戴笠从杭、嘉、湖流亡的难民中，招募了四十多名16至21岁的姑娘，在这座古宅里举办了一期军统女特工训练班，姑娘们在这里练就了军事技能，尤其是谍报技术，更重要的是为国家民族赴汤蹈火的决死精神。1942年，从“中美技术合作所廿八都女特工训练班”毕业的军统谍报组，在日寇侦破该台、出兵抓捕之时，七位姑娘在打完弹药后，毁坏枪支与电台，从容殉国。这样的决绝与壮烈，让参观者伫立巾帼们的老照片前，久久不肯离去。同时也想到了那些从戎的姑娘的高尚与当下某些人的卑下。巷口墙上钉着的指示牌：“戴笠与女特工陈列馆”，不仅是地摊杂志式的表述，更是对民族英雄的恶意影射。旅游文化，得讲究文化，而这文化包含了历史的态度。抗日战争是我国现代史上最为惨痛、最为悲壮与最为壮阔的一段民族抗争史。如果有人为了招徕游客而弄出些小噱头，而将人的思维往男女的那点事上引，其不道德、其良知泯灭，不打自招。这种卑劣，令人齿冷。走出廿八都，回味着太子神仙豆腐的软嫩鲜香，一个挥之不去的问题又不合时宜地浮现出来：江山市的文保申请工作，无疑是做得不到位的。在廿八都，我们看到的都是“江山市文保单位”，而在我眼里，那些老宅子省级文保、国家级文保，都是名至实归之事。

戴笠是一个复杂的人物，其毕业于黄埔军校第六期，追赠中国国民革命军陆军中将，作为国民党军事委员会调查统计局副局长、代局长所领导的军统局，杀日寇、杀汉奸、杀蒋介石的政敌，同时也迫害异己分子、中共党员及民主人士。他一生行踪神秘，曾被美国的《柯莱尔斯》杂志称为亚洲的一个神秘人物、中国近代史上最神秘的人。我们在江山市保安乡看到了戴笠故居。戴笠故居，又称戴笠秘宅，是戴笠1943年回乡建造的。这是一幢粉墙黛瓦木结构的宅子，前二层，后三层，最下层有一暗室，屋里有一明一暗两部楼梯，明梯在前，暗梯在后，呈螺旋状，仅容一人上下，设在佛堂壁柜之后，不易为人察觉。这样的设计，完全体现了房屋主人的职业特点，一有风吹草动，便于躲藏与撤离。戴笠从江山走出去，也从江山带出去很多人，在整个抗日战争中，江山出产了六十多位将军，这是江山人民为抗日战争做出的重大贡献。1946年，戴笠飞机失事，一位战功卓著的谍报天才，从此魂飞九天。关于他的传说与评价，如今正出现在保安乡的地摊，家乡的有些人正以他的书来谋生度日，有的书名就叫“杀人魔王军统戴笠”。这也许就是人世间的幽默。时代毕竟是在进步，保安乡不仅阴差阳错地保存了这座老房子，还将它做成了“戴笠故居”，这是尊重历史的表现，同时也让历史人物得到了尊重。关于戴笠，由于他的职业与使命，其人生始终扑朔迷离，但故居厅堂里供着的民主人士章士钊的挽联，却似乎可以大致勾勒戴笠的生前与身后：

生为国家，死为国家，平生具侠义风，功罪盖棺犹未定；

名满天下，谤满天下，乱世行春秋事，是非留待后人评。

这是没有评价的最好评价，这是不作定论的最后定论。毕竟，生能为国家，死也是为国家的人，史上也是凤毛麟角。五十年生命，云诡波谲，而又波澜壮阔，够了。戴笠故居的那株金钱松，粗壮而挺拔，树叶在初冬的阳光里辉煌。故居很好，我在那里获得了一些真相及人的信息，比如戴笠回乡探母，总在五里地外下车步行回家，一见母亲，便双膝跪地不起。男儿膝下有黄金，跪天跪地跪父母，这是中国男人的深沉。

清漾村在石门镇，是江南毛氏的发祥地，为周文王、周武王后裔。清漾毛氏祖宅，也是粉墙黛瓦马头墙的形式，是整个清漾建筑的经典之作。它是江南毛氏迁居到此所筑第一所住宅，距今已有1400多年。“清漾住宅”四字系我国近代学者胡适于民国廿二年所题。胡适并没有到过清漾，国学大师毛子水是胡适高足，胡适在了解了清漾毛氏家族史后，感叹之余，欣然挥墨题就。清漾毛氏在漫长的家族史上，曾出过8位尚书，80多位进士和200多位毛氏名人。清漾后人研究家族史，然后研究出了韶山毛氏就是清漾毛氏的分支。元朝末年，吉水茶乡人毛让第21世孙毛太华为避朱元璋和陈友谅战乱，赴云南从军，明朝初年因军功从云南拨入湖南湘潭定居，为韶山毛氏始祖。韶山毛氏繁衍到了第20世时，东方红、太阳升，韶山出了个毛泽东。于是，清漾人自豪地把清漾村明确为伟大领袖毛泽东的祖居地。和胡适先生一样，毛泽东没有来过清漾。因为考证出了毛泽东的身世脉络，所以祖宅里所有有名堂的列祖列宗都显得不太重要或无足轻重。清漾人为毛泽东做了个庞大的雕像，他们让他跷了二郎腿，坐着，身姿挺拔，腿法悠闲。他们让毛泽东目光炯炯，直视前方。前方是天井，前方是大门后的影壁。这样，谁从门外进来，谁从门里出去，谁干了什么，他都尽收眼底。参观清漾祖居的人怀着崇敬的心情，瞻仰已经回到祖居地的毛泽东，视线慢慢上移，在其丰满的脸庞上方，人们看到了四字毛体，龙飞凤舞，不拘一格：只争朝夕。这是鞭策之言，也是励志之言。“大宗，尊之流也”。清漾毛氏寻根溯源，但也符合盛久必衰的社会发展规律。悠久的历史，绵长的血脉，庞大的谱系，星散的后裔，社会的动荡，迁徙或聚居，多少青灯黄卷，多少艰难困苦，多少平步青云，多少血光之灾，多少颠沛流离，多少亡命天涯，多少故事与传说，如今清漾毛氏已经变成了清漾古村落，只有古村落。清漾祖宅容颜如昨，但人丁兴旺不再。清漾村只是政府恢复传统文化的一种行为艺术，与所有曾经辉煌繁荣的古村落一样，人去楼空，清静而寂寥。进进出出的只是那些有钱有闲的外地游客，出出进进，探头探脑，拍拍照，然后满世界找厕所。清漾村宏大的古建筑群，是现代文化的一个标本，而清漾毛氏已经不知所踪。也许，宗亲大会时，毛氏后人才会从世界各地赶来，在鼓乐与线香中过一下仪式的怀古之瘾。正午阳光热情地洒在屋顶与粉墙上，枯索的残荷上停着一只来自周朝的蜻蜓，透彻阳光的彩翅在微微颤动，似乎在拨动人们的怀旧之弦。

下一站，是仙霞关。

塘栖的吃

胡建伟

塘栖的吃，是内涵丰富的一本书。

民谣唱道：毛藤根，吃得吐。粗粉糠，石子多。熟荸荠，吃得过。六谷糊，当好货。俚俗之语，折射的是物质贫乏年代黎民百姓的生存状况，苟延残喘，或水深火热。塘栖自古富庶，但到吃糠咽菜，树皮草根的状态，无外乎科技的落后，战乱的因素，政治斗争的平民化，还有不期而至的自然灾害。在人性泯灭，本能遭到扼杀，在人与自然对抗的年月，人们面呈菜色，只能在生死线上作着最后的挣扎。塘栖的吃，即使是在茫茫四野，似无可吃的情况下，依然是寻寻觅觅，人尽其吃，吃得其所，吃得得意，吃得丰富，吃得精细，吃得体面，吃得一身精气神。

夏丏尊在他的《谈心》篇里说："中国人是全世界善吃的民族。"我们也可以说塘栖人是中国人中善吃的群体。古罗马诗人曾有一个发现，说肚子发现了人的天才，传授人以技术。这是说因为吃，体现了人的智慧，使人获得了生存、发展的可能。塘栖人吃的历史，正好暗合了金发碧眼的感慨。《管子·牧民》篇有"衣食足则知荣辱"。汉朝的郦食其则说"民以食为天"，是从政治的角度来定义吃的本质。告子的

"食、色，性也"，则是从人生的角度道出了吃是生活的两大基本要求之一。《礼记·礼运》说得更直白，"饮食男女，人之大欲存焉。"

吃第一，吃关乎人生，关乎国计民生，关乎文明进程。于是，我们可以说，塘栖人的吃，几乎就是上述著名论断的实践证明。

塘栖人的吃，是有序和师出有名的。和全体中国人民一样，春节，其主题非常明确，就是吃。除了吃，塘栖人想不起来还有什么比这个更重要，更值得期盼，更充满欢愉，更富于想象的事了。令人向往的春节的前奏是腊月二十三，送灶家菩萨上天，要吃红南瓜糯米饭。河边淘米洗南瓜的女人们脸上已经呈现过年的喜气。将从粮站凭票买来的米淘得精白，削去满是疙瘩的南瓜皮，不到半个时辰，镇上便到处弥漫了香糯的气息。在整个萧索凛冽的冬季，这便是塘栖人与神同乐的一个可以吃饱的节日。吃了红南瓜糯米饭，预示了人们可以走向快乐的高潮。洒扫庭院，掸去悬尘，男女老小都忙得不亦乐乎。除旧布新的最高境界是在斑驳破旧的板障或墙壁上糊上一张张的白纸，不过这样的人家在镇上只是凤毛麟角。大多数的人家是腆着脸东奔西跑地讨旧报纸。在纸质媒体极不发达的年代，《人民日报》《浙江日报》《参考消息》有时便成了一种社会关系的象征。报纸糊上去，年画贴上去，最主要最显眼的位置贴上毛泽东主席像。慈眉善目的毛主席在那时无处不在无时不在地深入人心，他的背景是仅有的一些墨迹黯淡的旧报纸，他注视着在贫困中忙碌快乐的他的塘栖人民，嘴角好像挂着一丝政治家特有的微笑。这样的场景，多年以后想起，颇有些后现代行为艺术的特征。购置年货，是春节这本书的最重要的章节。所有的人都动起来了，男人很自豪地将预算中的过年费用，蘸了口水点了一遍又一遍，然后拿着钞票和各种凭证徘徊于肉店、水产店、粮站。女人们拿着男人给的钞票布票在布店里锱铢必较，充分发挥着她们节俭的本色谈判的技巧，回家的路上再带回一些被称之为副食的东西。孩子们尤其是男孩更不能闲着，在寒风呼啸的年前的冬夜，他们被派去购买过年菜肴中的重要角色——豆制品。在当时，豆制品的内容也就是豆腐、豆腐干、油豆腐。按照风俗，过年不吃豆腐，买的就是豆腐干油豆腐。早早地吃了晚饭，男孩们便去豆腐社门口排队，放上一块石头或一只破篮，表示自己为明早的购买争取到了一项重要的权利。夜渐渐深去，空旷的街上阒无人迹，渐紧的风将细弱的电线刮出阵阵呜咽之声，豆腐社门前的说话声，打闹声也归于平静，有跺脚的声音，有睡倒在墙角前的蜷缩的身影。有早起淘粪工人的粪车辘辘经过的时候，男孩们都懵懵懂懂地生动起来。一夜的寒冷，瞌睡，疲倦，饥饿，在东方欲晓的时候，男孩们为承担了家庭的大事而激动兴奋起来。天亮了，排队现场有些乱了起来。一些小伙子精神抖擞地出现了，他们昨晚在暖和的被窝里鼾睡，他们今天起早也要来买些凭票供应的豆腐干油豆腐，他们的到来在现场引起了冻饿一夜的男孩们的骚动和不安，男孩们迅速主动地站到了放着属于自己的石块或破篮的位置。小伙子们抽着烟，在边上暧昧地笑着。木板碰撞的声音响起来，豆腐社肮脏的排门终于突然抽去了。排队现场所有的人便像过江之鲫般唰地一下被吸到了不大的窗口，所有捏紧了钞票和豆制品票的纤弱或粗壮的手，都木楔似地竖着，尖叫、咒骂、哭声、喘息声同时响起。小伙子们争先恐后如入无人之境，有人倒下了，有人从人们的头顶上扑上去，为豆制品决战的最后时刻到来了，武打戏隆重上演了。这就是曾经的塘栖人的子弟为吃、为过年吃得丰富而经历的人生的也许是第一次的磨难与搏杀。

年夜饭就是春节的吃的大典。家庭倾其所有，全部上桌，讲碗数，成双，满满一桌，遑论肴馔之内容。和谐在这一桌菜里，希望和信心也在这一桌菜里。粉皮炒大蒜、光炒花菜、豆腐干炒土芹、糖醋鲢鱼、清汤鱼圆、毛腌鸡、风鹅、刺毛肉圆……一道菜盛两碗、桌上就很好看啦。桌子中间是一大碗令人遐想的红烧肉，红烧肉码出巍峨模样，皮色红亮，滋润温婉，在缺少油水的年代，这便是最大的诱惑了。小孩的筷子伸过去，大人的筷子扫过来，喝道："到正月半再吃吧！"该红烧肉，不完全是红烧肉，垫底的是奋争而来的豆腐干，肉烧至半熟，正月待客，为镇桌之物，以示富有。客亦意会，东家佯作劝肉状，客推辞，东家佯劝再三，皆大欢喜。客人充分享受了精神会餐的妙处。东家得了面子又保存了实力，真的皆大欢喜。

元宵又称“上元节”，或“灯节”。说汉初吕后崩，诸吕谋乱，丞相陈平、太尉周勃等共诛之，代王登基，是为汉文帝。相传平叛诸吕之日是正月十五。为了纪念这个“升平”之日，汉文帝每逢正月十五日便微服出宫游玩，以示与民同乐，于是钦定这一夜为元宵节。这个传说怎么传到塘栖，谁也说不清。但是一点可以肯定，塘栖人与全体中国人民一样，对吃都有浓厚的兴趣，比如当下的圣诞节，年轻人除了欢聚，主要的节目还是借洋节点蜡烛度一个有吃有喝的良宵。这事实上可以看作是吃文化的一种交融。一年明月打头圆。正月十五是新的一年的第一个月圆之夜，明月悬空，万盏灯火，料峭春寒中踏月观灯，猜灯谜，吃汤圆。塘栖人的汤圆，糯米制成，或糯米掺粳米制成，有经济实力的，吃包了肉馅或豆沙的汤圆，韭芽肉末馅或猪油白糖熬制的豆沙馅，啧啧，吃起来当然饱了口福通体舒坦。经济条件差的，则将糯米粉搓成大大的颗粒状，煮熟，加义乌糖红糖或糖精。吃汤圆，是塘栖人新年伊始的又一种仪式。当然，寓意明确，一年的祈福，团团圆圆。

清明，七月半，冬至是塘栖人每年的三大冥节。在这样的日子，上坟添土，祭奠扫墓，燃点香烛，焚化纸钱锡箔。在比较肃穆隆重的仪式上，最重要的还是吃。借着追思先人，和列祖列宗同享天物的机会，准备了酒，准备了蔬果菜肴。静穆、祭拜，然后一家老小，同邀入席，在其乐融融中分享祖宗的阴福。这样的聚会，祭典的主题已经不再重要，重要的是人们的聚会和畅饮饱餐的机会。

端午节要在门旁插艾草、蒲剑、桃枝、蒜把，要以苍术、白芷燃熏室屋。要给幼儿穿戴绣有老虎图案的花布衣、老虎帽、老虎鞋，要在孩子的额上用雄黄写上一个“王”字，以辟邪、祈福、驱秽、保健康。当然，端午节的重要内容还是吃。食五黄便是塘栖的风俗。饮雄黄酒，吃炒蚕豆黄鱼黄鳝和粽子，最不可思议的是孩子们一大清早去牵牛花盛开的地方用细长的竹竿捞蜘蛛，偌大的蜘蛛关进一头敲开的咸蛋里，然后贴上纸片封口，煮熟了，将咸蛋蜘蛛一起吃掉，而毫无心理障碍。

五黄六月以后，夏收就开始了。这时，镇子四周的乡村便要认真地吃一餐新米饭。新收获的第一批稻谷，舂成了白米。庆祝的方式便是呼朋唤友地聚到家里吃一顿。地里割来的时鲜的蔬菜，还有加香肉（一种腌制的其香无比的肉），还有醇香的土酒。镇上人与乡村有着千丝万缕的联系，许多是在被邀之列，挈妇将雏，行走在广阔的田野里，去乡村吃一顿农家菜，仿佛是当今的乡村自助游。

中秋是吃月饼、吃火柿、吃菱。九月初九重阳节是吃栗糕。朋友来了吃，亲戚来了吃，结婚要吃，死人要吃，生孩子要吃，定亲也要吃，考上了学校还是吃，托人办事更要吃。这是古人“饮食所以合欢”的现代浓缩版？其含义也许不会如此单纯。塘栖的吃，早已渗透到了人生的多个角度。透过千年的洇黄的历史，塘栖的吃，吃出了一部厚重的历史，吃出了风情，吃出了俊男靓女，也吃出了文化。

文明一词源远流长，《易・乾》已出现了“天下文明”的说法，掐指算来，也有二千多年了。一般而言，文明有二解：广义与文化相通，指人类所创造的物质财富与精神财富的总和；狭义指人类脱离蒙昧野蛮进入人文教化的途径方法。人类发展历史表明，无论是广义文明，或是狭义文明，均与饮食有着密切的关系。吃出一种韧性，指的是那漫长的饥荒年代。清明前后，正是青黄不接时节，口粮不足，蚕豆叶正是较好的补充。提了竹篮，去田野里掐蚕豆叶，洗净沥干。柴灶烧起来，水开了，倒下一些米粉，看搅得有些稠了，便将蚕豆叶倒进去，搅，搅得蚕豆叶颜色深了，撒下一把盐去。然后一碗一碗盛起来，稀溜稀溜地扒着猛喝。蚕豆叶糊糊的特点是，口感滑爽，香，但不顶饥。用面粉搅成糊糊，往开水锅里一调羹一调羹地舀下去，沉底，又浮起便熟了。锅里漂移的麦疙瘩，仿佛田荡里一群伏卧的田鸡，便叫麦田鸡。吃麦田鸡是一种比较奢侈的口福，钱是一个问题，由粮站配给供应面粉是又一问题。水畔田塍有一种草，红茎，叶片小，田字模样，俗称新四军草。摘回、洗净、切碎、加入米粉米糠，做成团子，上锅蒸至熟，特点是口感粗糙，香，抵饥，常常大便不通。这是塘栖人粗食粗做的吃法，当然也有粗食细做的。淡竹粗细的苋菜梗，洗净，切成段放入臭卤髭霉一周，同时可霉的有豆腐干千张。这叫换一种吃法。这种原来纯自然的物质，经过另一种纯自然之法的酝酿，成为了一种奇臭无比、奇香无比又鲜美无比的东西，是塘栖人试图变革平庸吃法的一次伟大实践。该加工技法，可能不是塘栖人的发明，但在接受的过程中，依然是一个实践探索的过程。于是，我们可以说，接受的过程，便是开放的过程，摒弃餐饮平庸的过程，让餐饮臻于丰富与精致，就是生活的智慧的展现。宋太宗赵光义问四川中江人苏易简："食品弥珍，何物为最？"苏答："臣闻物无定味，适口者珍。"这个答案中是否还包含了关于食品制作的技术含金量呢？春水渐涨的时候，草木萌发油菜花开，河满、沟满，有一种兜子网，顾名思义，捕的是虾子鱼孙。这些柳叶般的鱼儿和饭米虾儿，为有身份地位有钱财人家所不齿，但为生活所迫，又不为生活所困的人们，却能吃出一种精致来。鱼虾洗净，入锅，旺火烧开、加葱、姜、黄酒、文火煨去约一时辰，其间加汤数次，待鱼虾们骨酥肉烂，搁盐，起锅。一大盆原汁原味，营养丰富，吊人胃口的鱼虾浓汤，就在一进一进又一进的宅院里飘逸着来自自然的恩赐，滋润着一代一代蓬勃生长的身体。用调羹赶开碧绿的葱花，舀一勺，吹去热气，滋地一口，啊通体舒坦眼睛都眯了起来了！真是"精妙微纤口弗能言"了。关于鱼，当然还有许多的吃法，充分体现的是什么才叫作鱼米之乡。小鲫壳叶儿以咸菜红烧冻成卤儿。将泥鳅配以酒糟蒸之。偌大的青鱼腌渍，喷以糟烧封存，然后晾干。老板鲫鱼以鲜酱油酱制。浪里白条暴腌。汪刺鱼酱烤。叉鲦鱼油炸。鳑鲏鱼油焖……不一而足，都是塘栖人在口舌肚腹上倾注的心血。从《栖里景物略》所述，塘栖的物产，仅水产类就品种繁多，如鲈鱼、鳜鱼、鲤鱼、鲶鱼、鲤鱼、银鱼、鳝鱼、鳗鱼、龟、蚌、蚬、螺……丰足的活物，为塘栖的吃，提供了妙不可言的旋转舞台。

塘栖有几道名菜，烂糊鳝丝、刺毛肉圆、细沙羊尾，还有清汤鱼圆。前三道是入了镇志的，入了镇志，是有些官方认可的意味。黄鳝去头尾，剔骨，切成指长，煎至八成熟，装盘，淋以所调汤汁，搁上姜丝、葱段、火腿丝，然后浇沸油，此菜特点是有滋有味有声有色。唤作烂糊鳝丝。刺毛肉圆是将精白糯米蒸熟，拌之以肉糜，肉糜以瘦猪肉、韭黄、料酒、精盐制成，搓揉成圆形，滚上糯米，蒸熟，外观晶亮，糯米粒粒坚挺，爽心悦目的刺毛肉圆，的确是一道菜肴与点心结合的名菜。与之相同的则是细沙羊尾了。板油以刀面拍薄，以精制之红豆沙为馅，裹成羊尾模样，滚以鸡蛋清，入油锅文火炸熟，装盘，撒上精白糖，充分体现塘栖的吃的智慧，昭示物质基础的进一步提高的产物，就这样呈现在人们的面前了。

关于塘栖名菜或曰名吃，应该并不限于以上几种，它们可能是一种积淀，也可能是几位修志者的某种敲定，其偏颇、狭隘自不必说。不能说这是塘栖的吃的经典，更不能看作是塘栖的吃的全部。时代的变迁，风俗的移易，物产的更替，都给塘栖的吃留下了无尽的话题。上不了镇志的当下仍未闻名遐迩的，也可能就是塘栖的吃的文化的彰显，譬如神仙鸡。吃虫豸草籽小鱼小虾稻米地龙的土鸡，杀白，洗净，置于陶钵，仅放葱姜料酒盐，并不放水。生铁锅里也不放一点水，放一斤细盐，陶钵置其上，加锅盖，文火煨三个时辰。这是父母送给男孩的成人礼物。十六岁的男孩，在异香弥漫的寒冷的冬至日吃着以不可思议的方法烹制而成的神仙鸡。感受着来自父母的温暖与期待。母亲看着儿子，说儿子啊，吃了神仙鸡，你就是男人啦……

絮语塘栖

郑冬来[①]

我相信我们是彼此懂得的，我欣赏着你的许多不易被人注意的细微之处，你能理解我从未向他人诉说过的情愫。

外面的阳光是冬日少有的明媚和温暖，眼前的房屋、街道、车流、树木都沐浴其中，隐隐闪着一层亮光。我沿着街道旁排列整齐的香樟树，由南向北行。阳光柔柔地穿过树冠的缝隙，细细碎碎落在了脚边，耳边有微风弹奏树叶琴的轻响。路上来来往往的行人不时与我擦肩而过，他们身后带过的小气流，轻轻扬起了我肩头慵懒的卷发。此时，我行走在车流与人间，可车流与人流于我又是那么遥远。我想，你一定是看到并懂得了。

前面有一条我曾经路过无数次的小河，岸边杨柳树的枝条上零星地挂着几片叶子，稀稀疏疏地错落有致，就像是小时候音乐书上我怎么看也看不懂的五线谱。而在春天的时候，你知道它们那个鲜嫩欲滴的绿啊，硬生生把河水、空气和看它的人的眼睛都渲染了。许多人在这里看

① 作者简介：郑冬来，女，余杭镇人，杭州市作家协会会员，高级政工师，现供职于余杭区中医院，居塘栖。

到了你演绎的春的丰满，而我也读懂了你蕴藏着的四季不变的飘逸。就如同杨柳旁那一排此刻是光秃寂寞的桃树，盛开的时候，犹如天边飘来了几朵绚丽的红霞，吸引了无数双欣赏惊叹的目光。而我却总是在一场夜来的春雨后，为那铺红了半条河流的缤纷落英驻足许久。盛开与凋零，是两种同样能震撼心灵的美，一种充满生机轰轰烈烈，一种凄美伤感却让人惊心动魄。

我们的日子也不会总是轰轰烈烈，更多的时候它只是对面居民楼阳台上晾晒的随风舞动的衣物，杂乱且不一定光鲜，但一定有各自的色彩。是那口古井旁天天上演的生活小片段，琐碎得不成型，但一定真实且有滋味。

是的，那口古井就在那儿，隔着一条窄窄的巷子，我一抬头就能看到它宽大厚实的井沿。那个三四十岁的男人几乎每天都会把他的爱车开到井边来擦洗，那不是什么宝马奔驰，严格地说甚至不能被称之为车，那只是一辆红色的“三卡”，他每次里外擦洗，细心得像在打扮自己的新娘。那是对中年夫妻。妻子来井边洗衣服时丈夫就会来帮她提水，妻子常常一边洗一边唠叨，有时还大声数落着丈夫，丈夫总是一声不吭，只是重复着把水提上来再倒进妻子面前的大木盆里。那个应该已是奶奶辈的白发妇人，每次总是蹬着一辆三轮脚踏车而来，车上载满锅碗瓢盆、衣服鞋袜，还有下一顿要做的米和菜。旁边一个老爷爷在一大红塑料桶中使劲地荡着拖把，一个少妇在剖的鱼猛地从手中蹦了出去……

少妇忽然发出的笑声，惊动了井亭上的一只正在探头探脑的小鸟。它扑簌着翅膀，飞上了旁边那座老宅高高翘起的飞檐。那宅子看上去很有些年头了，黑瓦上静静地趴着几根枯萎的丝瓜藤，几个树梢从鳞次栉比的屋檐间探出头来。一棵小树长在了斑驳的围墙上头，灰黑半开的窗户里透出一种老屋独有的沉寂和幽深。我忽然想，如果你是个人，一个男人，成熟稳健、儒雅深沉，你望着所有这一切时的眼神，应该也是这样的沉寂与幽深。我探寻的目光也许终究无法探测它的边和底，但我的心一定会在这种幽深里痴迷。可你不是，因此我不知道该怎样形容你我，或许我就是这只一掠而过的小鸟，而你是百年沉寂不语的屋檐；我是这瞬间蒸发即逝的水滴，而你是始终岿然不动的井沿。

穿过井边这条悠长悠长的小巷，巷子另一头就是那条古老的河流。阳光下的运河平静而和缓，水面泛动着点点金光，河上的七孔石桥如长虹静卧，无声地展示着岁月雕蚀的从容与玄奥。独自翻过石拱桥，走在运河边的石板路上，我踩下的脚步是那么渺小而轻微，没有留下任何痕迹。走走停停，我看路边老屋里，几个在翻丝绵被的大妈用力地把丝棉拉开；我与卖刺毛肉圆的小老板聊天，请教这种美味小吃的做法；我跟酒厂门市部的营业员搭讪，打听着他们的生意状况。身边不时有游客经过，三三两两或成群结队，他们相互间叽叽喳喳或大声说话。然而此时，真正让我心里感到不寂寞的，却是四周静默的景物。

堤岸、石桥、老屋、美人靠……一切都是静默的。静默的屋檐上瓦松在微风中无声地摇曳，远处几株同样静默的老树，执着地把灰色的树枝伸向半空，显得苍远而空灵。

我情不自禁地眯起双眼。此刻，照耀着你的阳光同样温暖地照耀着我。掠过河面穿过桥身的风又温柔地拂过我的脸颊。我的心在这种静默中有了安放之处，并逐渐与之融为一体。当我变得与周围一切同样的沉静，我却听到了你在静默中的娓娓诉说……

我想，我是懂你的。春夏秋冬、晴阴雨雪，剥落的旧墙、裸露的青砖、石上的苔藓……我欣赏着你许多不被人注意的细微之处。因为欣赏，我眼中的你无时无处不风景。

我想，你是能懂我的。我总相信你有一双深邃无形的眼睛，你能感受我是如此深切地迷恋着你的沧桑与深沉。因为热爱，我的内心总在不停地对你倾诉着从未向他人诉说过的情怀。

塘栖的雨

郑冬来

我总觉得，古镇塘栖的雨也是与他处不同的，听起来别有一番韵味。

春夏之交，午后风骤凉。静静的窗外，忽然，“滴答”，近处一声，“滴答”，远处一声，“滴答答”，近处远处几乎同时又一声。继而，轻重不同的滴答声此起彼伏，由缓渐疾，由稀渐密。下雨了，江南的雨。

雨线斜斜地，从古镇上空拉下千万根琴弦。花、草、树、泥土，四通八达的河流，层层叠叠的青砖黛瓦，都是大地伸出的弹拨之手。二者接触的瞬间，大自然的交响乐，就这样铺天盖地地奏响。

天地之间，连绵不绝地涌来的声音，营造的却是无边的宁静。此刻，什么都不做，只静静地坐着。任由天籁之音把自己深深淹没，再层层包裹，又如流水一般，渗透到身体深处，浸润每一次的心跳与呼吸，这似乎就是天人合一的演绎了。于是，你便觉得，身体变得通透而虚无，心中万事万物皆隐，茫茫天地之间，单纯得唯有雨声而已。

这是古镇飘落的第几场雨呢？没有人知道。许许多多的人来听过，只是早来的已离开，还在的都刚来，没人能从第一场听到这一场。

穿镇而过的大运河一直都在，它深沉无语，仿佛要我们自己参悟其中的玄机。古镇的烟雨潇潇千年，有小舟冲破云水而来，棹歌和着桨声响起，渔火与水中倒影相辉映。细雨润得菱红了，藕白了，黄稻畴绕着绿菜畦。河里帆行如梭织，两岸人声日隆，水边楼鳞列，桥架起，炊烟袅袅，雨中春野几度桑麻绿。

也听过别的城市的雨，雨点撞击在钢筋水泥的大楼上，落在车水马龙的柏油路上，夹杂着太多的现代僵硬之声，显得喧闹而嘈杂。而古镇的雨扑进千年的运河里，敲在窄弄深处的青砖黛瓦上，纯粹柔和而悠扬。它也已不是单纯的自然之声，而是自然与岁月的合奏，听在耳里，有一种穿透时空，贯穿古今的空灵。

就在一个雨天，我陪同一位朋友到广济桥下放生。放生是她给自己定的每周必修课，她常专程从几十里外的城镇驱车赶来，不厌其烦。她说雨润万物生长，运河灵通古今，此时此地最适合放生，而放生就是放飞自己的心灵。傍晚的塘栖天色低沉苍茫，石桥与堤岸上的青石，在雨中散发着古玉的光泽。车上有诵经曲隐隐约约传来，运河水面，雨点画出圈圈涟漪，如朵朵莲花盛开。朋友着一袭浅色的旗袍，站在运河旁的石阶上，神情肃穆。目送被放生的泥鳅黄鳝们隐入水中，她仿佛看到了自己的前世来生。那一刻蓦然明白，岁月悠悠，不变的是古镇，不变的是运河，不变的是与天地共生的雨，而已无数次更替轮回的，是岸上的我们与水中的生命。

一位久居塘栖的兄长，于我亦师亦友，一个雨天，他望着街头的老房子对我说，最喜欢雨中的塘栖。老屋的黛瓦被润得油黑发亮，看上去那么厚重，与白墙形成鲜明的对比，塘栖就成了一幅层次分明的水墨画。他的语气中满是发自内心的欣喜，就像小伙子忽然遇见了心仪已久的姑娘般爱意满怀。印象中他还用这样的语气赞叹过春天树上的新绿，旷野中蓬勃的野草，爬满苔藓的老墙，冬季枯褐的莲秆……这些景物就在那儿，展示在每一个人面前，毫无遮掩，但大多数眼睛只是掠过，不会为之停留。他让我知道，只有一颗蕴涵丰富的心，才能发现身边无处不在的美，并时常为之感动为之欢欣。而这些美，反过来又妆点丰富我们的生命。

雨天走在古镇大街小弄里，我的脚步常是慢悠悠的，不再是行色匆匆。不到万不得已我不撑伞，喜欢古镇的小雨点与肌肤接触的感觉。我发现雨天的地上总是湿漉漉地躺着许多落叶，红、黄、绿相间，片片色彩斑斓，枯黄静卧，姿态静美。雨落在上面，窸窸窣窣，就像是时间悄悄走过古镇的脚步。

每当雨天，在古镇的清晨中醒来，朦胧中外界给我的第一感觉，是耳边传来的不绝的雨声。闭着眼睛慵懒地追溯，模糊记得一夜睡梦中都有雨声相伴，心头升起一种无法言说的满足。翻个身便满溢出来悄悄蔓延成恒久的乡情。

我只想在古镇住着，最好是寻一个隐藏在窄弄深处的高墙院落，院子里有一方栀子花开的天井。白天看雨滴在檐下珠线成帘，夜晚听雨声在檐头悠扬如磬。而在天井的另一角，我定还要种上，一株碧绿的芭蕉，让它在雨中吟唱着，春夏与秋天。

永远的鸡蛋

郑冬来

儿时的生活经验告诉我，鸡蛋不是一般的食物，它神圣而有地位，是其他任何食物都无法与之比拟的。

我的童年，在余杭镇附近的一个小山村里。说村庄小，其实她涵盖的地域挺大，包括了好几座山以及山与山之间的平坦地带，但地广人稀，人口并不多。村里的人主要分两部分，小部分是青田人，聚居在从村边而过的杭州到老余杭的那条老公路旁，说青田话。大部分是温州人，星散于几座山的山脚和山坡上，说闽南话。我们家是温州人。温州人礼数多，好客，重要的日子或场合，无一不把鸡蛋请出场以表达心意。亲朋好友生儿育女鸡蛋必送，满月周岁、定亲结婚红鸡蛋必须有。人来客往，只要主人拿出鸡蛋相待，场面立刻就显得隆重起来。蛋是同一种蛋，都是家养的漫山遍野跑的母鸡所下，但被煮或煎熟了，在许多不同的场合端出来，就有了许多不相同的寓意和情感。

村中如有老人去世，左邻右舍聚拢来要商量的第一件事就是安排人到重要的亲戚家去报丧。担任这一任务的必须是身强力壮的中年男人，稳重，对逝者的亲戚家熟悉，还有一点是最好食量大。安排好路线，几个人分头出发，每人在腋下夹一把黑色油布伞，大晴天也不例外。到亲戚家，主人让座到堂屋的八仙桌旁，来客神色凝重，一反平日登门造访的亲热与客套，把伞往桌上一放，主人心中已明白了八九分。来客低沉着声音说，某某山（温州人喜欢以山为地名）的某某人殁了。贤惠的主妇会马上跑进厨房拿一只碗，当然是挑已有缺口或裂缝的那种，“砰”地一声砸在堂屋前的空地上，哭天抢地大放悲声，表达内心的震惊与哀痛之情。良久，擦擦眼泪再转身进厨房，几分钟便端上一碗糖氽荷包蛋，以示对来客辛苦跑来告知这一噩耗的答谢，以及老人逝去这件事的重视。蛋必须单数，三个或者五个，来客不能推辞，闷头大口吃完，简单告辞便夹着雨伞出门赶往另一家。这碗蛋必须尽数吃完，不然主人与来客都会认为不吉利，走一家吃一碗。幸亏当年都是步行，一个人半天也跑不了几家，而且男人们都干体力活，肚子里空得很，偶尔饱撑一次，也很少有人因此坏了肚子。现在报丧习俗还在继续，仅限于血缘近又辈分高的亲戚，即使老人去世时这亲戚就守在身边，也要赶回家去等着报丧人，只是吃鸡蛋的规矩被改革变通了。

村子里有姑娘出嫁，好日子的前几天，大妈婶娘们都会来帮着翻棉被准备嫁妆，染红鸡蛋染红绿花生，以备结婚那天塞到被子里、搁马桶里讨彩头。她们还会做一件事，就是烧一碗蛋或面，用竹篮拎到姑娘家。蛋是洁白的清水荷包蛋，五个或六个，盛在蓝边大海碗里挤挤的一碗，上面覆着几勺白糖。面是一大海碗冒尖，顶上点缀着那家主妇所能用上的最好、最丰富的佐料，笋丝、肉丝、蛋丝、榨菜丝。佐料各不相同，但有一点肯定相同，就是每一碗面的碗底，都卧着两个油煎荷包蛋。母亲说这是送嫁点心。从小看着长大的姑娘要离开家离开父母，到别的村子生活，左邻右舍以此来表示不舍和祝福，我的两个姐姐出嫁时也是如此。那些大妈婶娘们在烧点心时会互相通个气，以岔开日子，但有时一天还是会有好几家做了点心送来，那时，我与哥哥们就当仁不让地大快朵颐了。

蛋或者蛋加面做成的点心，不只用来送待嫁的姑娘，也用来送远行的人。20世纪70年代末，父亲要去一趟阔别四十年的温州平阳。父亲离开温州的时候年仅七岁，与曾祖母二人一老一小一路蹒跚而行，走了整整三个月，路上还大病了一场险些丢了性命。我们那儿一直把去温州称为“下温州”，后来我在课本上读到李白的“烟花三月下扬州”，曾愣了一下，当然这不用考证，二者之间纯属巧合。70年代末，温州在乡邻心里依然是隔山又隔水，千里迢迢，当时虽已不至于路途险恶，却也是来去不易。于是家家户户也烧来点心，为我父亲送行。那是父亲最远也最久的一次出行，在没有任何通讯的情况下，母亲心中的不安与牵挂可想而知。母亲至今感念乡邻的情义，说那次父亲吃了许多送行的点心，因此来去顺风，在温州待了两个月平安归来。

鸡蛋在我们那儿也是隆重的待客礼节。家中有久未登门或重要的客人到来，饭菜还不能马上上桌，主妇就会张罗着先煮一碗荷包蛋端出来。孩子们最喜欢家里来客人，一来客人远道而来，多多少少会带点“伴手礼”，一包柿饼或麻酥糖，那可是孩子们一年中都难得一见的稀罕东西。二来客人在吃荷包蛋前，看看桌边主妇赶也赶不走的孩子，会很善解人意地说鸡蛋太多了吃不下，强烈要求主妇另拿一个碗来，然后用筷子拨出两三个。等客人吃好，孩子们就可以躲到厨房去解解馋。一次我家来客人，家中鸡蛋不够，母亲叫我去隔壁婶子家借一个。我想把鸡蛋放在衣袋里拿回家，结果口袋太小不好放，蛋“啪”地一声掉地上打破了。我吓得心一阵乱跳，偷偷躲到屋后的柴垛下不敢吭声。母亲久等不见我回，就去找，一直到婶子家门前，看到了破碎的鸡蛋才明白了缘由，千呼万唤才把我从柴垛下找回家。

我不知道母亲最终是怎么解决鸡蛋不够的问题的，打破一只鸡蛋，对一个孩子来说是一件很严重的事，以至于我至今记忆犹新。因为那时，鸡蛋对农家来说是好东西，甚至可以算得上金贵。主妇每天要几次去检查鸡窝，看看鸡蛋下了没有。有时家里养的某只母鸡标新立异，不在搭好的鸡窝里下蛋，偷偷跑到别处另辟新窝。主妇某天去柴垛抱柴禾，去草垛拿草，忽然发现柴草下静静地躺着一窝白生生或粉嘟嘟的鸡蛋。这是最令人惊喜的事了，这无异于天上忽然掉下一笔小横财，主妇会高兴得左邻右舍逢人便讲，全家都可以乐呵好几天。

家中常能吃上鸡蛋的只有父亲。父亲是家中的顶梁柱，是一群像小鸡似的孩子的依靠，每天要上山下地干体力活。但因为小时候一场大病落下病根，父亲的身体一直不好，很瘦，三十几岁就常咯血，四十几岁就掉光了牙齿，鸡蛋是母亲能给父亲的唯一的补品。每天早晨天刚蒙蒙亮，母亲起床做的第一件事，就是点燃柴锅，烧一勺开水，用一个鸡蛋加一勺糖，冲一碗鸡蛋糖水让父亲一早喝下，春夏秋冬几乎天天如此。春天竹笋的旺季，母亲凌晨三四点钟就要挑一担百来斤重的竹笋，摸着黑深一脚浅一脚走五里山路，然后挤上拥挤不堪的公交车到杭州城里去卖，给父亲冲一碗鸡蛋糖水，也是她出门前必做的事。我每天早晨都会在半睡半醒的朦胧中听到父亲喝鸡蛋糖水的声音，闻到甜甜的味道，心想父亲一定觉得很好喝。但我从未有过尝一口的想法，那是父亲的专属，即便到现在，我也只想把那味道留给父亲。

孩子们只有在特殊的日子才能吃上鸡蛋。我小时候体弱，常会感冒发烧，一发烧就头痛呕吐，吃不下饭也上不了学。母亲会到菜园子里去摘一大把绿油油的葱，拿两个鸡蛋打散了，煮一碗黄绿鲜明、香气四溢的葱花蛋。浓郁的葱香常让我一下子就精神了许多，连蛋带汤热乎乎吃完，母亲帮我捂紧被子躺下，睡一觉发一身汗，病也就好了。生日是另一个必定能吃到鸡蛋的日子。母亲会在烧饭时顺便把两个鸡蛋放在汤锅里煮。那时家家户户都用大柴灶做饭，大柴灶上有两到三口锅，锅与锅之间是用来烧开水的汤罐。汤锅用小圆木盖盖着，我很想掀开，看看鸡蛋在里面的样子，但又怕漏了热气鸡蛋煮不熟，就一直站在灶头旁傻等。饭终于熟了，汤锅里的水开了，鸡蛋也就好了。母亲把两个热乎乎的鸡蛋擦干了，塞进我的衣兜里，我紧捂着衣兜，迫不及待地跑到哥哥姐姐面前炫耀去了。鸡蛋捂在手里，手心里那样的温热，心中的幸福和满足，无以言表。

当那段记忆已走过三十几年之远，生日晚宴上，唱过生日歌，吹灭了蜡烛，又送过了花束。一位老朋友，忽然拿出两个刚煮熟的鸡蛋，暖烘烘地放进我的手心里。那熟悉的温热，让曾经的幸福与满足穿越时光而来，瞬间化作一股汹涌的热潮，在我的心间涌起，层层叠叠，层层叠叠，直扑上我的眼帘。

腌白菜

郑冬来

前些日子去看望母亲，发现在厨房靠墙而放的八仙桌下，比平日多了一口粗陶缸，黑黝黝的足有半人高。就问母亲怎么把这么碍事的一个大家伙放在那儿？母亲正坐在门边的板凳上摘芹菜叶，见我对缸感兴趣，她显然很高兴，抬起头笑着回答说：“缸里我腌着白菜呢！长梗的，有五六十斤，已经腌了一星期了，再腌个十来天就能吃了，等下雪天从缸里摸两棵出来就能炒来吃，多方便！”

这是母亲曾沿用了几十年的过冬方式，她习惯了。当年社会物资匮乏，家里孩子众多，寒冷多雪的冬季，就显得格外漫长。每年随着天气渐冷，田里金黄的晚稻被收起，一畦畦绿莹莹的油菜秧被种下，乡村也就进入了农闲，于是家家户户便开始张罗着准备过冬。田里的稻草被拉回来了，山上的灌木苦竹也被砍了挑回来了，在房前或屋后堆成一个个高高的草垛子和柴垛子。找个好天气，主妇们会把屋里的两口大缸抬出来清洗，这是用来存放过冬的食物的，一口浸年糕，还有一口就用来腌白菜，我家也是年年如此。

年糕通常是隆冬时节天气很冷了才动手打，打好晾干，放进缸里，挑几担山泉水浸上，一般要吃到来年二月，都不会变质变味。腌白菜则必须赶在初冬，严重的霜冻还未来临之前，趁着水灵灵的白菜还未被冻坏，选一个晴天的清早到菜园子里把菜拔了。拔倒的白菜并不急于搬回家，而是就放在地头或挂在篱笆上晾一个日头。傍晚，母亲把已经晒得发蔫的菜抱回来，也不洗，吃过晚饭，就整整齐齐、一层一层地把它们码在大缸里。码一层白菜撒一层盐，每放一层都得用脚踩得实实的，直踩得脚趾缝里冒出白菜的汁水来。腌白菜有个规矩，就是踩踏白菜这个艰巨的任务必须由男性来承担，我家一开始都是父亲踩。我脑子里至今还有这样一个画面，母亲弓着腰不停地把菜往缸里放，父亲沿着缸壁一圈圈地踩，煤油灯光影跳跃，在二人身后的墙上投下一幅很大的活动着的剪影。后来哥哥们长到十几岁就接了这个班。哥哥很喜欢这任务，总是把脚下的白菜踩得吱吱作响，越踩人站得越高，很神气的样子。我站在一旁只能干瞪眼，心里又是羡慕又是懊恼。两百来斤白菜在我家当年的那口大缸里正好踩个八分满，母亲会砍几张新鲜的棕榈叶来盖在上面，再搬两块光滑的大石头重重地压上。有了这两缸主打储备，父母的心里便有了过冬的底气。如果家里还稍有些闲钱，父亲拉着双轮车到闲林埠码头的船上去再买十几棵大白菜回来。那样的冬天即使雪下很大很久，把菜园子里种的萝卜青菜都盖住冻住，母亲也能每天从容地就把一大家子的伙食搞定。

母亲今年腌的白菜是从隔壁表姨家买的，整个村子已没有自留地可以种菜了，想必表姨是在哪发现了一小块暂时还没被造上房子的空地，把它开垦出来，作为自家临时的菜园子。白菜好种，稍一侍弄就玉秆翠叶茂盛得很，表姨家吃不完。母亲闲来无事，便去买来，摊在门前的水泥地上晒了一天。长梗白菜梗大叶少，勺状的菜梗腌过后雪白呈半透明，好看又好吃，母亲说这最适合做腌白菜了。菜不多，不需要像以前那样大张旗鼓地腌。母亲也不愿麻烦两个儿子，本想搓上盐，放在缸里，直接用石头压上就好。大哥下班回家碰巧看见了，这个当年踩白菜的少年而今已年近五十，他一看便专业地认为不踩不够严实，会影响腌白菜的品质，就主动向老母亲请缨，爬到缸里好好地踩了几圈，母亲很高兴。

其实时过境迁，现在早已不是那个物资匮乏的年代了。现在冬天也已很少下雪，更没有让人不能出门买菜的大雪，就说今年的小雪节气里，气温还依然在秋天里徘徊。母亲现在住的房子离集市很近，村子里还有卖菜的小商铺，买菜已经非常方便。而很多以前季节性很强的蔬菜和食品也早已没有了时令，菜场一年四季琳琅满目，不管是年糕还是腌白菜，它们都已不只是冬天食物，也不再是家家户户过冬必须的储备，但母亲还是自己动手腌了小半缸白菜。我知道，她更想要的是腌菜时的感觉。

记忆深处一些美好的东西，回想起来总让人觉得温馨又愉悦，想要重温一些记忆的，岂止我那腌白菜的老母亲？看如今，随处可见农家乐与土菜馆，木屋茅舍，饰以蓑衣铁犁，大铁锅土柴灶，坐板凳用粗瓷，荠菜地衣马兰头水芹菜，番薯芋艿红南瓜玉米棒，从装修到菜式唯恐不够“农”不够“土”。“农”味越浓，“土”味越重，越能得到大家的青睐，因为这些都是大家记忆深处挥之不去的记忆。我们曾经都是真正的农家，竹篱田舍，养鸡鸭种蔬菜，吃自家土灶煮的大锅饭。几十年的奋斗，许多人终于实现了自己的人生目标，离开农村走进城镇。仍在乡间的，也努力使自己过上了类似于城里人的生活。但我们却又不可抑制地怀念起原先那种生活来。

原先的生活是回不去了，于是一些替代的方式应运而生。想要体验劳作收获的感觉就去“农家乐”做一次采摘游，经历不用播种与等待的艰辛就可以满载而归。附近有个农庄每到周末就车水马龙，如同大上海的马路一样拥堵，开车经过那里要有足够的车技与耐心，那是他们大棚里种的草莓或樱桃或西红柿等水果惹的祸。想要找回小时候饭菜的味道就试着去“土菜馆”吧，那些菜馆的标志性布局是在点菜厅里一溜烟排开几口或十几口大铁锅，煮好的大锅菜在里面热气腾腾，一种似曾相识的亲切感，立刻就勾起了你的食欲。服务员端上饭时会颇具自豪感地说，这饭是土柴灶大铁锅烧的。大家吃在嘴里赞口不绝：“香！就是香！”如果能再要来几块久违的锅巴，香香脆脆地嚼着，更是感觉得到了某种回归，重温了曾经的美好，因此心满意足，更觉得不虚此行。

于是渐渐地，有经济能力的又把住宅造回了乡间，衣服又穿回了棉的，工艺大铁门的围墙里种上了青菜萝卜。开宝马奔驰车的穿布鞋成了一种时髦，最好是用布纳的千层底。以前人人会的手工织的毛衣，现在在商场卖出了几万元的天价。野菜又进了我们的食谱，而且是进了五星级饭店，还被冠以“纯天然绿色”之名，杂粮们堂而皇之被搬上了台面，并被尊为“五谷丰登”之美誉。一切像是返璞归真，又像是在循环往复，是怀旧？抑或是时代进步？很难说明白，但任何事物存在便有它的理由，这确实让一些人从中得到一种舒心与满足。

母亲老了，她喜欢做一些习惯了的事，让曾经的温馨与美好在心里得以延续，这是她想要的快乐。我委实有些佩服大哥，他没在母亲腌白菜时泼冷水说“腌什么啊？多麻烦，还是买来吃方便”。而是像早些年那样，帮母亲把菜踩实了。近日北方有冷空气来袭，虽未下雪，但天气终于进入了真正的冬天。我估摸着母亲的那小半缸腌白菜可以吃了，就打电话问母亲：“腌白菜腌透了吗？吃过了吗？”母亲开心地说：“已经吃过两回了，只是因为今年天气偏热，有点酸，不过吃起来还蛮好的。”我说：“给我留点，我过两天回来吃。”“好！好！”母亲在电话那头笑着大声应允着。

塘栖丰采

汪浙成[1]

我是从郁达夫作品中认识塘栖的。

这位熟稔浙江山水的作家，五十年前便以他独特的鉴赏眼光，提醒那些来杭州的游客，切莫只顾在西湖周围漫游上一通，步履匆匆地到一到三竺六桥，九溪十八涧，便以为领略了“天堂”风光，在杭城东北角，还有一处不可不去的湖山佳处——塘栖！

塘栖至少自明以来就居江南十大名镇之首。它位于京沪杭水道要冲，在早先河运兴盛年月，船入塘栖，两岸青山像迎接远客似的从烟雨中疾趋前来，耳中隐隐市喧，在气氛和情绪上，便觉得“三吴都会”相去不远了。

由于塘栖在地理上是杭州北大门，明清以来，南巡帝王大都在这里“驻跸”，留下不少御踪：镇上西茶亭附近，有乾隆行宫遗址；耶稣堂旁边，有乾隆巨碑，高五米多，与四周楼屋比肩，是现存江南各省中最宏伟的一块碑刻；还有康熙饮用过的郭璞古井，紧挨着京杭大运河，但井内水位一直比运河高出二米，成为当地一大奇观；还有京杭运河上

① 作者简介：汪浙成，浙江奉化人，曾任浙江省作协副主席，中国作家协会会员。

第一大桥——通济长桥，据各种志书记载，就是它，使塘栖从一个寻常渔村，一跃而为江南名镇。

塘栖还是有名的花果之乡。镇上汊港纷歧，阡陌不广。然土壤多系冲积土、有机物含量甚丰，最宜水果生长。早在唐朝，塘栖枇杷就因个大肉厚味甜美，被列为贡品，至今盛名不衰。每年立夏过后，各地来选购枇杷的车船，云集广济桥畔。金灿灿、黄澄澄，使整条河街都为之一亮。除了枇杷，随着季节变换，各种水果像接力赛似地一茬紧接一茬。春天满街是红得像女人小嘴的诱人的樱桃，稍后是清香四溢的黄熟的超山梅子；夏天紧接枇杷的是红得发紫的杨梅；秋风萧瑟时，满街又成了白格生生的鲜藕和又红又亮的柿子的世界；到了冬天尽管朔风呼啸，街上依然是苍翠葱茏——那是成捆成堆俗称“正冈青”的青皮甘蔗和水灵灵、又脆又甜的大红袍荸荠，使塘栖河街，一年四季，色彩分明，成为我到过的江南古镇中最绚丽的街道！

然而，我觉得塘栖最有特色的还是廊檐。当地因此还流传一句歇后语：塘栖镇上落雨——轮（当地土话与“淋”同音）不着！

塘栖廊檐，开始于明末清初，由“过街楼”和“美人靠”组成。过街楼在水乡乃常见之物，沿河一溜小楼，楼上住家，楼下半是店铺半是街道。但塘栖的过街楼，沿河一边还修着一排栅栏状的长椅，还起了个脂粉气十足的名字：“美人靠”。“美人靠”最讲究的要算京杭大运河沿岸，刷着红漆，靠背上刻有图案花纹，斜出在水面上，有几次我坐船去苏州路过塘栖，从水上望去，烟柳画桥，曲栏回廊，整个市镇，宛如一座园林。

我向当地友人打听过“美人靠”的由来，回答是可能与当年水上运输有关。当人们把沉重的货物从船上卸到岸上后，可以靠在“美人靠”上抽袋把烟，略事小憩。可我对此说表示存疑。我觉得美人靠主要是为过往行人设计的，其中包括那些来河埠头洗衣淘米浣纱的年轻妇女。当她们做完这些劳作后，上岸来，坐在美人靠上歇歇力，互相拉上几句家常，说上几句知心话，然后挽起满满一篮子洗净的衣服菜蔬，走回家去。不然的话，美人靠坐的尽是五大三粗、胡子拉碴的壮汉，岂不太名不副实了！

塘栖廊檐还有个特点，便是网络化。沿着廊檐，你可以到镇上任何想去的地方，即使天落大雨既淋不着头，又湿不了鞋，走累了还可以在街边“美人靠”上歇歇脚，处处都透露着廊檐设计者的公众意识，让你感受到塘栖人无声的欢迎。

廊檐里最热闹的去处是茶馆。临门两张白木桌子，几条造型粗笨的结实长凳，揩拭得木质纹路都清晰可见。茶友们大都是上了年纪的退休职工，边喝茶边侃大山，话题从海湾战争跳到《杨乃武与小白菜》。这边对沪深两地股市走向争论得红头涨脑，那头忽然兴味盎然地探究起晚报上一则有关河蚌里观世音显灵的报道来。情况之热烈和投入，活像一所生动活泼的老年大学。

不过有时，茶馆又成了“交易所”。塘栖自古以来，经济发达，交通便利，南北商贾云集。他们在镇上忙完商务，自然要上茶楼来品茗解渴，结交贸易伙伴。不少协议就是在茶楼品茗中达成交易的，有些茶馆还同杭州苏州的说书艺人订有合同，延聘他们来说书献艺。《乾隆下江南》《济公传》《七侠五义》听得茶客们一个一个乐而忘返，茶馆又成了群众文化娱乐中心。

塘栖茶馆据说颇有点历史了，这只要稍为留意一下那些“茶博士”高超的冲茶技艺，就不难体会。他们左手拿茶盏，用两根指头揭开盖子，右手提把擦得亮的铜茶壶，三起三伏，恰好冲满，茶盏外滴水不沾，人称“凤凰三点头”。茶博士还熟知商情和镇上各种设施，为外地游客代报行情，介绍路径，做到全方位服务。

至于每年清明前后，大批从苏州、嘉兴等农村去杭州灵隐朝山的香客，来回往往都在塘栖停船宿夜。这些以烧香为名，借佛游春的“旅游者”，在塘栖轮船码头上岸后，游街逛市，“美人靠”上，过街楼里，茶馆商店，到处闪动着头扎花巾，腰系小围裙，肩挎黄布袋的身影。各店家兜揽生意，增设夜市。运河一带夜茶馆里，还备有脸盆脚桶，方便香客。店堂里外，灯火彻夜不眠，形成塘栖镇上特有的人文景观——香市！

香市期间，香客购物中，颇受青睐的是闻名遐迩的塘栖蜜饯——青梅。其产地就在镇南不远处的超山。

超山是著名风景区，与无锡梅园、苏州邓尉，合称为我国江南三大观梅胜地。山上山下，五步一丛，十步一坂，丛丛密密地铺展开去。每年腊尾春头，是梅花旺发的季节。我们专候花事正盛的日子，从塘栖坐船到超山北麓节坝桥畔，然后舍舟登岸，沿溪步行至梅园，登高远望下来，只见千树万树梅花，在阳光下闪闪灼灼，清香远溢，蔚蔚然成了一片古人所谓的香雪海。

超山赏梅，最好去处是北麓大明堂。这里大多是品种名贵的宋梅。据行家指点，梅花一般五出，惟独超山宋梅瓣六出。花色除红、粉、白外，还有极罕见的绿梅，色晕青浅，非他卉所有。当年，著名金石书画家、西泠印社创始人吴昌硕，常来此品赏清韵，感悟幽味，一进入这片海海漫漫香雪海，便流连忘返。吴昌硕一生爱梅。梅花是他平生最爱画也画得最多的题材。他醒时画，醉后画，高兴时画，忧伤时画，不平时画，是个有名的“梅痴”。他死后按其生前遗愿，埋骨大明堂前的香雪坞，永远地与这片心爱的梅林作伴了。

那天，游兴所至，我在梅林中徘徊很晚才离去。白日的园景，在水样的月下，竟平添出许多层次和白天里见不到的意韵来。花色虽只剩下黑白两色，但从眼前的浓浓淡淡深深浅浅，依然能分辨出花的明艳。满园的暗香，也由于人去园空，此时竟浓洌得如淑气侵肌，萧然有林下风了！

不知是感悟到了幽味还是别的什么，就在这一瞬间，我忽然觉得自己真的置身在吴昌硕先生的画里了。

捡拾塘栖历史碎片

王开阳[①]

历史是一部永远没法读完的大书。五味杂陈，是阅读历史获得的情感馈赠。

半个世纪前，我在塘栖念书，此后，又常从外地回乡探亲，几十年来跟家乡人、事、物、景的相伴相依，点滴地感受着我国南运河畔的一个普通小镇何以贵为“明、清江南十大古镇之首”，在这片土地上积淀的历史文化及其景观的独特魅力，同时，也收获了历史赠予的那份沉甸甸的礼物。

念小学那阵子，学校放学早，我有时会去园子里挖一把蚯蚓，带上自制的鱼竿到家门口的河埠头做一回姜太公。面对一群群扁平修长的小鱼悠闲地在水面游动，赶紧下饵放钩，但是愿者上钩的，全是那些可爱而不知设防的鱼仔，钓上大鱼绝对是零概率事件。有几回，运河涨水，河水沿着河埠台阶一级级往上漫，只见成群结队的小鱼儿轻巧地晃动着身子来回穿梭，随着水面的上升尽情撒欢，那样活泼，那样潇洒，

---

① 作者简介：王开阳，塘栖人，原杭州师范大学中文系副主任，杭州之江专修学院常务副院长，中国当代文学学会浙江分会理事。

那样自在！假设此刻忽然出现一个手持话筒的央视记者，对着这些乐不思蜀的小鱼儿喊：“你幸福吗？”可见的情景一定是它们会将小尾巴摆得更欢。

河埠垂钓，抬头便见那熟悉的米床。在古镇，稍有财力的商家大多拥有河埠和米床，而米床又总喜欢跟河埠“吻”在一起：大凡单间铺面，河埠建在左面，石阶逐级往下铺设，然后造一方正平台，再向右拐弯继续向下延伸，米床就嵌在河堤拐弯处支撑骑楼的圆柱与短墙之间；如双开间的铺面，河埠造在正中，石阶往下铺设建成平台后各自拐弯向下，两架米床则分嵌在河堤左右拐弯处支撑骑楼的圆柱与墙面之间。

米床数不胜数，设计却几近一律：椅面恰如一架平放的木梯，靠栏部分则向河埠方向微微倾斜，线条清晰，造型简朴，富有地方色彩。不知何时何故被人冠以“美人靠”的雅称，并似有替代本地称谓之势。

古镇沿街这一排排木梯式米床作何用途？一直来众说纷纭。

将米床视为替外来乡民或游人准备的休憩专属区，不太好理解。古镇乃弹丸之地，绕一大圈也难有走累而需歇脚者，即便远近乡民上镇里接送货物，也大多来去匆匆，少有闲暇，而那些夜泊的船民，自然睡在自家的船上，没必要宿在岸边。既然如此，商家用得着花钱在门口做一溜靠椅请君入座？

据史册记载，近代塘栖的米市交易盛况空前，由此，“米床为米市交易所设”一说也广受认可。不过，我仍有一丝不解：繁华有如水南商街，大小米行也就四五爿，且大多有自家的河埠与米床，难不成还需要卖茶叶、竹器、水果、水产等各色店铺都来造河埠修米床，助人为乐地帮米行经营米业？

而用贵族气十足的“美人靠”指称米床，很容易引发种种联想，从而抹煞塘栖米床所特有的地方色彩、平民气息和简朴风格。而实际上，在米床边逗留、小坐或凭栏寄意的，鲜有本地年轻女子，她们人人都有一份忙不完的活，哪会染上闺中佳人有闲的烦恼和被封闭的哀怨？

显然，单一地理解米床的功用并不符合历史实际。凭多年的观察和思考，我估计有几种可能：

一、替代沿河护栏，却比护栏更具观赏性、实用性；

二、供店员和店主家人小坐，休闲；

三、米床固定在街区，已成为一种公共设施，供人休憩是其必然的功能；

四、作为鱼米之乡，塘栖米市交易历来频繁，部分米床为其所用，也与历史情景相吻合。

虽然，无论坐卧，木梯式的简易米床均无任何舒适度可言，但它之于童年的我，却有着一种无法割舍的情感。有时，我会无聊地趴在自家的米床上，呆呆地看那些从船上来回搬运货物的乡民，或在清明时节，饶有兴趣地观赏难得一见的挂满竹篮之类的运送香客的大船，以及一拨拨头扎白毛巾、腰系花围裙、身挂黄色香袋，从苏州过来前往杭州朝山进香的善男信女。盛夏，太阳西斜，我会不畏热浪地倚着米床观看那些返乡度假的大学生在河岸边拍水扑腾、喊叫嬉闹，不是为了欣赏夏日运河的一种生活情趣，而是羡慕他们荣归故里的高贵身份。

每逢春节，辛苦忙碌了一年的商家统统关门歇业过大年，而与此相映衬的，则是米床一带的热闹非凡：在噼噼啪啪不绝于耳的鞭炮声中，一群群穿戴鲜亮，怀揣压岁钱的孩童推推搡搡，挤来挨去，围着套泥塑的、捏糖人的、看西洋镜的、玩转盘的、卖花炮的……尽情地消费、欢乐。那河埠，那米床，那骑楼，全都沉浸在喜庆的氛围里。

米床正对面，是各色店铺或住家。不难想象，我们的先民面对宽达四五米的铺面，一定会有好一阵子的犯愁：上哪去找如此尺度的开合自如的大门？于是，一种可装可卸可移动的异类排门，便当然地受到商家、住户的一致青睐。自此之后，早晚两头家家店铺上、落排门的一幕，便日复一日地在街面上演，成为古镇一道独特的风景：早上开门，店员一字排开，将一块块坚实厚重的长条木板从门框里卸落，击鼓传花般地递到紧靠河埠的墙面按序叠放；傍晚打烊，自然转变为一场反向运动：将排门从河埠墙面一扇扇搬回，噼噼啪啪地镶嵌进门框的槽子里。那行动一致的气势，那应声而起的回响，震撼人心。

早先，有着江南水乡风格的骑楼建筑几乎覆盖了古镇的主要街道：

店铺一律面河，街道不宽，两层的楼房在一条二三百米长的街面一幢紧挨一幢，其楼面骑跨街面，用固定在石墩上的圆柱和短墙支撑，直达河岸。行人向上看，见到的不是蔚蓝的天空，洁白的云霞，而是骑楼上灰色的楼板。这罕见的建筑设计，使行人没了暴晒或突然被雨淋的担忧，所谓“塘栖街上落雨轮（淋）勿着”，却也无情地剥夺了沿街商人享受阳光的权利，而碍于其固定的建筑形态，它永远无法平衡两者的利弊得失关系。不过，在本地商家或住民眼里，骑楼只是老祖宗流传下来的一种建筑形式而已，它既非为路人遮阳，也不是用来替行人挡雨，更不是有意为难商家。当大家认可、接受并习以为常之后，“塘栖的街道就该如此”，也就成为一种“集体无意识”。

人字形屋顶，灰瓦，雕窗，圆柱，石墩，在我国建筑史上，古镇塘栖的骑楼凸显江南水乡古建筑艺术的美学特征。但毕竟是住了一辈又一辈的老底子房子，从架在店铺后面的扶梯上楼，楼板吱吱作响，饱受日晒雨打的窗棂已呈现灰黄色。临窗伫立眺望，那满面沧桑的长桥、河面穿梭往来的各种船只、来回于苏杭等地鸣着汽笛突突前行的小火轮，以及对岸那挨挨挤挤的民宅、建筑风格与其格格不入的耶稣教堂等等，历历在目。此时的骑楼，犹如一座为欣赏运河风光精心设置的观景台。

河埠、米床、骑楼、排门，作为古镇街市的重要构成元素，互为映衬，浑然一体，缺一不可。我们如果淡化对其实用性、功能性的揭示和评价，更多地着眼于它们作为历史文化资源的稀缺和不可再生，建筑（构造）形态、美学形态的独特性，及其在构建江南水乡的古镇文化、街市景观中的无可替代性，那么，无论如何赞赏都不为过。

河道交错，非桥莫通，是古镇塘栖地理格局的一大特征：大运河横贯全镇，另有三四道小河与其相接，大小河道的两岸皆为商铺或住家，以桥相连，凭桥相通。其中，最闹猛、繁华的当数大运河水之南的商街，不但街上熙熙攘攘，人来人往，店家忙活得不亦乐乎，就连靠近岸边的河面上也停满了装运货物的船只，有的干脆在船上交易，节时省力。

跟运河相接的市河，其两岸的街面略显萧条，但也不乏商贸往来。它特别诱人之处在于一条不长的小河上架设了三四座形态各异的小桥，有桥面平坦、上有廊檐的，也有两墩三孔的石板桥。站在桥上，只要眼睛好使，尽可不费力地指认对面小桥上的亲朋好友，而一拨拨的小船，有的在桥下缓缓划动，有的主人已经上岸，那船便随意地停靠在河埠头。对岸，一二女子蹲在河边濯菜洗衣，被划开的水面激起如縠波纹宛如徐徐展现一幅江南水乡的秀丽画卷。

大运河水之北也自有一片天地。它多为住宅少有商铺，路面也就没了骑楼的遮盖，住民头顶蓝天白云，脚踩青石板路，被包裹在温馨与静谧里，仿佛在向对岸商街的人们大秀魅力。于是，假日里如我等有闲者，常喜欢约二三好友，从靠近市河的渡口登上平底的摆渡船，随着吱吱嘎嘎的摇橹声缓缓驶向水北，在乡间的空气和阳光里随意溜达，直至尽情尽兴，再从长桥拾级而上，像爬山似地登上桥顶，俯瞰南来北往的各种船只、似乎整个河面都在流动的大运河，又是另一番动人景象。

令人惊叹的是，这座官名广济桥，本地人一律管它叫“长桥”的七孔石拱桥，曾经如此深刻地改变了古镇塘栖及其子民的生活：它使原本被运河分隔的小镇显得圆满、一统，那些曾经望河兴叹的挑担运货、串门逛街的住民以及更远的乡民因此有了横跨运河的便捷路径，古镇的兴衰命运也由此跟绵延千余里的大运河连接得更紧。

而且，其显示的意义远不止于此。

作为古镇塘栖的标志性建筑，长桥已有五六个世纪长虹卧波的历史，至今仍在追随时间继续以往的经历，上下坡据称有石阶160级之多，但桥面平缓，高而不陡，无论老少都能感受拾级而上的从容和愉悦，其设计、建筑的精巧、坚固和人性化，历史地印证了古代桥梁专家、能工巧匠的聪明才智。

在我国大运河上数以千万计的桥梁中，长桥是仅存的一座七孔石拱桥，无论作为历史文化遗存的无可替代，还是历史与科学并存价值的难以估量，都彰显了古文物建筑弥足珍贵的固有特性。

长桥不仅被烙上明、清以来各时代的鲜明印记，而且身旁还有大清帝王所赐御碑的陪伴、守望，当下，又是“中国大运河联合申遗”重要节点中的关键细节。类似于长桥这样头顶光环、一身荣耀、象征意义显著大于实际意义的古桥梁建筑，在我国大运河历史上实属罕见，可谓是一份难以置信的遗产。

塘栖一弹丸之地，号称有弄七十又二，也让人叹为观止。

明、清以来，塘栖人恰到好处地运用天时地利，以河边最好的一方水土，优雅的建筑集群，构建其独特的自然景观和人文景观，招引商贾，广揽生意，直至富甲一时。但是，从古镇一路走来，却少见宅门，尤其是大宅门，令外界大惑不解：富商大贾们积攒的钱财投哪去了？答案很惊人：店铺之后。其实，那些经商致富的人们何尝不想让自己的深院大宅显头露脸，风光在外？将房产隐于商铺之后，实乃寸土寸金的古镇商区难觅一宅门之地的无奈之举，而那些为维护居舍直接出入通道锲而不舍的富商们，则想方设法在一排排商铺之间寻找缺口，于是，“宅弄”便应运而生。

古镇塘栖的造弄模式大致有二：

一类是成功挤进繁华街区的大宅弄。光看那两旁的高墙、灰瓦、白壁、朱门，平坦整洁的青石板路，宽阔敞亮的里弄环境，就不难想象其优于街市的宁静与舒适。

我家后门就坐落其中。推门进入厨房，便见一口高近一米，底小口大的储水缸。每隔两天，脸呈古铜色的大个子挑水师傅就会准时出现在门口。他先将水缸里剩余的水舀尽，反复清洗后放进一些净水的明矾，随后上弄口河边的大缺口处取水，涉水至稍远处的水面，来回挥动水桶，然后一桶下去，提取，再换一桶，提水上岸。担水进屋后，双手用力将满桶水一下提上缸沿，哗、哗两声，清水便在大缸的深处翻腾，而“伴水而居，因水而生”住民的生活情境也又一次地得以演绎。

另一类宅弄多属于两排楼屋建筑间的空隙。其间虽也有人家的侧门，但大多窄仄而昏暗，幽深而潮湿，就算大白天，狭小的弄里也鲜有人影。我读小学那时，起身早，又喜欢抄近路上学，但刚进入一条又长又黑的小弄，心就提到了嗓子眼，不是一路小跑，就是哼几支小曲替自己壮胆，直到穿出弄口，头顶苍穹，才透过气来。

日复一日地穿越黑弄，有时竟会条件反射般地产生有趣的想象：某一天，在大街上出现一个跟踪本地人的外来者，不过，他可是抱黄连敲门苦到家了：跟着跟着，稍不留神，这前面的人忽然消失得无影无踪。人去哪了？有隐身术不成？其实，这人早就钻进了街旁的一条小弄，向另一方向直奔而去，随那兄弟懵懂去吧，谁叫他不懂这神秘的古镇呢！

脑海里不时闪现的那些历史碎片，随着上世纪塘栖的被改造，大多已无迹可寻，令我等少小离家的游子扼腕叹息，不胜嘘唏。虽然，古镇天地依旧，长桥无恙，御碑还在，宅弄也总算被留下三条半；虽然，受损的历史文化景观已得到积极地修缮和有效的保护；虽然，塘栖已成为“中国大运河联合申遗”的重要节点，盛名远播，游人如织，但历史和现实始终坚持一条不变的定律：消失的事物已永久地被载入史册，即便人们再如何努力地去复制、还原、仿造，也只能与现实攀亲而无缘于历史。

“西部歌王”王洛宾先生的名曲《青春舞曲》如是感叹青春流逝，一去不返：

太阳下山明早还会爬上来

花儿谢了明年还是一样的开

美丽小鸟一去无踪影

我的青春小鸟一样不回来

跟悄无声息、毫无踪影地逝去的青春并无二致，历史不是“太阳”，历史也不是“花儿”，“一去无踪影”的“美丽小鸟”才是历史的象征。

城市蔓衍的风景

仲晓容[①]

这是夹在两条横马路之间的小路。

十多年前，这里还是农村，四面是农田鱼塘。随着城市建设的加快，农田鱼塘被迅速吞噬，只留下这一带连成片的农民自住楼房，因为靠近铁路而未被开发征用。

城市不断地向外扩张，越来越大。四面已都是高楼大厦，这一片明显低矮下去。如果能从城市的上空往下看，这里也许就是一处洼地，覆盖着原始而不为人知的神秘气息。原先在这里居住的农民都经商办厂改了行，有了新的住处，成了这个城市先富起来的居民。他们迅速发达起来的商业头脑，精明得很，看准时机把三四层楼的农居房改造成了小旅馆，租给外来者。于是这里渐渐地成了外来民工的聚居地。带着混杂流动的不安定因素，在车水马龙、流光溢彩的城市里卑微而又固执地存在着。

火车自西向东穿城而过，除了给这里租住的外来者带来昼夜不宁

① 作者简介：仲晓容，女，塘栖人，余杭区作家协会会员，现供职于余杭区工商分局。

的嘈杂，还给南北两边的居民出行带来诸多不便。于是又有了这条小路。铁路路基下的一个涵洞瓶颈一般疏通了南北，大大缩短了两边往来的距离，一下涌出大批上班下班买菜上街的抄近路者。城市的时尚潮流绕着它走，绕不开的是永恒的生活。于是小路两边搭披建棚，破墙开店。它实在是太短太窄太不正规了，所以还算不得一条街。然而挤挤挨挨的店铺，来来往往的行人，或许就是因为它的密集度吧，不足百米的小路一时间竟是偏安一隅的热闹与繁华。

这是我走了近十年的一条路，它通向我赖以生存的两个地方：单位和菜场。我还记得多年前第一次路过它时，内心涌起的惊讶和欣喜。在这个刚刚开始生活的城市，处处让人感觉生硬、冷漠和眩晕，它与原有的一切脱离关系，过往的日子如脱了线的珠子一般在钢筋水泥的丛林里滚落，总之是处于不适应和怀旧之中。小路就这样突然出现在眼前，以它鸡毛蒜皮的生意活计、以它声声慢慢的市井吆喝、以它食色生香的人间烟火、以它陋街僻巷的低俯姿态，接纳了一颗又一颗无处安放的飘泊的心。城市就这样毫不设防地交出了自己的秘密，这一刻，仿佛让人在城市光鲜冷艳的外壳下，扪及真实而炽热的心一般激动不已。

一个打气筒、一个旧轮胎、一只盛水的脸盆，组成一个修车铺，它的主人坐在矮凳上守株待兔。卖包子的小姑娘在热腾腾的蒸笼后面忙碌，她黑亮的头发烫染成姜黄色，一待空闲下来，手里就捧一本书看，很着迷的样子，有人走近来买包子了，她又迅速站起，将手里的书翻转合扑在凳子上，那是一本翻得边角都卷曲了的封面花哨的言情小说，符合一个青春萌动的小姑娘的口味。

理发店和发廊同时存在着，只不过理发店要比发廊早营业早关门，它们有着各自不同的顾客群。几平方米的小店，四周的墙面贴了镜子，一下子柜台里货架上陈列的商品成倍显现，店主不失时机地打出“烟酒总汇”的招牌。时髦女郎屈尊坐在修鞋匠的对面，把一只脚上的高跟鞋脱下递过去，跷着二郎腿无所事事地左顾右盼。小餐馆的灶头里腾地窜起高高的火苗，火苗的殷红里厨师杂技般地颠锅翻炒，葱油的爆炒香迅速弥漫了整条路。

自行车、摩托车如鱼儿一般在行人中穿梭。有时会有抄近路的汽车也开进来，带着外面世界的霸道，强行壅塞住路面。涵洞的墙上贴着“老军医”专治某某病的广告。火车开过来了，在空旷里扩散的声音被这个小小的涵洞聚拢又放大，在头顶大敌压境般地轰轰作响……

都是一些熟悉的陌生人，有时会有一两张稚嫩的新面孔出现，他们遗传着父母亲的某些特征，所以你很快就能分辨出是哪家店主的儿女。甚至有一些个行人，也是你熟悉的，每天同一时刻出现在这里，与你相遇，没有刻意，没有约定，却始终保持着这种朦胧的距离，丰富着你归家的路。

也有一些是已经消失或正在消失了的，但你未察觉。有一天你拎了一只鞋去找小皮匠，却发现他不在，而且一下意识到似乎已很久没见到他了。这小小的失落和小小的麻烦，让你开始留意起他来，而那个熟悉的位置上却始终空空如也。当你几乎已经忘记他了，而他却在几个月甚至一年半年之后突然惊艳登场。是的，惊艳。某一个早晨，当你上班路上无意中朝那个位置望去，却意外地发现一个女人守着鞋摊正在老练地抽烟，慵懒的神情，蓬松的发髻，一件不合时宜的水红色镶金丝的软缎棉袄。见有人来补鞋了，她朝身后的门里喊人，喉咙是那种沙哑的烟熏嗓。你听不清她在喊什么，但可以确定她是在唤一个人亲昵的小名。这一条上班的路上，你就一直被小皮匠的罗曼蒂克所折磨，脑子里顽固地跳出两个字：风尘。

也有一些闲散的人。白晃晃的日头底下，黑鸦鸦地围了一圈人，从人缝里望得见人群中央的地上有一张百元大钞，用小石子压着，他们在用最原始的方法赌博今天的运气。路后面的小屋里有时会突然响起搓麻将的哗哗声，房门一开，就会有一双双警惕的眼睛。

还有一些隐秘，也许会被你碰上。她和你一起在水果摊前挑水果，你一眼就能看出她的不同来，苍白的脸，血红的唇，长发掩面，沉默噤声，她们是这一条路上夜晚的主人，一旦出现在大白天，就有一种现形的恐慌。你扔下水果想离她远点，但你还是忍不住回头去看她，你看她时，表情似是畏缩；待她回看你时，则有一种恃傲的凛然。傲什么呢？因为她是夜晚的主人？

有一天，忽然响起尖利的警笛声，警车和摩托车停在了小路的一头，车上跳下许多穿各种制服的大盖帽。这架式很吓人，然而你再看下去却发觉他们并没有大动干戈，他们只是站在路边或者在小路上慢慢走动，沿路的煤炉锅灶、箩筐竹榻、遮阳雨篷都自觉地往里退缩，让出路面，小路一下子显出宽敞和整洁来。也有一些摊主因忙着做生意，还顾不上这些，制服们就在他的摊位前站一站，轻轻踢一脚箩筐示意该挪一挪位置了，他朝制服们满脸殷勤地点着头却并没放下手中的生意。这小小的僵持迫使制服们动手搬起东西来，摊主一惊连忙扔下手中的生意：我自己来我自己来。第二天的报纸上登出一条消息，“昨日各部门联合出动突击整治东安村”。消息看到一半，我猛然意识到什么，站起来走到办公室的窗前向小路眺望，在林立的高楼间根本就找不到它的位置。然而我终于知道它是有名字的，叫东安村。

站在门外听戏曲

仲晓容

旧人，旧事，旧的心情。一切都旧得美好，旧得恰到好处。正如隔岸雕梁画栋的舞台，再明亮也显得陈旧，怀古。

——题记

我对戏曲的爱好，源自于母亲。

那时，刚刚从“文革”的荒芜中走来，文艺有了复苏的迹象。随着电影《红楼梦》在小镇的上映，全镇人都沉浸在节日的气氛中。那时，母亲也还年轻，是个十足的戏迷，她只要一说起越剧，说起各种流派与流派之间的渊源传承、声腔特点、名剧名段就神采飞扬如数家珍。尽管已经是两个孩子的妈，有做不完的家务，又有一份三班倒的丝厂工作，然而，她还是会有闲情，带着一双女儿，等在广济路人头攒动的剧院门口，看半夜十二点多开场的电影，看了无数遍的越剧《红楼梦》。

凌晨散场的风很冷，带着运河水的寒气吹来，有了雨雾的缥缈。回家的路上，我们沉浸在电影的梦幻里还未醒来，听着散场的人群感叹着戏如人生，却丝毫不知人生如戏。唏嘘感怀那一段素未谋面的人生历程，只觉得戏演得真切。人群渐渐散了，夜雾笼罩四周，兴奋的潮红褪去，我们开始有了寒意，身体不由自主地缩成一团，微微打着寒噤。那时的小镇没有路灯，临街深褐色的木排门严丝合缝早已紧闭，不透露一点点亮，守着自己的秘密。小桥、流水、弄堂、古宅，那一刻都阒寂无声地隐没在黑暗里。那一个陈旧而潮湿的后半夜，母女三人从一个戏曲的梦中走来，是否正在走到另一个梦中去？塘上五百年的过街楼上有酣睡人的梦呓跌落，一片片碎瓣沿着廊檐行走，纷纷散落在花窗、天井、石板、穿堂、雀替、楼梯，以及瓦楞与屋脊之间。手电筒昏黄的光圈里晃动着我们相互依偎的身影，一回头，好似看到了我们苦寻多年的前世。

那一段往事，母亲记得比我还要真切。她说，那一天的我们坐在剧院的最后一排，高高的椅背尽管舒服，但凭母亲的视力，遥遥的银幕上，只看得到几个囫囵的人形，朦胧之中是听了一场戏而已。母亲还说，当银幕上放到"焚稿""哭灵"两场戏时，她还听到了从座位上传来的抽泣声。我已经记不得了，当时的我有没有听到哭声，即便听到，凭我这样一颗粗糙的心，也是分不清戏里戏外的。然而我确凿记得，当时的母亲，手里是紧紧攥着一块手帕的。

后来，据说当年在电影《红楼梦》放映期间，剧院的工作人员每一次清场，都会在一片狼藉的果壳之中，看到有手帕遗落，可见我的记忆没有出错。

现在的母亲，老了，一如曾经热闹红火的戏曲，都终究难敌岁月的折磨，日渐式微。连电视台的戏曲也越来越少，而母亲对戏曲的热爱依旧。她对电视里戏曲节目的播放时间了如指掌，常常盼望着她喜欢的演员出场，然后，数着钟点等待第二天节目的重播。她的床头柜上，有她喜爱的片子和磁带，那都是多年来女儿为了讨她欢心，四处收罗来的名家名段。人生中总有一些无以打发的寂寞时光，尤其是在父亲去世之后，守着那一间物是人非的空屋子时，母亲来来回回走过一阵，就又坐回电视机前，一个人，静静地听着依依呀呀的唱腔，消磨掉半天时间。

常常会有老姐妹来看母亲，一边听戏，一边聊天。那些老姐妹，曾经一起在丝厂做工，二十四小时，六进六出，机器不停人不停，连轴转的三班四班倒。她们的青春在机器旁度过，是新中国第一代工人，吃苦、忍耐、端正、勤勉，临到老了，却只拿了微薄的退休金。然而这些她们都不去想，无论如何，自食其力，怎么着也是体面端庄人生。她们都是从年轻时就爱听戏的，那些遗落在岁月皱纹里的往事，在戏曲婉转绵延的抚摸里，被一次一次撩起。

那个刚刚进厂的女孩，她小，又瘦，站在轰鸣的车间里，像要被吞没了。都在自己的流水线上忙碌。缫车嘈嘈，飞丝走缕，自己的咳嗽也是听不见的。猛一抬头，看见对面的女孩，她在哭泣，不出声，眼泪簌簌往下滚，双手还在飞快地做事。哭，好像是与她不相干的。她太忙了，没有时间哭，但眼泪到底忍不住，趁着她做事时流下来。这样的记忆，太过深刻，以至于我，隔了遥遥的岁月，忍不住打听。女孩去看电影，看到她的男友和另一个女孩坐在一起。我想，她一定是爱他的吧，否则不至于如此伤心。

那一场多年之前，半夜开始的《红楼梦》里，有这个缫丝女孩的哭泣吗？散场以后，是否，也有她的手帕遗落在当年的剧院里？多少年了，那块蒙尘的手帕，可曾寻着了它的旧主人？有多少泪啊，怎经得冬流到春，夏流到秋？没有人再来替她揩眼泪了，只能让泪水滚落在煮茧的沸水里，和茧丝一起在岁月的经纬里一根根抽出。

这个女孩，现在，也该儿孙满堂了吧？

母亲是绍兴人，从喜欢听"的笃班"的外婆身上遗传着爱听戏的基因，她最钟情的当然是越剧，对于其他剧种则无甚兴致。而我，只要是听得入耳，来者不拒。在母亲面前，我的这种爱好总是显得不够纯粹。我有时高兴，哼起越剧来，一哼就哼到了沪剧，再哼又哼到了黄梅戏，三哼又绕回到越剧。可再怎么哼哼，也都是在"江南"里打转，怎么也哼不到"北方"去。这就是我和母亲的共识，说狭隘也罢。我们都无缘消受那着了火似的直着喉咙干吼的秦腔；我们也不喜欢曲调高昂、配乐铿锵、被誉为国粹的京腔京韵；至于那热烈火爆的二人转，依母亲和我的性情，躲闪都来不及的。

是什么时候开始听昆曲的？缘起还是电影昆曲《十五贯》。故事的内容已经模糊了，那个名字与形象同样委琐卑微的娄阿鼠，在我童年的审美意趣里充满着不耐。他让我想起，外婆压箱底的“花纸头”戏曲《群英会》的剧照，三角眼，棒槌眉，脸上抹了白粉，诡异、迷幻、丑陋，连同那些经年潮湿的老宅，在我童稚的心上落下长长的暗影，仿佛后面的人生，都因此带着不明亮。都说那娄阿鼠的演员演得好，鼻梁上勾一块白，身体半蹲着跳跟翻滚连走路都走不好，贼眉鼠眼，极尽丑角之能事。要经过多少年漫长的审美蜕变，才真正领略了这夸张写意的诙谐之美？撇开那一张丑脸，说到底，我是喜欢那腔调的，连它的念白也是好听的，吴侬软语，特别抒情。

小姐，出来看呀……

当然，这又是另外一出戏了。正是春色满园之时，姹紫嫣红开遍，雨丝风片，烟波画船，最撩人春色是今年……一个迷离的古代春晓，娇懒的杜丽娘缓缓从幕边走来，水袖轻盈，莲步慢移，如梦如幻。听见那水磨腔了吗？似雪白的素皱缎上滚过的一颗露珠，梦回莺啭，清丽婉约；看见那一双眼睛了吗？被桃红繁彩描着，秋波流转，顾盼生辉；看见那云袖了吗？呼呼生风，直要舞到云端里去。

太美了，美到惊心动魄，就有了凄凉的意味。正如走在百花争艳，落英缤纷的春天，相比在万物萧瑟的寒秋，还要令人有身世之叹。如花美眷，似水流年。蓦然间，场景变幻，檀板脆生生响起，淡雅如莲的容颜悄然退场，隐于繁华之外……

无论如何，我也不能把那个无声无息坐在楼梯脚跟的老妪，与唱戏挂起勾来。

每一次穿过弄堂，跨进墙门去同学家玩，那个住着七十二家房客的深深庭院里。远远地，天井里就望得到她的暗影，那么小，像随手扔在角落里一颗风干的荸荠，坐在楼梯间的公用厨房里。青布褂衫，梳一个旧式的发髻，从来没听她说过话，更别说唱戏了。有时，她屁股下的小竹椅吱吱嘎嘎一阵响，在静悄悄的庭院里，吓得人魂都要飞上天去。她的眼窝很深，看不清里面藏了什么。她的脸上，永远似笑非笑的表情，眼光在你身上停住，能让你从里到外冒出一股寒气来。常常从她身边溜过，急急奔上楼梯，背后依然能感觉到她的目光，如芒在背，紧跟着你。

有一次，嗫嚅地说出心里的恐惧，我的面黄肌瘦的同学反讥道，有什么好怕的！她连吃饭都不能上桌，常常要被她的媳妇骂的。我的那颗小小的世故的心，一下醒过来，怕她作甚？

女人与女人之间，如果没有男人存在，也许可以日日莺莺燕燕，歌舞升平。一旦中间出现个男人，世界大战就爆发了。婆媳之间也是如此。在这场战争里，形势毫不意外地一边倒，那个男人也就是她的儿子，对她横眉冷对，把欢颜笑语给了另一个女人，给她擦雪花膏，给她端洗脚水。传说中那个媳妇，有一次，看见她健硕的身体，倚在门边啃鸡爪，好似一个胜利者，趾高气扬，不负众望。

再一次去同学家玩，好像有了底气，一路速度不减，毅然踏进墙门。有穿堂风从院子深处吹来，看到楼梯脚边一团模糊的暗影，临到最后，仍是心虚。好像从她深深的眼窝里，会伸出一只枯手来，生生将我擒获，脚步开始凌乱，急急从她身边溜过，仓皇朝楼梯奔去……

我实在没有办法不害怕她。

很长时间，不敢再去那里玩。同学邀请了一次又一次，最后还是答应了。

忐忑中走进院子，远远望去，正在奇怪，楼梯脚边怎不见了她的身影，猛一进屋，看见她女鬼似地披散着头发，站在窗口，用篦子梳头。稀疏的头发好像一道门帘，怎么遮掩也盖不住枯黄的头皮。正是上午倾斜的阳光，照在古宅老屋灰白的墙上，有了杏仁酥般的食色暖意，她枯槁的脸上竟也有了柔和。

我们在楼上玩，一会儿又呼啸着下楼。上上下下几次，都见她不厌其烦篦头。当我们再次下楼时，她终于绾好了发髻，手里拿了一面锈蚀的镜子，右看左看端详着镜中人。我的同学也是她的邻居，此时突发兴致，故意大吼一声，你媳妇来了！她居然没被吓着，抬起头来，对着我们，莞尔一笑。

那是我记忆中她唯一的一次笑，从她深井一样的眼窝里漾出。那一瞬间，怕不怕已经不再是一个问题，我记得自己当时嘴角一动，有了迎合的笑意。

那时，我还不知道昆曲为何物，更不知道几百年前的春晓，也有一位女子在端详着镜中的自己。“停半晌整花钿，没揣菱花偷人半面，迤逗的彩云偏……，艳晶晶花簪八宝填，可知我一生儿爱好是天然？”每一次，听到戏里十六岁的杜丽娘，在自己的春梦里情丝缱绻，缠绵悱恻，常常会无端地想起那曾经令我如此害怕的老妪，回首之间，在岁月的纵深处，忽然对她怀了深深的体恤。据说，十六岁的她，在灯光下，在舞台上，在众人仰望的目光里。

人的一生，会带着一些秘密死去。有多少秘密，在十六岁的花季和垂垂老妪之间上演？这些孤独黑暗中的存在，现在，都如那些一大片一大片消失了的古宅老屋一样，无从谈论，即便书写，也是不足够的。千年风雨一幕戏，戏下场了，人生才刚刚开始。在永不落幕的爱情中，我们也许可以像杜丽娘那样，向死而生，去追寻永远的梦想。

情不知所起，一往而深。

如果说昆曲是一位出生名门端庄典雅的大家闺秀，越剧就是小家碧玉风姿绰约的千金小姐，那么黄梅戏呢？你听！树上的鸟儿成双对，绿水青山带笑颜。这乡村路上走来的，分明就是一位带着清新明媚山野之气，活泼俏丽的村姑。

最初的时候，采茶歌或黄梅调是田野乡村的山歌小调和叙事民歌，民间艺人根据这些曲调进行改造和充实，就在广大的乡村进行演出。没有遭到官府的禁锢，也没有受过文人的改造，黄梅戏从来在民间生长，民间传说民间故事民间的生活气息和泥土芬芳，健康而纯正。

男耕女织，柴米油盐，儿女情长，婚姻家庭，日子过得红红火火，连天上的神仙也嗅着了这来自人间的烟火气，纷纷闹心要下凡来。七仙女逃出寂寞的天庭，嫁给了憨厚的董永。王母娘娘身边的织女也偷偷地来了，嫁给了朴实的牛郎，到底人间欢乐多啊！

从天上到人间的路有多远，从仙女到村姑的路就有多远，情路梦绕魂牵，心路万语千言。小镇姑娘的思路，从毛主席语录转到了对解放军战士的思念。那时的姑娘，有着乌黑悠长的发辫，正大明朗的脸庞，清澈如水的眼睛，穿着绿军装，站在那里远望。这20世纪六七十年代的美，古典，纯净，纤尘不染，无丝毫杂质。彼时此刻，后院闺房里的小镇姑娘，像个认真的小学生，正趴在桌子上写信。

这已经是他们之间的第七封信了，信中，他们约好了第一次见面的时间和地点。消息不胫而走，街坊邻居都很兴奋，他们很想知道，究竟是哪一个如意郎君，将要娶走他们漂亮的邻家女。日子一天天过去了，闲言碎语从里弄深巷隐隐传来，未来的新郎……，不好说啊，肩上一颗星，脸上“满天星”。姑娘骄傲的内心被泪水浸泡着，整整三天三夜！！第四天早晨想通了，被褥铺盖打一个包裹，跟了解放军去了部队招待所。没有婚纱，没有伴娘，甚至没有酒席，就这样，心与心靠在一起，从此，人间又多了一对恩爱夫妻。

结了婚的姑娘成了一个真正的女人，为人妇，为人母，柴米油盐。女人，永远都是女人，纵使红颜惊世，才大过天，结了婚，一样有其本分所在。三个儿子依次在深院里降生，解放军也转业回了小镇。正是国家最困难的时期，一家五口，日子紧巴紧巴地过。然而，钱多钱少，女人的规矩一样也不少，相夫教子，持己持家，从那样的家世家教里走出来，一路沉稳，结结实实。

沿着窄弄走进去，推开一扇斑驳虚掩的墙门，天井里牵牛花凤仙花鸡冠花开得正旺。这些寻常花草，点缀着寻常人家的破败院落。漆黑陡峭的楼梯，狭窄拥挤的走廊，房间却是异常地整洁。床上的被褥叠得整整齐齐，碎花布拼成的枕头套，床沿上铺一块洗得发白的旧布条，即使有客人来，坐在床沿上，也不至于弄脏床单。钩针编织的一块块台布，铺在缝纫机、茶几、四仙桌上，蕾丝的花边在狭小的房间里，增添了些许细碎的闲情和雅致。男孩子的铁箍陀螺弹子洋片，统统归放到床底下去。三五牌闹钟在桌上沙沙走动，光阴有了流逝的感觉。

晚饭时分，三个儿子背着书包，呼啸着冲进墙门，她们的母亲，站在天井里，挨个把他们从头到脚拍打一遍，才放他们进屋。院子里，一团团的灰，在向晚的天光里飞舞。

夏天的时候，晚饭在天井里吃。孩子们大了，有了自己的天地，只剩下老夫老妻。男人坐在天井里，赤膊吃烧酒。半导体收音机里，京剧评弹样板戏，有什么听什么。“刚才最后一响，是北京时间十九点整。”在播音员字正腔圆的播报里，男人郑重地端起酒杯，缓缓地抿一口。女人不会喝酒，手里拿把蒲扇，坐在旁边陪着，想说点什么，最终什么也没有说。夫妻老了，除了默契，语言显得多余。他们只是想在光阴里静静地坐坐，一个喝酒，一个摇扇。有趋光的小虫飞过来，在男人头顶盘旋，女人伸出手来扑扇着，想把它们赶走。

在我的童年，小镇上，这样的家庭有很多。什么样的仙女都不如织女，哪一个女人不想起家立业，稳稳当当过日子？女人，纵然再风光无际，永远不如男人在侧安心。那些在石桥边，在河边汲水洗衣，能缝缝补补、浆浆洗洗的女人，即使出身贫寒，朴素如水，你看了她们，谈一两句，亦顿感人生山远水长，想起旧时古镇上的女人，想起母亲，想起裹了一半小脚的外婆，到底是柴米油盐，家常日子最养女儿。

有人说，如今拜金拜物的女子如过江之鲫，还有谁拜这个烟火气呢？不是也有很多人在歌厅里，把黄梅戏当流行歌曲唱吗？《夫妻双双把家还》《天女散花》，最近还在网上看到，有网络歌手把《女驸马》里的段子改编成了歌曲。没有哪一个戏曲，像黄梅戏这样如此贴近民间草根，也许，会有很多人跟我一样喜欢这烟熏火燎的烟火气，也未可知啊！

然而，我终究不喜欢电子乐伴奏，但听二胡、梆子的。每当二胡声一起，仿佛开启一道帷幕，把自己与现实分开，那些带着绿茵流水，清灵婉扬的声调，一声声沿着舌尖卷上去，然后转身，亮一个漂亮的身姿，复缓缓放下……

余音绕梁。

台上台下，不过风月；戏里戏外，无非人生。

对于戏曲，其实，我只是个门外汉而已。

古风古韵浸透的塘栖

韩小蕙[①]

江南五月，染柳烟浓。写意的霏霏细雨，给了我一个迷迷蒙蒙的塘栖。

塘栖镇属，今为杭州市余杭区下辖，这已是她的第20届枇杷节。于我却是头一回，枇杷乃南方水果，我这个“北女”小时虽在书本上识得，却无缘亲身体味，近年北京虽有的卖了，但其经过长途颠簸之后所释放出来的各种水土不服，早已把它们的美味打了大折扣。故此，前有东坡居士在岭南“日啖荔枝三百颗”，现在就有了北佬北女们“一见枇杷，两眼放光”，或更甚一个境界的“一见枇杷，两手就忙”的虎狼相！

何况，塘栖人一直在鼓动我们说，世上水果千千万，唯有枇杷是吃多少也没有副作用的。就是说，枇杷又清火，又润肺，又调理肠胃，还化痰止咳，还可治喉肿、牙疼、咽炎……总之是吃多少都不伤身体。而且他们还一直坚持说，枇杷是不打农药的水果，因为它的生长周期在冬春季，还没等虫子来犯就已然完成了华丽的转身，故绝对可以从枝头

① 作者简介：韩小蕙，女，光明日报社《文荟》副刊主编，南开大学兼职教授，中国作协第七届全委会委员。

摘下直接送进嘴巴里。更兼塘栖镇的枇杷古今闻名，密实，汁旺，果甜，养在深闺亦不断有人前来提亲。这一番番的战地总动员，太有鼓动性了，我只有放下淑女的矜持，暴露出平生少有的饕餮本相……哈！

然而到了下午，形势大变，我的注意力竟然被一块大悬匾完全转移了！

起初，我是被匾上的4个大字所吸引——“耕读人家”，极标准的正楷，每个字都一尺见方，规矩，工整，瓷实，有力，厚重，端肃，威武，壮丽……我甚至找不出更高级的词汇来描摹它们！只浑然觉得大匾形成了一股强劲的飓风，把我裹挟在近前，一遍遍读那4个字，迈不动步子，拉不开腿。甚至眼睛也离不开了，脑子也离不开了，只会全意识地咀嚼那4个字，并隐隐感觉到它们不是出自今人的笔下，因为内里含着一股子古风。确然然，那4个字虽看着“普通”，一点也不霸气外露，但每一笔每一划都属铁划银钩，鲜明地埋藏着古人那一日日、一夜夜下过的苦工夫，这是我在今天的书法作品里从未感受过的；更未见过的，是那字里行间显示出来的写字者的心境——安然，肃然，超然、端然、敬然，一边写，一边在与天地自然、世道人心交流、契合、心心相印……

大匾的落款是“许乃普”，这是何方神圣呢？马上问询《百度》，谁知这位老先生还真现身了！

许乃普（1787－1866），字季鸿，别字滇生，清钱塘（今杭州）人。嘉庆二十五年（1820）殿试一甲二名进士，即榜眼。嘉庆、道光、咸丰三朝三迁内阁学士，五度入直南书房，五充经筵讲官。官至兵部、工部、刑部、吏部尚书，多次充任殿试、朝考读卷官、阅卷大臣。谕称“许乃普学问优长，供职恪慎”。其父许学范，乾隆三十七年（1772年）进士，有七子，乃济、乃普、乃钊三子为进士，另四子为举人，故许家有“七子登科”之美称。

只能怪我自己才疏学浅，这位中清重臣乃是历史上的大名人呢，不但学问了得，其法书也是赫赫有名的——再请教当今书法名家林岫先生，回复说是许尚书笔下的“馆阁体”庶几代表了清代的最高水平，哦，怪不得那4个字拉住我不让走呢，原来是遇到了真佛！不由得想起多年前大藏书家韦力先生跟我说的一番话：当时我向他请教一幅草书写得怎样？他直言不讳说，当今书坛上乱象丛生，连某些“著名”人物也坐不住了，自知基本功远远赶不上古人，就弄出一些花里胡哨的东西来糊弄大众。

可是，这么大名鼎鼎的许氏法书大匾，怎么会出现在这里啊？

我环顾左右，再环顾前、后、左、右。这里是由一座旧时的大谷仓改造成的谷仓宾馆，外形是吴冠中大师笔下很多见的白墙灰瓦马头墙，极有心地保留着典型的江南建筑诸元素；里面除了客房、餐厅之外，还专门留了一个很大的空间，做了一座谷仓博物馆，展示着一大批历朝历代使用过的旧农具、简陋机械什么的——这就有点意思了，此博物馆只具有占地的功能，绝不可能赚钱，老板为什么要做它呢？几个服务员争着告诉我说，“耕读人家”大木匾，也是我们老板费了不少心思才淘来的。

心里油然而生出一种温暖，像那窗外的霏霏雨丝，温婉地浸润着画儿一样美丽的花、草、树、木，把它们妆点得吐珠挂翠，闪闪发亮。我没打听那位老板的名字，因为我觉得没必要，只把他看作一个塘栖人就够了——被古风古韵浸透的塘栖，坐拥“江南十大名镇”之首，虽是闻名遐迩的鱼米之乡、花果之地、丝绸之府、枇杷之乡，但“首”先乃贵在历史悠久，文人辈出，书香传世。史籍记载：北宋末年，靖康遗恨，徽钦二帝北狩，汴梁城中诸多世家大族仓惶南迁，战乱之中，中原文献散失飘零。当时唯有吕氏先祖西垣公，躬受中原文献之传，载之而南，从而保存了一大批历代延续下来的学术文献。受此家族文化熏陶，迁居栖溪的吕氏后人吕坤、吕需等，坚持书香传家，煮字研经，不仅藏书守籍，建起名为“樾馆”的藏书楼，还开办书院讲学，培育桑梓子弟。经过数代人勤勉不懈的薪火相传，终开启了塘栖在明代中晚期的文化风雅，使得乡人争以读书为尚，以后浸淫至清代，竟然陆续走出进士、举人、五贡等189人……

到了21世纪的今天，“文化塘栖”不但仍保持着至高至尊的不坏金身，更延续了“从头到尾，将心萦系，穿过一条丝”的不死精魂，它呀，已经具体化作一座桥、一块匾、一座博物馆，以及一个个有识见的塘栖人了。

广济桥就是这么保下来的。

当我最初见到塘栖的镇宝广济桥时，情不自禁“爱YOU!”出声（“唉哟!”/另，“YOU”英译为“你”，也即“爱你”）。本以为这辈子只能在老照片里见到这种古桥了，毕竟几十年大干快上地拆拆拆，古运河上就是有再多的桥，中华民族即使有再多的祖物，也经不起败家子们的胡折腾。所以，我先是连连眨眼、眨眼，生怕一睁眼它就消失不见了；复又跑上古桥坑坑洼洼的石阶上，一步一个脚印地印证它的存在。这座名为“广济”的桥其实很普通，在岁月的五百多年里，只有一个功能，就是供过河人走啊走……然而它坚持活到了今天，成为京杭大运河上仅存的七孔桥，可就是显得太漂亮了！桥身长长，桥面宽宽，七个毛茸茸的半圆桥洞与水中的倒影相契相约，天衣无缝地组成了七个透明的大圆，便活脱脱变身为七个古典童话故事的大福门！何况，还有六十四根雕刻着莲花的四角望柱，还有十座与桥墩相连的石雕镇水兽，桥堍还立有“广济桥之父”陈守清的铜雕像……整座广济桥气势如长虹，无论在天光云影的白天，还是在华灯迸射的夜晚，都美成了一个富庶、繁盛、悠久、古雅、甜蜜的江南梦！

在今天，所有人都在夸赞这座桥保存下来了。然而二十多年前，当它成为京杭航道上的“航运瓶颈”时，从省市区的某些行政部门，到交通部门，再到地方上有的部门，甚至各级媒体，一时“拆”字汹汹相逼，似乎谁阻拆谁就成了阻碍发展的“逆臣贼子”！在那场大危机中，最后，到底是塘栖的古风古韵起到了决定性作用——广济桥是“塘栖的龙鼻”“塘栖的灵魂”“塘栖的乡愁”“塘栖的记忆”，一批有识之士站出来，以这些文化因素扛鼎，终于争取到在镇外水域开辟了一条新航道，虽花费了8000多万元巨资，但到底保住了这座历尽沧桑的古桥！

塘栖人，被“书香传世”浸润了上千年的塘栖人，真是了不起啊！请让我们记住这些历史功臣吧。碧波漾驰，灯影桨声。感谢大写意的霏霏细雨，给了我一个如此清晰的塘栖！

“学古斋”裱画店

鲁东[①]

我的祖父鲁桂林是名裱画师，20世纪20年代初，其精湛的裱画技艺在杭嘉湖一带颇享盛誉，以文会友，并与吴昌硕、姚虞琴等众多书画家结下翰墨情缘，特别与国画大师张大千更有深交。1980年代编的《塘栖镇志》，及《浙江日报》等省市报刊曾有所记述，至今已过去20多年。依据我与姐弟的回忆及走访知情人，其内容比以前更丰富而详实。故今重新整理，再说一说学古斋裱画店的以往故事。

鲁桂林（1879—1946），生于绍兴。14岁那年去上海学裱画，由于勤奋好学，深得其师正传。20岁满师后自立门户，在塘栖镇市新街吴家弄内开设裱画店，经营书画、扇画、手卷、字帖等装裱和修复业务。裱画店为何开设在弄内，而不选址街上呢？这里有一定的道理。因为装裱好的书画最怕被强烈的阳光照射，只有通风阴干才好，而吴家弄是明弄，一年四季弄堂风颇大，正好适宜。吴家弄长百余米，宽二三米，进弄是一块块青石板，石板下是水沟，阴凉且通风。弄右边筑有风火墙，将阳光挡牢；弄左边是一间间砖木结构平房与楼房，曾开设过点

① 作者简介：鲁东，男，塘栖人，余杭区作家协会会员，《余杭日报》退休编辑。

心店、茶店、香糕店、竹器店等。学古斋裱画店开在竹器店后头，坐南朝北，一开间店面。店内两侧是用杉木板排列成的板墙，供张贴书画用。店的中央放置一张大裱桌，面积比两张八仙桌还长而大。走过裱画店，便是一户接一户高墙门的大户人家，直至弄尾。我们居住的店房是向隔壁劳家租赁的。春秋更迭，风风雨雨，一住近百年，直至1987年我父母先后亡故，才将其屋归还劳家。

书画界有句俗语叫“三分画七分裱”，由于祖父裱画技艺高超，故国画大师张大千慕名而至，其“学古斋”的店名，还是大师所取，并书写招牌，然后我祖父请木匠将字刻在铭匾上挂在店堂前。大千先生为何将祖父裱画店取名为“学古斋”呢？据我父亲所述，其“学古斋”三字含义深刻。一是对我祖父装裱技艺传承古代传统操作的肯定。因为在明清时期，古代裱画行业中帮派较多，有专裱红白喜事用的立轴、对联的“红帮”；有专裱普通书画的“行帮”；还有“绍兴帮”“苏沪帮”等派系。而专裱高档名作和古残画的则称为“仿古斋”派。特别是仿古斋，帮规特异，工艺最严，思想较为保守。明清这500年间一直沿袭下来，一定程度制约了装裱业的发展。因此，大千先生要我祖父在学习古代技艺精华中推陈出新。二是表露了大千先生隐藏在心中的一个强烈愿望，“仿古”不是目的，仿古不能食古代文化，重要的是在“仿”中“学”，青出于蓝，而胜于蓝。说起张大千的临摹仿古水平更是天下一绝。据说他在年轻时画的《石涛画册》，竟被著名鉴赏家、画家陈半丁作为“真迹”珍藏起来，并夸耀于画友面前。后被大千先生识破指出，传为佳话。大千先生仿古，则上迄唐宋下至明清各家各派仿古之作以千件之计，几乎无人能识破。当然，大千先生仿古绝不是为了乱真，其实是他对艺术真谛的一种追求。果真，1930年代末期，大千先生为了学习中国古代艺术的精髓，便二次去了敦煌莫高窟临摹中国古代壁画，后再赴印度临摹阿旃陀壁画，从而使自己的画技达到了更高的境界。

说到这里，有人会问，那张大千如何与我的祖父相识而成知交的呢？20世纪20年代中期，张大千从四川移居上海，与其兄张善孖一起在江浙沪一带边游览边作画卖画。他们每到一处卖画，总要找可靠中介人。一年初春，张大千在亲朋好友的陪同下前往超山探梅，经超山大明堂报慈寺主持法正大师介绍结识了我祖父。大千先生十分赏识我祖父的装裱技艺，而我祖父也早就仰慕大千先生少年风采，两人虽然在年龄上相差20岁，但一见如故，称兄道弟，颇有缘分。特别是事后大千先生将随身所带的明末画家恽寿平的一幅《松鹤图》交请祖父装裱，并想借此探探祖父的功底虚实。祖父接过画卷铺展一看，只见久经岁月风雨侵蚀的古画已漫漶模糊，残破不堪：数只仙鹤，翅断足缺；一树青松，叶落枝残。刷浆于画的裱法已不适用。几经斟酌，这位“画郎中”定了最佳方案，经冲洗、揭芯、补缺、镶裱等十几道“手术”，终于使久“病”的松和鹤痊愈如初。当一帧全新的古画呈现在大千先生的面前时，令他惊叹不已，敬佩之情油然而生。从此，两人相见恨晚，一个作画，一个装裱，珠联璧合，友谊日深。当年张大千先生在塘栖临近一带所作的书画，十有八九由祖父装裱。而祖父对大千先生所裱书画，均不收分文。大千先生为酬谢祖父之好客，每每也即兴挥毫，以书画相赠。其中有立轴、对联、屏条、扇面册页等27件。其间，每逢超山梅花盛开之时，祖父常去信，邀请他前来探梅赏景；并在家给予盛情款待。每当塘栖枇杷成熟之时，祖父也会嘱父亲将一篮精心挑选的软条白沙枇杷，赴沪送至大千家，让他家人品赏。1929年，张大千30岁生日时，我祖父带着父亲一起赴上海西门路专程登门祝酒。1931年，我父亲结婚时，大千先生还特意与兄张善孖一帧《兰花石榴图》立轴相赠，并亲笔书写一副红底金粉对联：“隋珠赵璧合神异，兰苕翡翠相鲜新”以致庆贺。

祖父书画装裱技法，归纳起来有新画托底法、揭旧去污法、除黑红霉迹法、托裱绫绢法，以及扇面装裱法、手卷装裱法、字帖装裱法等。

1949年5月，余杭县解放。50年代以后，随着国家政治、社会、经济形势不断变化，书画作品有时曾被当作“封资修”东西，一些家庭也不敢悬挂，取而代之的是政治色彩浓厚的宣传画，故而学古斋裱画店也惨遭厄运，生意清淡，生计无着，最终关门歇业。无可奈何其四个子女也无一继承祖业，而改行另谋职业了。1980年代后，裱画行业开始复苏，并日益兴旺，但已晚矣，精湛的裱画手艺在我们一辈失传，实很可惜。再加之1950年代末由于父母双双失业，家境日渐衰微而贫，大千先生所赠部分书画，曾被父亲低价卖给从上海来塘栖收古玩的商人。到了“文化大革命”时，所存部分人物及佛像，被当作“四旧”，偷偷地在自家天井里烧毁掉，而今想想真万分遗憾而惋惜。

牢笼

郑一帆[①]

庸俗地写下庸俗的旅程，倒也恰如其分。

日前母亲多次嘱咐我动笔，都给搪塞了。若说是因为火车上的时间太过虚妄，连我这般慵懒的人都会觉得愧疚。大概是有些这样的情绪。但真要我直起腰来做些什么，大抵只是心情所使。很多正确的决定岂不也只是一时兴起？

我只想离开这个我待得厌倦了的牢笼，四处跌跌撞撞。没有单反，没有背包，只有一颗说走就走的心而已。

温州似是个跟阴天根本无缘的城市。

我面对一座叫作奥林匹克的歌厅联系着前来接我们的朋友，暗里嘀咕这个“大逆不道”的名字。刚欲抱怨，一张口却是什么都说不出了。堪堪从牙缝里挤出一句“你快来罢”，竟像是费尽了力气。我扯了扯背后的衣服，仰头欲叹，却给了头发可乘之机，顺势黏上了额头。

日后听闻朋友说，我所见的那家歌厅是瑞安以叫小姐闻名的地方。我先是一愣，随即释然。有这么诱人的卖点，名字倒也的确是件小事。

① 作者简介：郑一帆，男，塘栖人，毕业于南京工业大学。

说是温州，倒也不恰当。我所到的，是在温州旁名为瑞安的小地方。我偏爱小地方。仅仅是这个方面，我不愿用什么浮夸的词。偏爱而已。瑞安倒是别致的。自友人近乎奢华的小区出门左拐前行，相距不足百米的一个拐角后头，竟藏着古老的砖瓦小房和屋子围绕的一棵足需三人围抱的大树。小房顶着旧时的瓦片，不愠不火地端立着。树下穿着白褂的老人闲聊纳凉，孩童三三两两。哦，还有一个推起来吱呀作响的凉皮摊位。再行三四百米便又回到街上，街边栽着的不是梧桐，不是香樟，而是满满的榕树。且不是人们所熟知的粗壮的样子，而是秀气端庄的一排。别致的根须悠悠下垂，似少女的玉手，勾人心弦。我料想，瑞安定是偏女向的，不言味道，变脸是顶快的了。相比之下，南京就不这么可爱了。南京那厚重的城门就先给了我这个外地佬一个下马威。路边巨人般的梧桐遮住了半边天，像是张扬着“这里是千年古城”云云。可惜他是梧桐，张扬却无底蕴。若是一排古梅在此，虽说小，却硬气不少。内秀，向来是受我追捧的。但就是内秀的瑞安，若不是友人在，便也不想再去第二次了。

瑞安之后也了了之前的一大心愿，便是返去了山里。却再也不是碎念了千万遍的老余杭了，而是安吉。

母亲口口声声说安吉比外婆家好，且有个小姐妹的父母在那儿住着，可以借宿。我便欣然接受了。

由于是母亲好姐妹的老家，于是我便也很不要脸地叫上了外公外婆。外婆家门口便是条溪，鱼多得捞不尽，却没有一只螃蟹。我翻遍了整条溪的大小石头，却连一条螃蟹腿都没找着。这样的溪，也算猎奇了。这里四面环山，若论地形，当属盆地。若没有一条公路贯穿这里，恐怕没有人会知道山的后面还有其他人，其他生活。若说山，屋后便有一座。说是此家承包下的山头，便毫无意外地看到了满山的竹子。种竹子像是山里人的第一选择，其次是茶叶。不说“宁可食无肉，不可居无竹”的雅致，想来一般人也是没这觉悟的。我想倒不如说是南方的山适合竹子，或许这里的土也对竹子有着偏爱罢。

山里的一切皆是可人的。我站在面朝空地的阳台，欲叹些“夕阳无限好”云云，确是连一个上得了台面的字眼也蹦不出来。有一种说法，凡人是隔着帘子看世界的，而圣人则是揭去了眼前的帘子。所以凡人不可能照着圣人的言语要求自己。只有圣人替凡人揭去帘子的那一刻，凡人尚且顿悟“哦，原来夕阳是美的！”之后便又浑浑噩噩，且记得夕阳是美的了。我这样的凡俗也是说不出什么的，只觉得此时的山是一条巨龙，却无奈不得腾飞。火云灼在其身，龙脊不甘地高耸，然后跳动、颤抖。每一棵竹子都化为逆鳞，倒立而起，触碰间发出金属铿锵之声。我隐约听到一声不甘的龙啸，却寻不得龙头何处。猛然回神，夕阳已落下。天，便是快黑透了。

之后我每日坐在竹椅上等着近黄昏的时分。却见不得真龙，亦闻不得龙吟了。只有家中土狗在我脚边安静躺着。十来只小鸡小鸭被放出来散步，追赶着我扔出的葡萄皮蹒跚跑着，争来抢去，却冷不丁被邻家的老母鸡啄去。老母鸡挺着脖子，头来回摆，甩得喙中叼着的葡萄皮掉下汁来。她的两只爪子刻意拉长地拖着地面，刮得沙砾飞起，走路摇摆着丰腴的臀部，两步一回头地踱着步子。突然她一转头，脖子一仰，咽下了口中的鲜珍，又慢慢踱回来，还发出咕咕咕的声响。我心生厌恶，起身一个跺脚，惊得老母鸡夹着屁股飞蹿而回。土狗一下跳起，警惕地望着我，眸子里透出简单明了的恐惧，狗的眼睛的确是清澈到无以复加，让人能一眼看穿过去。后来我缓缓坐回去，它才试探性地匐下前腿，欲低头躺下却又忌惮我有所动作，又过了良久，才悻悻躺下。之后的事，便也就觉得越来越安静，且蚊子越来越多，天便又黑透了。

七天后，我便催母亲接我归去了。那户人家待我是顶好的，山水亦是别致。但我却不知道远处的果树上果子已成，不知道哪户人家会包容我这个偷瓜贼。那里不是我生长的地方，也塞不下我的情愫，于是我离得那山越近，那山、那竹、那泥土的味道却离我越远。自知多待也是枉然。

母亲应该也比我明了的，明明没有比得过老余杭的地方了。

上海确凿是个灯红酒绿的地方，褒贬自知。

这个连夏日的夏虫叫声都可淹没的地方，闪烁着霓虹，欲把我吞噬。

上海鳞次栉比，车水马龙。那是个永远不能安静下来的地方，哪怕是夏日最热的午后，路上亦是挤满了人。各式人的碎念汇成一条洪流，此消彼长，欲剪不断。这样令人每个毛孔都烦躁的地方，又怎么比得上待得厌了，却又扎了根，离开了却也连着念想的小塘栖呢。

夏天让塘栖的空气都变得灼口，也就浇灭了塘栖人出门的兴致。塘栖人是顺着自然的脾气活着享受着的。此时塘栖人脑子里的，是这时出门最易中了暑的。到了饭后，毒太阳肆虐了一圈，准备西落的时候，友善可爱的塘栖人便陆续露头。三三两两的老一辈塘栖人，或零散站着，或结伴坐着竹椅，在树荫里纳凉闲聊。年轻人迎接低温的方式则较为活泼，寻几个要好的伙伴，去水北，去夜市，疯疯闹闹，好不可爱。

而我人在南京，离家近半年，任凭笔尖划过纸面，也道不出塘栖的片面了。我怀念的，可能是母亲的碎念；可能是父亲的沉默；可能是一口枇杷下去，却品出一嘴尘封百年的香醇。我从没发现自己这么依赖塘栖，这么依赖自己的家，这么依赖这牢笼。外面的世界很精彩，外面的世界很无奈，细说却又道不清，唯留一声叹了。

我是在这小地方扎了根了，我厌恶各种繁华的地方，厌恶一眼忘去黑压压一片行尸走肉。小地方的好处便是，出门遍地是熟人，相遇，相谈，相交甚欢。即便不出门，坐在竹凳上，伴着晚风，翻翻喜爱的书，坐着也是一天。优哉游哉，便就离不开这小地方了。我这样的想法曾说与母亲听，我是想这样的日子较为慵懒自在，母亲则概括得极为精炼，炼字功力也不知比我深厚多少，就是结果令我一直不愿承认，只是个“懒”字尔尔。

日前收到了母亲寄来的衣服，其中附着一本书，定睛后发现作者竟是胡建伟老师（若说起昔日牢笼，胡老师可算半个典狱长）。扉页有着寥寥一笔赠言，顿时折煞了我千万遍。此书毫无意外地以塘栖的景，文化，及闲文轶事为主，其中有一篇特意提到了母亲。不夸张地说，我观后断断续续哭了三个小时，只因母亲的孤独，和我的无能。胡老师寄此书来，想来是料想到我在外思故土，再者也是暗示我不可忘本。而独论写到母亲的那一章，则是看我为人，为人子的一面了。高中时期胡老师便老是跟我打哑谜，点而不破，再来便是套着“忘年交”的羊皮，相交甚多。实质上，姜还是老的辣，忘年交亦是虚妄，而是在赌我这块烂石头的肚子里头是否有玉罢了。

赌赢赌输，我亦不知。我如今只感到满怀的挫败。可叹郑一帆昔日认故土为束缚己身的牢笼；可怜郑一帆自认肚里有两滴墨，却做不到笔耕不辍；可悲郑一帆在外潇洒，聒噪着吾自倾杯，君且随意，却不思家中父母。且辜负了胡老师的期望了罢！

但我确实是想家的，我也想象不出高铁靠到余杭站的时候我是怎样的情绪。我正迫不及待地冲回昔日的牢笼。哪怕我一头撞上，碰出血来，看着那暗红的一片，也只会暗自庆幸罢。

故乡的老树

劳国强[①]

我家的院场在故乡属简陋的一类：土墙围栏，藤蔓攀援；墙角背阴处放着一只朝天茅坑，周围长着齐腰高的脱力草、夜来香、老鹳藤；知名或不知名的植物都在此集结，平添了“庭院深深深几许”的神秘。

光是神秘倒也罢了，更为稀奇的是，院场里有三株当地少见的老树。这三株老树不甘寂寞，漫天招摇；尤其是花开时节，树上繁花似锦，引来黄蜂彩蝶上下飞舞，为“墙里开花墙外香”作无言的诠释。墙外阡陌纵横，有的是枇杷树、桃子树、桑树和苦楝树，长得又瘦又矮。来老镇喝早茶、赶集市的乡亲以稀为贵，驻足观望，隔着土墙对老树发出“啊呀魅”“啊呀魅”的赞叹。这赞叹外乡人听不懂，疑似鸟语；而在土著听来，“啊呀魅”是赞美之词的极致，足可与戏文中的唱腔“良辰美景奈何天，赏心乐事谁家院”相媲美。

老树默默承载着光阴，承载着风雨；既是故里的地标，又是家园的景观；其枝枝叶叶、花花果果无不融入岁月的长河，生活的末节。然而，是天灾抑或人祸，把与世无争的老树推向了死亡的边缘？随着一株

① 作者简介：劳国强，塘栖人，中国轻工业出版社编审，现居北京。

株老树的轰然倒下，一部部活色生香的连续剧戛然而止，让人陡生无奈和悲伤。关于老树的种种传说有如古运河上漂泊的小船，在水色天光中渐行渐远……

◎ 杏子树

故乡用“杏”字起名的不少，如“杏仙”“杏英”“杏根”，叫起来琅琅上口，听起来刮拉粉脆。也许是孤陋寡闻，我在老镇生活了二十多年，还真没见过比我家大的杏子树。粗壮的树干斜着生长，像是一位负重的老人，想倚靠在墙头上休憩；树梢筑有一个喜鹊窝，那喜鹊一天到晚叽叽喳喳闹个不停。据说此树有些来历，是我奶奶从京城捎来的品种，带有皇城的福相。清晨，太阳的光芒给杏子树披上金色的“斗篷”；在春风的轻拂下，满树开出粉红色的花朵，团团簇簇，密密麻麻，远远望去像一堆绯云，飘落在粉墙黛瓦上。杏子树下绿草如茵，叫得上名的有小鸡草、马兰头、蒲公英，老母鸡带领着毛茸茸的小鸡在草丛中觅食。我还不到上学的年龄，整天枯坐在树荫下无所事事。奶奶指派我一项任务：拿着木棍看护着小鸡，不要让天上的老鹰把小鸡叼走。那时候，运河里行走的是帆船，清澈的河水静静地流淌；天上不时有老鹰盘旋，稍不留神还以为是放飞的风筝。杏花盛开不了几天，花瓣随着潇潇春雨飘落，在谢幕的一刻，留下“落红不是无情物，化作春泥更护花”的绝唱。

养鸡是家家户户的副业，为的是改善生活。奇怪的是，同在杏子树下玩耍的鸡仔，差别为什么那样大？我家养的鸡胆子极小，走路小心翼翼，东张西望；从杏子树上掉下一个虫子，都能吓它们一大跳。而隔壁瘸脚娘娘家的鸡，只只骁勇好斗；甚至飞到杏子树上打鸣，跳进篱笆里偷菜。奶奶看不懂，不住地叨唠：“门风如此，看来只能培养骑门槛大的家伙。”通过观察我才明白，差别在于各家的饲养方法不同。我家的鸡早晚各喂一顿，鸡仔吃饱了自然学绅士、淑女的派头；而别人家养鸡，一天只喂一顿，早上把鸡仔从鸡窝里赶出去就撒手不管了。那鸡肚子饿，见什么啄什么，连苦涩的青草都不放过，啄得只剩光秃秃的根茎。

杏子树结的果是清贫日子里的开心果。杏子由青泛黄，让人垂涎三尺。不时有成熟的从树叶间掉下来，砸在地上散发出淡淡的果香。贪嘴的孩子因此无心上学，齐聚在树底下做守株待“杏”的功课，还相互指责对方是“食痨坯”。采收的那天，墙圈里像过年一样热闹。人们用带钩的竹竿来帮忙，采下的杏子堆成了小山。奶奶喉咙梆响地喊着张三李四的名字，给每家分一小篮杏子尝尝鲜。杏甜，虽然到不了“咬一口甜掉牙”的程度，可也足以使孩子过把瘾。吃剩的杏核能做哨子：用钉子在杏核上钻个眼，挖去里面的仁，就可以放在嘴里吹了。一时间家家做哨子，个个练吹哨，呜里哇啦地吹，给寂静的墙圈带来了生气。

1964年秋天的一场台风，呼呼地刮了一夜。第二天早上发现，这株硕大的杏子树竟然被台风连根拔起。树大，几个壮小伙都动弹不了它，只能任由慢慢老去。奶奶急火攻心，躺在床上喊“苦脑子”，那场面谁见了都心酸。墙圈里响起几声幽幽怨怨的哨音，也许奶奶的意识出现了幻觉，硬说这是仁义之人在为老树送行。

◎ 香泡树

香泡树的树干和杏子树不一样，白白净净，像个白面书生；在齐腰的地方就分杈，使爬树成为一件惬意的事情。不光孩子喜欢爬到树上小憩，就连小伙子、大姑娘都愿意上树谈天说地，唱歌抒情。

香泡树开的花是“潮头货”心中的情爱花。乍一看像白兰花，高雅圣洁，芬芳浓郁，让人七情亢奋、欲罢不能。尤其是在月光如水的夜晚，周围一片寂静；香泡树或被男生占领，唱“乌苏里船歌”“友谊地久天长”；或被女生包场，唱“红梅赞”“花儿为什么这样红”。“潮头货”用悠扬的歌声抒发对生活的期待，奶奶对树上的人影喊话：“你们要么不唱，要唱就得唱全折的，一句半句的没啥听头！”当然，这都是“文革”前发生的事，“文革”中这些歌曲都被归入封资修一类，也就无人敢唱了。爱美的姑娘唱完歌曲意犹未尽，顺手采摘几朵，第二天用棉线穿着，佩戴在衣扣上，套在脖子上，挎着竹篮上街招摇，沿着古老的大运河一路走去，让卖大头菜、卖笋干的外地小伙子大开眼界，啧啧称奇。居然生发出一段马路恋情。

院场墙外住着磨剪刀的阿狗师傅一家。阿狗的大女儿阿梅长得人高马大，黑不溜秋。阿梅没有上过学，一直在家买菜做饭洗衣服。爬树是阿梅的拿手好戏。空闲的时间，她在香泡树上唱原生态的江北调：“什么东西是最宽呀？上海的马路是最宽；哎你说的不对了！为什么？上海的马路怎能比得上那社会主义道路宽！”唱得还蛮有情调。

眼见同龄的姑娘都穿上了嫁衣，阿梅便骂天下的男人瞎了眼。她老爹整天扛着磨剪刀的凳子穿街过巷，没有工夫理会女儿的闲言碎语。

他对阿梅说：“街面上两条腿的男人有的是，就看你有没有缘分。”

阿梅噘着嘴说：“你给我买双红洋袜白球鞋，我保证给你领个‘猪头’回来。”

阿狗一听事情就这么简单，立马照办，外加一包鹅蛋粉。这鹅蛋粉搽在阿梅的脸上果然显效，使其面皮白里泛红，红里透黑，让人刮目相看。

老镇的街市依河傍水，外地的橹船把河埠挤得满满当当。船上的小贩上午忙着做生意，下午闲着逛马路。跟约好了似的，阿梅打扮得像个运动员，红洋袜白球鞋，唱着江北调，也一天两趟轧马路。阿梅家里穷，买不起时鲜蔬菜，专吃桐乡产的大头菜。这种菜不仅可以一菜多吃，而且放得起，不会坏。有一天，阿梅带了一个卖大头菜的上门推销，生意越做越红火。那“猪头”索性住在了阿梅家，两个人爬到香泡树上嗑瓜子、数钞票，热络得来。

我下乡的日子，当家菜也是大头菜。知青阿根与我闲聊：“你们墙圈里那个‘作陪亲不像’怎么看不见了?”没头没脑的话让我无法对号入座。

“就是穿红洋袜白球鞋的那个黑炭头,”阿根补充道。我这才知道他指的是阿狗师傅的女儿阿梅,除她之外没有别的姑娘如此般配。

我说:“你是否对她有点意思?”

阿根说:“乱话三千!”说在街上看见她胸前挂着白兰花,见了小伙子眼神怪兮兮的,所以给她起了个“作陪亲不像”的雅号。

我告诉他,阿梅俏得很!已经跟一个卖大头菜的“猪头”好上了,嫁到桐乡去了,在香泡树开花的时节……阿根惊讶得合不拢嘴巴。

香泡花凋谢之后,小香泡像一盏盏灯笼挂在树梢上。瞧见的人有的说是文旦;有的说是柚子;也有的说是香橼。我家也不知道叫什么好,一直沿用“香泡”的叫法。进入梅雨季节,一场接一场雨水浇透了地面,一只又一只幼蝉从地洞里钻出来,带着迷茫的神情慢慢地往香泡树上爬。在树上唱歌的“潮头货”把蝉抓来放到火上烤,说是蝉的两块胸大肌是精肉,吃起来鲜得很,味道赛过西施的舌头。

香泡成熟的时候,来讨要的人很多;不是为了吃,而是为了看。摆在书桌上,闻到的是一股清香味。我听蒋豫生说起过,他上中学时跟着同学董吉人来讨过香泡。董家、蒋家和我家有世交之谊,讨个香泡想必闲话一句。

到了70年代中期,这株香泡树突然得了“半身不遂”。我家叫了两个塘南的亲戚来“会诊”,发现树的根部有一个很大的白蚁窝,是该死的白蚁断送了老树生命,也断送了本属于“潮头货”的夜半歌声。

◎ 梧桐树

院场的南面有一条小河,河对面是塘栖中学。靠近小河岸边,长着一株伟岸的梧桐树。这株梧桐树与中学路旁的法国梧桐不一样,树干笔直，叶大像蒲扇，稍加折叠可以当帽子戴在头上。梧桐树的树干刀痕累累，据说越砍树长得越快；开小黄花，结梧桐籽。孩子嘴馋的时候拿带钩的竹竿采梧桐籽，而后放到锅里炒。炒熟后装在裤兜里，摆出现今大牌明星嚼口香糖的派头，一颗一颗地往嘴里丢；一嚼，一泡甜水。

落河埠有时要排队，嫌气闷可以玩“斗老根”。没想到这项游戏连卖爆米花的瞎子阿四也爱玩。就地捡些飘落的梧桐叶，叶柄就是所谓的老根。把两根老根折弯相搭，双方共同用力，必有一方应声折断。斗赢者洋洋得意；斗输者满院场转悠，捡心仪的再斗。精于此道的“野猫”说，老根并非越粗越好，粗者脆，容易断；只有那些看似干瘪瘪的，才有克敌制胜的潜质。

“野猫”长得斜头辟脑，左眼和右眼的距离比一般人宽。瞎子阿四多嘴，说这是典型的愚笨相；可“野猫”他妈不这么认为，谁要当她的面说“野猫”笨，她跟谁急。他妈说儿子不笨，看他吃饭时的吃相就知道，那双筷子尽往好菜蔬碗里搛。“野猫”的相貌虽然有争议，可鼻子的灵敏度谁也比不了。哪家灶头间飘出香气，吃饭的时候他准捧着饭碗上哪家，眼睛盯着菜碗看，看得人家再也不好意思吃独食。因此，“野猫”的口福在鼻子的引领下，有如“芝麻开花节节高”。“野猫”玩斗老根有绝招，他把老根藏在拖鞋爿里，让一双臭脚整天踩踏，使之“百炼成钢”。因此，“野猫”是斗老根的常胜将军，几乎斗遍老少无敌手，连瞎子阿四也败在他手下。阿四输了不服气，说什么：“智者千虑，必有一失；愚者千虑，必有一得。”有人搬嘴给“野猫”他妈听，他妈一把揪住阿四的衣领骂道：“你个瞎死尸，给我说清楚，谁是笨蛋？”吓得阿四连连讨饶。

我常常在梧桐树下钓鱼。飘落在河里的梧桐花和梧桐籽是鱼儿爱啄的食物，使这儿的水面比别处热闹。人困时往梧桐树上一靠，感觉就像躺在自家眠床上一样。有好几次吃饭时，奶奶说要把梧桐树卖掉，过日子不能尽吃大头菜。我不同意，一株树就像一个人，养大了自然有感情；再说卖树的几个钱只能救急，不能救穷。俗话说“没什么不能没钱，有什么不能有病”，可“没钱”和“有病”这两样人之大忌都让我家赶上了。奶奶突然得了重病，两眼发直，不省人事。我和姐姐背着她上医院，医生说有生命危险，血压已高达二百多。可是，我家两个人下乡，住不起医院；待奶奶病情稍有好转，我把她从医院又背了回来。

两个月后，奶奶拄着拐杖颤颤巍巍地站在梧桐树下，望着飘零的落叶，感到来日无多，执意要把老树卖掉。梧桐树卖了几十元钱，这在当年是个不小的数字。砍树的那天，奶奶向老树告别：请原谅我们一家吧！种你的时候万没想过要抛弃你，今天走到这一步也是生活所迫、万般无奈……她老泪纵横说不下去了。不久，奶奶也因病离开了人世。

◎ 白果树

在消息闭塞的老镇，看露天电影是一件令人开心的事。贴在街头的电影布告不消半个时辰，街道里弄的角角落落就会亢奋起来。摆摊的早点收摊，烧饭的早点淘米；尤其是孩子，按捺不住冲动，要紧做两件事情：一是卖点旧东西积攒电影票钱；二是约哪些个同伴去看电影。卖的东西无非是肉骨头、牙膏皮、破布头之类。太阳还未下山，墙圈里的七男八女就吆三喝五，扛着条凳出发，到北小河的露天电影场占地方；大人则要等到临开场才露面。

我的外婆家在北小河的三间头，离露天电影场不远。到外婆家借上条凳，穿过一段狭弄，便来到白果树底下。夜幕下的白果树树冠参霄，百鸟鸣啭；气宇轩昂，巍然挺立。我对这株老树素怀敬畏，把它看作是上苍庇护古镇的一把绿伞，见到后习惯伸手抱一抱。说是抱，其实只是贴着苍老的树皮亲一下，要完全抱住起码好几个成人才行。这株白果树究竟有多大年纪，没人说得清楚，只知道它和古运河上的长桥是天设地造的一双。听外婆说，这株白果树是公的，不结白果；方圆百里之内必定还有一株母的和它遥遥相望；像梁山伯和祝英台一样，生死相依，忠贞不渝；如果一株死去，另一株也活不长了。委婉动听的传说，使老树的形象在我的心目中更加高大、圣洁。

露天电影场放的电影很多，印象深刻的有“英雄儿女”“刘三姐”“霓虹灯下的哨兵”。随着政治形势的升温，影片中的教化色彩也越来越浓。不久，老镇卷入了“文革”。老镇人造反的劲头一点都不含糊，狂热迅速升温到了登峰造极的地步。凡是有历史价值的东西，包括自然遗产和文化遗产，都被蛮横无理的造反派当作“四旧”砸烂，以为砸烂了这些旧东西，就会过上好日子。在这种思维主导下，人们丧失理智，见什么灭什么，谁阻拦就报复谁。电影没得看了；有，也就是“平原游击队”“地道战”“地雷战”之类“炒冷饭”的片子，熟得几乎能背出来。睁开眼睛，镇上哪天不上演抄家、批斗、游街的闹剧，人们感到没劲，仿佛时光白白流过。可惜的是，在这块土地上生长了千百年的白果树，竟然没能逃脱被砍伐的命运。为什么要砍伐这株老树？没人说得清楚。也许是源于一个封建的传说；也许是响应“拔掉穷根栽富苗”的号召；也许什么都不是，就因为有人看中了上好的木材，可以做他家的五斗橱、大衣柜。

我在一个阴雨天路过哑子弄口，那株心目中的圣树已不复存在了；剩下一群男女挥舞着铁耙在翻腾，寻找树根作烧饭的柴薪。我心中的家园，大作家笔下的“江南佳丽地”，就这样在“无知”和“狂热”的双重摧残下，失去了原有的尊严和魅力。

自然遗产、历史文物的最大价值在于它的不可复制性。当人们意识到这一点时，老镇已经付出了沉重的代价。失去了老树，失去了亲人，也就失去了心中的牵挂。我不想再叨唠老镇曾经拥有的辉煌，或许把那些老古董加在一起都抵不上这株白果树的珍贵。连石头与黄金都区分不了的人且慢高谈阔论，只有用身心拥抱过老树的人才真正懂得它们存在的意义。

白果树，老镇曾经的瑰宝，你如果能活到今天该多好！

白毛夏枯草

劳国强

我有虚火旺、喉咙痛的毛病，稍不留神就有状况。尤其到了气候干燥的季节，心气儿不由自主地浮躁，喉咙有隐隐作痛之感。这是身体发出的信号，提醒我采取措施，自觉找苦吃。凡是苦的东西，比如苦瓜、苦丁茶，都能败火清心，祛邪归正。偶遇虚火透顶，人躺在床上发烧，心却回老镇“休假”。

——穿过喧闹的街市、空旷的运动场，映入眼帘的是再熟悉不过的老宅。

老宅有一个天井，坐北朝南，呈长方形，一色青石板铺就。几家住户分享天井带来的敞亮空间。天井北面是高大的封火墙，把灶间挡在了墙外；南面是木结构的楼房，东西厢房可倚窗对望，景物尽收眼底。天井像一只漏斗，雨水哗哗的时候，孩子们隔着雨帘解读封火墙上的图画，凭空想像也是一种乐趣；天井又像一扇天窗，阳光从天窗里射进来，晒干青石板上的水迹，孩子们便在天井里跳房子、打弹子。站在天井中央抬头仰望，天空显得格外的高远，不时有鸽群掠过，留下一串串悠悠的哨音。

天井配花坛，是老镇民宅的基本格局，我家也不例外。花坛的三个立面也用青石板垒砌，与天井浑然一体。耐人寻味的是，花坛上既无太湖假山，也缺名贵花木，却长了一坛翠生生的小草。小草高低错落，各有不同的名称和用途。有艺术品位的人看不懂，为花坛地位的缺失抱不平，以为主人不懂生活情趣。

我奶奶是花坛的主人，满脸皱纹，性情急躁，想必缺少艺术细胞。有谁家的鸡飞到花坛上撒野，她不管三七二十一操起竹竿就打；有谁敢动花坛上小草一指头，她不问青红皂白开口就骂。墙圈里的住户都知道劳家有一个花坛，花坛上有神奇的草药。有空的时候，奶奶拿着小铲给花坛上的小草松土施肥，赛过在倒腾一只绿色的药箱。那年月家家贫困，小病小灾没有上医院的习惯，谁家大人孩子身体不适，首先想到找劳家娘娘讨点草药。“阿缺”头上长疮，“土豆”崴脚，“包子”游泳耳朵进水，“野猫”脱力，家长少不得面带笑容，向劳家娘娘讨好似地数落“细鬼”一通。奶奶此时俨然像一位悬壶济世的郎中，问清状况，亲自到花坛上采摘一把嫩叶并叮嘱一番。花坛的神秘必定引起“细鬼”的好奇，“歪瓜”问我花坛上有“九里香”吗？“萝卜”问我有“七叶一枝花”吗？我不胜其烦地回答：没有！在我眼里，满坛小草中只有白毛夏枯草是好东西，因为它能治我的喉咙痛。

据说白毛夏枯草与夏枯草是两种植物。白毛夏枯草叶对生，长椭圆形，呈匍匐状，全株披白色柔毛，春夏之间开白色的小花，星星点点散布在翠绿丛中。我患喉咙痛，不思饮食，奶奶便到花坛上采摘一把白毛夏枯草的叶子，洗净，撒上细盐，用河卵石捣碎，挤出叶汁，让我连同叶渣一起吞服。那叶汁碧绿，奇苦无比，吞服前光靠精神鼓励是不够的，还需有一勺白糖在旁边壮胆。吞服过白毛夏枯草的人都知道，人世间可能没有比白毛夏枯草更苦的东西了，苦得五脏六腑如翻江倒海一般，三五日内食不甘味。话又说回来，也只有这苦的极致，才能挽狂澜于既倒。

吞服了白毛夏枯草，我委屈得泪水涟涟。奶奶心狠，收拾碗盏时不仅不表同情，还要添一句塘栖的土话：“吃苦不记苦，到老吪结果。”我年纪小，不明白奶奶此话的意思，眼睛朝她翻白，颇有微词：吃了苦，还要记住苦，想叫我苦煞！奶奶不以为然地说：“道理你慢慢去悟，聪明的孩子吃一堑长一智，要是别人家的小人，想买我这句话都买不出来。”

我上小学后，父亲带领孩子们每个星期天要参加院场里的劳动，这是有意在给我们灌输“劳动光荣”的理念。他在前面垦地，我在后面拣石头，劳动倒是不累，就是枯燥乏味。可能是我的思想意识出了问题，干不了多一会儿就要上茅坑，以此逃避劳动。奶奶见了直摇头，认为孙子如此好逸恶劳日后恐怕要“吃空手饭”了，“吃空手饭”是贬义词，泛指街面上无所事事的闲人。奶奶对这样的人向来怀有偏见。

“文化大革命”开始了，吃空手饭的人顿时有了用武之地，把一向平静的老镇搅得哪儿都不平静。街面上不时有人从怀里掏出一叠红红绿绿的传单，朝空中一抛，争抢传单的乱作一团，因为传单可作为发煤炉的引火纸。警惕性高的人见我奶奶拿铲子在花坛上点点戳戳，以为在藏匿家私，父亲单位里的造反派抢先来抄家，二话不说就拆花坛——翠生生的小草顷刻之间被当作毒草，翻下的泥土铺满了整个天井。奶奶心疼花坛的毁坏，更舍不得小草就此断种，她要跟造反派拼命，总算抢出了几棵，栽种在破脸盆里。小草生命贱，春风吹又生。来年的春天，破脸盆里的白毛夏枯草挤不下了，不知奶奶又从哪里找来一些破脸盆，房前屋后凡有阳光的地方都有白毛夏枯草的影子。我家成了种白毛夏枯草的专业户了。为什么单单留下白毛夏枯草？奶奶没有说。

随着年龄的增长，阅历的增加，我才体会到奶奶经常叨唠“吃苦不记苦，到老吼结果”有着深刻的用意，至少包含两层意思：苦是客观存在，看你如何面对。少年时期要吃得起苦，把苦当作人生的老师，借此提升自己的精神境界和应对能力，若真如此，人生的道路上便没有值得害怕和惊慌的了；成年后要记住曾经吃过的苦，以平常心立身处世，才不至于迷失在功利的诱惑中，丧失做人的良知。

我悟出上述道理少说用了十年。不亲身经历，不以苦为师，不会得出这样深刻的认识。可是，最心疼我的奶奶已等不到我成家立业，竟离我而去。她一个妇道人家，没有什么文化，谈不上教育理念，却懂得以一种独特的方式教育后代直面人生道路上的挫折，为走好以后的人生道路作精神上的铺垫。在“文革”十年中，苦难与我如影随形。我把这段人生历程记录在家乡刊物《唐栖》第二期上，以表达对那段往事的追念。抚今思昔，好日子如囫囵吞枣，来不及品味就溜过去了；苦日子如钝刀割肉，时光仿佛凝固了一般。最让我刻骨铭心的是：一个天真的孩子，一个对社会充满热情的孩子，一个把读书当作生命需要的孩子，突然有一天被社会剥夺了读书的权利，每天早上醒来为如何打发时间犯愁，这是一种折磨，一种精神上的折磨。当上学的人流涌向塘栖中学时，我收拾收拾也将出发，或去西小河参加防空工事义务劳动，这是街道的指派；或去小河里钓鱼，为了餐桌上有鱼吃；或去丁河兜泥鳅，因为家里养鸭；或去长桥头捡橘子皮，晒干了好卖钱。一个失学少年，不干这些，又能干些什么呢?

白毛夏枯草的生命力顽强得出奇，在人们的不经意间，种子随风飘散到老镇的角角落落，塘栖不少人家都种有白毛夏枯草。由于白毛夏枯草奇苦，一般情况下鸡是不啄的，可是那年老镇闹鸡瘟（学名叫禽流感），菜场上卖的鸡傻呆呆的，嘴里发出“咕”“咕”的怪叫声。墙圈里的鸡不知从哪里获得信息，纷纷飞到矮墙上啄破脸盆里的白毛夏枯草，成为墙圈里的奇谈。家禽尚且偷生，人更有理由自强！为了改善生活条件，我几乎走遍了塘栖周围农村的沟沟坎坎。有一天，一位亲戚在圆满桥边看见我背着渔网，赤着脚，腰系鱼篓，晒得像黑炭，惊讶得半天合不拢嘴巴。

当我克服种种困难从东塘中学考到塘栖中学读高中时，已是1973年春天了。我原指望能在塘栖中学这座知识的殿堂里好好读书，为人生的道路打下厚实的基础，可是偌大的校园放不下一张平静的书桌。批林批孔、反击右倾翻案风、评法批儒、评《水浒》、批《三字经》、《神童诗》、黄帅事件、反师道尊严、破除资产阶级法权……政治运动一个接着一个。校园里的红卫兵仰仗着“根红苗正”，沉湎于“自来红”的虚荣中，整天热衷于政治运动，把学生的天职忘得干干净净。由于高中毕业后仍要面临上山下乡，人们的目光普遍短视，认为读书无用；课堂纪律一塌糊涂，老师不敢管，怕捅马蜂窝。有一天，一位根正苗红者在课堂上开“茶馆店”，说话的声音比老师的嗓门大。课下，我好心规劝他几句，他恼羞成怒地说：你是黑五类，我是高干子弟，黑五类有什么资格教训高干子弟！荒唐加无知让人目瞪口呆。我为之叹息：虚火和虚荣是人与生俱来的两大弱点。虚火旺，能感知，可以借用白毛夏枯草的药力来控制；而虚荣强，本人浑然不知，甚至还沾沾自喜。“文革”十年，乱象丛生；想读书的人得不到机会，不想读书的人却仗着政治的虚荣任意挥霍教育资源，挥霍青春年华，这是父母光环的悲哀，也是社会热捧的悲哀。如果社会公平一点，也给根红苗正者一点吃苦的机会，借此清醒清醒头脑，人生或许能走得更稳一点。

老宅好端端的花坛早已不复存在了。生长在破脸盆里的白毛夏枯草，仍然翠生生开着星星点点的白花，似乎在向人们印证着曾经发生的故事。在我的记忆里，它是奶奶留给我的一帖醒脑剂。回味它的苦，无论你身处何地，位有多高，家有多富，都不会忘记你是谁？你会清醒地意识到，虚荣这东西靠不住，惟有你的良知、你的学识才是立身处世的无价之宝。

家乡的小路

曹晓萍[①]

鲁迅说："世界上本来没有路，人走的多了才有路。"

站在老家的三楼，俯瞰这条穿过枇杷丛林、横亘于池塘间的蜿蜒小路，不知道有多少人走过，近几年才使它成为一条宽约4米的新时代农村水泥道路。

老家的房子原本在村落中间，人多宅基地少，80年代初期父亲将家搬迁至村落的最南端。这个地方三面环水，早期是一片桑树地，鲜有农户。连接村中的是一条近千米的小路，说是小路，其实是农家土地间的分界线，或者说田埂，仅限一人通过，枝繁叶茂的地方，成人是要弓着身子前行的。后来，有更多的农户从村中搬迁至村南，小路因为人走的多了，随后三四个人并排前行应该不成问题。

小路开阔了些，但因为是在田间地头，它的泥土似乎特别的肥腴、黏腻以及湿滑。一到下雨天，一脚下去便迅速成为一个深深的水坑。小孩子雨天得有大人牵着手，要不然一不小心可能就陷进较深的泥潭内不能自拔，或者滑倒成了个"泥菩萨"。儿时，奶奶曾拉着我，教

① 作者简介：曹晓萍，女，塘栖人，任职于余杭区中医院宣传科。

我赤脚在这小路上行走，并教会我卷起裤脚，行走时下脚要踩稳踩实技巧，关键的是双脚脚趾要像猫爪一样紧缩有力地抓地。奶奶还告诉我，下雨天或雨后晚上在小路上行走，手电筒的光或者月光照射的路上发亮的地方一定要绕开走，那个地方肯定是水坑。

路不好走，人们就要想办法让它变得好走。石头、石子、水泥，对于20世纪90年代初期的村民们还不敢奢望，就地取材才是他们创造的动力。江南水乡，湖泊池塘众多，冬令时节鱼儿已到收获的季节，用水泵将水抽干，族中的男子们到池塘中帮忙抓鱼，女人在家做“鱼汤饭”，农村人称之为“干塘”。干完塘，不用急着将河水灌进池塘，而是让整个池底尽情地裸露在冬日里，犹如吃完火锅后见底的大盆子，或暖阳照射，或雨水滴落，或白雪覆盖，等到来年春天再蓄水养鱼。池底的泥土呈黑褐色，因为有生物的滋养，异常肥沃，农民常常将它挖出一些培到桑树、桃树、枇杷树的根部，作为经济作物的“营养液”。而池塘边上的一圈是灰白色的，由贝壳、砂砾、螺蛳壳等组成。此时，整个池塘犹如一只对着天空的陶瓷大碗，碗底的黑褐色与碗边的灰白色，相互掩映，相互衬托，慵懒地躺在冬日暖阳的怀抱中，俨然是大自然的一件珍贵艺术品。聪明的农民利用完那黑褐色的泥土，又打起了这圈灰白色的主意。冬至过后，一家出一个劳动力，或到池塘内用簸箕装螺蛳壳，搬到一定的路段，或用铁耙等将螺蛳壳在路上铺平。

路终于不再泥泞。可是下雨的日子，自行车的轮胎上常常会粘着很多的螺蛳壳拌泥，在刹车片上卡牢，常常骑行一半需要找根树枝去除那些讨人厌的泥啊螺蛳壳之类的东西。人们对这条路又开始不满意了。村外已有拖拉机、摩托车等行驶，村南和村中的人一合计，挨家挨户收钱，找来拖拉机，又是一家出一个劳动力，小路被铺上了石头、石子等，并被拓宽至1米。因为走的人多，路上有些地方的泥土会塌陷到池塘内，有些地方会出现坑坑洼洼，所以每年都需要修补。

行走了几年后，人们对这条路又满腹牢骚。原来人们的出行方式已经由自行车、摩托车取代了步行。在快速度的情况下，路颠颠簸簸，让骑行的人们行动有些艰难。记得初中那会，我骑自行车上学，为了在颠簸的路上我的饭盒不至于被打翻，在自行车车篮内我自行添加了一根粗粗的牛皮筋用来固定饭盒。村外近乡政府的地方已是平坦的柏油路或水泥路，村内人十分羡慕与盼望。

新世纪初期，小轿车开始进村入户，颠簸的路肯定要被改造了。村镇财政支持，各家再征收点，一条洁净、平坦、宽阔的水泥道路铺就而成，并在路边安装了路灯。晚饭后，村民们在路灯下散步，戏称终于和城里人一样“荡马路”了。

泥泞的小路变成了心目中的“康庄大道”，可是我发现村落中人际间的关系也有了变化。小路时，走在路上，村中大妈见了说“细丫头放学啦。”“细丫头，来来来，吃块西瓜再回去”……“阿国爸爸你好”“舅爷爷你好”……一路上不是被关心就是在礼貌的叫人，有时候觉得路边的小花、野草都在对你微笑，犹如这充满生机充满温情的泥土，它虽黏腻，但这是它对你亲切友好的表示。而今回家，我脚不沾地，驾驶着小车，无暇与熟人打招呼，我想类似和我这样的年轻人应该很多。某一天，我从村南步行至村中，碰到年长些的会打个招呼，难得碰到年轻人，或熟知，或不熟知，有的一笑而过，有的擦肩而过权当不认识。邻里关系似乎因路的改变而疏远，看来这钢筋水泥显得有些冰冷，还是这黏人的泥土好，带有些许热情。

所以，周末回到老家，很多时候我喜欢在枇杷丛林间穿梭，我喜欢那种泥土的气息与芬芳，喜欢附着泥土而求生的植被，我更喜欢带着泥土气息的邻里关系，讨厌城市中钢筋水泥般冷漠的人际关系。

路变了，泥土永远沉淀在最底层，但希望我们的人情依然存在，只是不要被埋没了。

塘栖情丝

钱国丹[①]

江南有个小镇名唤塘栖。漫步在塘栖的寻常巷陌，你不小心踢起一颗沙粒，就有可能踢出一个故事，一种文化。

我常常想，古人为什么把田间的土路叫做“桑陌”，却没有叫“稻陌”或“粱陌”的？有个成语叫“沧海桑田”，为什么不叫“沧海粟田”或“沧海麦田”呢？

窃以为，从前我国农村的支柱产业，应该是蚕桑。养了蚕，收了茧，就可以缫丝，可以织绢织锦。“昨日入城市，归来泪满巾。遍身罗绮者，不是养蚕人。”丝制品能卖钱，拿了钱，要缴税赋，要置生活必需品。至于轻软柔滑的绫罗绸缎，蚕农们是无福享受的。但蚕桑曾经是农村的生存命脉，却是不可置疑的。

感谢好客的塘栖人，感谢塘栖籍、却长居温州的诗人叶坪先生，让一帮文化人聚集在这个充满诗意的神奇古镇。

我们走在通往塘北村的马路上。两旁草木葳蕤，暗香浮动。我的

---

① 作者简介：钱国丹，女，浙江乐清人。曾任台州市文联常务副主席、作协副主席。中国作家协会会员。

眼前浮现这么一幅景象：采桑女们挽筐携筥，步态轻盈地走在逶迤的桑陌上，朝阳把她们年轻的脸庞和婀娜的身子，涂上一片金光……

塘栖文体中心的孙晓云副主任说，她这是带我们去参观一个国家级非遗文化项目——缫制土丝工艺。

据史料记载，塘栖的土丝生产，在清代的前期最为鼎盛了。塘栖的土丝，是织锦纬丝的上好材料。赫赫有名的“湖丝”，便有相当一部分出自塘栖；享誉全球的南京贡缎云绵，首选的就是塘栖纬丝。

远远的，我就听到缫车的声音了。苏东坡《浣溪沙》的妙句扑面而来：蔌蔌衣襟落枣花，村南村北响缲车，牛衣古柳卖黄瓜。

这里的“缲”，同“缫”，读音和词义都一样。

孙晓云说，以前，塘栖几乎家家都置有缫车，户户都架着绢机。只待蚕熟茧成，缫汤就沸腾起来，缫车就伊伊哑哑地唱起来，机杼清脆的啪啪声，夜以继日地响个不停。

我们踏进塘北村，只见向阳的一排屋子里，几位农妇正在忙碌着。老式锅灶的灶洞里架着劈柴，炉火映红了添柴人的脸。孙晓云说，烧缫汤的柴火大有讲究，最好的要数栗柴，其次是桑柴，至于香樟树枝，是绝对不可以的。我想，是不是香樟燃烧的浓烈气味，要把蚕丝熏坏了？

大铁锅敞开着，沸水活泼泼地跳动。“缫汤用水，十分严苛。”一位当地人告诉我，“水轻则丝脆，水重则丝韧。从前，塘栖泗水庵内有一眼龙泉水井，井深无底，水脉源源，永不涸竭，那清澈冷冷之水，是远近闻名的缫丝最佳用水。”哎呀，原来缫丝有这许多讲究和技术含量，我真是服了。

鲜茧在汤锅里沉浮，袅袅的蒸汽盈满屋子，让我们如置身云里雾里。一位慈眉善目的阿婆坐在大灶旁，状如打坐观音。导游的说词在我耳边萦绕：老人叫朱马大，少女时嫁到塘北村来，就迷上了缫丝技艺，孜孜不倦地干了六七十年，成了远近闻名的缫丝能手和非遗文化传承人。

老人用一把笊篱，捞起滚烫的茧子，双手便在茧子上捏捏弄弄。

她的指头粗大而通红，她的脸色专注而安详。我想，她不怕烫吗？这耐热能力，这娴熟的技术，要多少毅力和时间才修炼到家的？

只见她挑选圆白的蚕茧，捏着弄着就牵出一根丝头来，随手绕在对面缫丝机的轴头上。缫丝机是木制的，上有个大大的圆绷，下有曲轴踏板。蚕茧的丝头从轴子绕上绷子，一个，两个，三个，无数个……缫丝机的踏板空设着，并没有人踩，却由一少妇缓缓地摇着把子转动。游丝晶莹剔透，飘飘忽忽，若有若无。但被牵引着的茧子在锅里迅速翻动着，分明在变小变小，而绷子上的蚕丝却慢慢地增厚。

到这里，就有个“出水干”的词儿冒出来了。“出水干”，即要求缫出来的丝，在空气里迅速干燥。导游告诉我们，天气湿冷的日子里，缫丝女往往会在绷子底下放一盆白炭火，靠合适的火候及缫车转动的气流，来达到“出水干”的标准。

塘栖人还告诉我们，土丝的重量，是以“两”为单位的，一般以16两的老式秤计算，十两为一车，四车为一把。出售时以“把”为单位。

有人不断地往锅里添放新茧。我仔细看着，茧子的样子并不一样，有的丰满，有的羸弱，有的洁白晶莹，有的则暗沉发黄。“……百沸缫汤雪涌波，缲车嘈囋雨鸣蓑。桑姑盆手交相贺，绵茧无多丝茧多……”杨万里这诗，据说就是写塘栖缫丝的。看来，那洁白剔透丝缕清晰的，便是丝茧，可以缫出上好的蚕丝；那暗沉瘦黄的，缲出来的则是黄丝。所以这首诗后面还有一句：“留得黄丝织夏衣”。蚕农们用优质丝帛换钱，剩下的黄丝就给自己织做夏衣了。

还有一种茧子，仿佛是不负责任的蚕子做的，颜色倒也是白的，却纠缠不清理不出头绪。只见朱马大阿婆把这种茧子一个个掰开，弄成燕窝状，淘洗干净了，挤干，放在另一个盆子里。他们说，这些燕窝状的茧子，就是做丝绵被子的上好材料了。

我们又来到隔壁屋里。这里蹲着一张绢机，机子两边的曲轴像两条粗大无比的螳螂腿。唧唧复唧唧，蚕娘当户织。随着机杼的节奏，绢布在悠悠地延长。对于缫车，绢机，甚至是她们手中小小的、两头尖尖的梭子，和装在梭子里面的纬球，我都有一种遥远的亲切感。在我的娘家，也有人养蚕，我们家也有脚踏的纺车和螳螂腿绢机。儿时的我特别喜欢瞎掺乎，只要奶奶或姑姑一离开绢机，我就上去占据了那窄窄的横凳，无奈我那时双腿太短，根本够不着下面的踏杆，于是我就站着踩动踏杆，然后左一梭子右一梭子地瞎织起来，我的水平实在是太烂，那梭子不是拱到经面上来，就是啪的一声掉到了地上，织出来的绢也疏密不匀，疙疙瘩瘩，引来大人们一顿臭骂。她们就一齐轰我："去去，绕纬球，绕纬球去！"

我快快地下了绢机，去折了些三四寸长的麦秸，在麦秸中间扭了个"鼻子"，把丝头绕在"鼻子"上，然后我上上下下、左左右右，龙飞凤舞地绕着，不到十分钟，一个弹性十足的、松紧合度的纬球就大功告成了。

望着塘栖女人娴熟的织绢动作，望着正在伸长的绢面，我的心里就痒痒的。织女看出了我的心思，她站离了绢机，体贴地对我说，你来试试？

于是我坐上了那窄窄的织凳，手脚并用，齐动起来。我的织绢技术并没有比儿时进步多少，那梭子还不时要拱上经面，不时要掉到地上。宽厚的塘栖人只是微笑着，却绝对不会责备一个蠢笨的外来客人。

告别塘北村时，村民们抱来许多丝绵被子。我们都清楚，再也没有比塘栖的丝绵更正宗，更环保的了，价格却只有市面上的三分之一。文友们争先恐后地买了许多。我想，我们不仅仅需要御寒，我们更需要把塘栖人的缕缕情丝、绵绵情怀带回家去，恒久收藏。

丝行弄的故事

卓轶常[①]

水乡塘栖素以桥、弄多出名，仅里弄就有七十二条半之多，其中不乏以行业命名的像酱园弄、皮匠弄、杀猪弄、丝行弄、印刷厂弄等。

丝行弄，1991年出版的《塘栖镇志》记载如下：丝行弄长62米，均宽2.2米。南与西小河街通，北与白果树路通，以该弄设有丝行而取名。它的特点是半条明（朝天）半条暗（在人家楼板下）。

丝行弄内有4个墙门房子，从南边走进弄内，第一扇墙门对照的墙上有个硕大黑色“丝”字，非常醒目。

弄内中段是2、3号两个相通的墙门，都姓卓，祖上称为老四房。2号住着卓家的大房，3号住着卓家的小房。卓家祖业以经营土丝而发达，卓家大院内有高大的院墙，封火墙包围着二个厅堂、二个天井和一个院场。

卓氏家族为塘栖之名门望族，有史记载，明清以来为诗书传家，名人辈出。卓家老四房就居住此地，经营一叫“庆丰祥”的丝行，收购当地农户自制的土蚕丝，然后贩运到湖州、绍兴等地。供织造绸缎之

① 作者简介：卓轶常，男，塘栖人。

用，由于诚信笃行（卓家大院内有一扇连接二厅之间的墙门上刻有“業精於勤”四个大字），诚信经营深得客商的赞美，收入颇丰。

卓家老四房虽小本经营，日脚也称小康，家中大小二房共有三四十人之多，可谓人丁兴旺，子孙满堂。卓家院场里有一丛生长极盛的南天竹，特别到了隆冬时节，绿叶之中串串红果分外耀眼，街坊邻居碰到喜庆之事都会来剪一点放在果盘上，这枝百年老南天竹后来拆迁时被送给超山青莲寺继续栽培。

夏天的傍晚时分，是墙门里一天中最为热闹的辰光，各家用水浇透天井里的青石板，然后搬出各自的竹椅板凳，有吃风凉饭的，有喝茶谈天的，有讲“大头天话”的，有讲趣闻轶事的，直至夜深人静，露水降临。

1958年夏天有一场特大台风路过塘栖，卓家的封火墙也经受了严峻考验。当时风吹墙动大有摇摇欲倒之势，但塘栖建筑队一位有经验的老师傅看过后，认为此封火墙内有木头撑着不会倒的，而事实果真如此，有惊无险。

卓家大院内曾住过十几户人家。有个大块头叶先生，他曾是新中国成立后塘栖镇首位镇工会主席，上过北京，待人和气，不幸在“反右”运动中戴上了帽子，从此沉默寡言，郁郁终身。

赫赫有名的红帮裁缝（奉帮的别称）梁先生，人生得高大白净，心灵手巧，据说是镇上屈指可数的西式裁缝，讨了位新华丝厂杭州女工，可惜这位梁师母是位“洁癖”，整天只知汰汰洗洗，一天不知要跑多少趟西小河河埠头。

老中药技师黄先生，他年轻时在镇上百年老店翁长春药店做伙计，后来到杭州胡庆余堂谋生，20世纪70年代退休回家工资尚有一百多元，在那时是镇上不可多见的。

老杭州人姜先生，此人是印刷厂工人，平生嗜酒为人乐观，每当下班回家在弄堂里摆上一只小桌，放上一碗香喷喷的清炒螺蛳，大声讲，“螺蛳过酒，强盗来了也勿肯走”。

大院内还住过一位在“文革”中响当当的新华丝厂女工，此人关心国家大事，消息灵通；积极投入这场史无前例的运动，曾当上镇造反派“头头”。可惜时运不济，才干埋没。

大院内还住过一位镇上无人不晓的银行里工作的骆先生，戴一副近视眼镜，娶了镇上看黄胖鼓胀病家的千金，是一个虔诚的戏迷书迷，听书是日日到场每次都要坐第一排。

卓家大院里曾发生过轰动全镇的一件事，那是1974年7月28日，盛夏酷暑，十分炎热，卓家大房最小的儿子在搬运站工作不久，那天一船六个人（大多是女孩学徒）卸货到长桥边，碰撞了泰山村来卖冬瓜的一只小船，危急时刻他奋勇一跃冲上船头撑篙，不幸被撞入河中。运河两岸观者人众，但无一人肯下水相救，最终他沉入河中遇难，时年仅18岁。镇委书记、县劳动局领导都纷纷上门慰问，并最终答应将下乡的阿姐抽上来顶职。出丧那天，镇上人们在运河两岸挥泪相送。

丝行弄南出口靠西小河，临河开设众多商店行业各不相同，紧靠弄左边的一家年糕店老板是绍兴人，生儿女一双，早年丧妻未娶。有亲戚二人在店内帮工。年糕店老板性子急，嗓门大，有时打骂儿女声响到弄内人家都能听到。年糕店最有特色的是一种叫猪油桂花夹心年糕，红黄白相间盘成腰子形，放在一个有木炭烘烤的平底铁锅内，发出滋滋的响声和那十分诱人的香味……每当下午做年糕时，街坊邻居都围上来看，老板亲自扛起一把木锤，高高举起嘴里“哼哼”地发力，砸在石臼里翻动粉团，直至将热气腾腾的米粉打成韧性十足的糕团，然后老板将糕团从石臼里抬到案板上。将一根丝线分割糕团，在案板子压平成条状做成真正的手工年糕，十分好吃。慷慨的老板还将两头的年糕头分送给小孩和邻舍尝尝，大家都非常高兴。

丝行弄右边是一家老妪开设的茶店，店内放了几张茶桌，在临河的米床边又放上了几张专给那些把自己家种的瓜果蔬菜顺带来卖的老农特地准备的。茶店老妪长得高大，头上盘着发髻，没客人时常手持一支三尺长的长烟管一个人悠悠然吸着自己做的老烟。店里靠墙是一口老虎灶，烧砻糠的，灶上一排放着四五把紫铜茶壶，热气腾腾烟雾围绕，店里人来人往也是老镇一景。

紧邻茶店的是家豆腐店，老板是一位丧夫女性，长得蛮清爽。她早年丧夫生了两个儿子两个千金，可惜大儿子是哑巴，做豆腐倒是个能手。小女儿个子高挑皮肤白皙，人称“豆腐西施”。店内掌勺的是位颇富经验的阿洋师傅，哑巴跟随他一生做豆腐活。旧社会有个俗语，称三个工种是最苦最累的：“摇船、打铁、磨豆腐”。其豆腐店磨豆子主要是靠一头骡子，每天要磨豆子时将其从旁边小屋牵出，并用黑布将眼蒙上，然后叫它推磨打圈，白花花的豆汁便从磨盘中流出。做豆腐是要起早摸黑的比较辛苦，骡子同样。每当劳累时，骡子会长吼一声响彻四方。豆腐店最有特色的是一种叫“黄子豆腐干”，是由白豆腐干轧干了水分，倒入用焦糖熬成的汤里上色，其色香味俱佳，乡下不少进城喝茶吃酒的老农都以此喝茶佐酒的，十分好吃。

做豆腐的所剩的浆水对店家来讲也无大用场，可算是废料，但对左邻右舍的居民来讲不失为一种上佳的洗涤剂。旧时因贫困买不起肥皂的人家会用大桶小盆来讨一点浆水回去用来洗衣服或蚊帐，据说效果蛮好。那时社会生活清苦，物资匮乏，一户人家买三四块豆腐就算是一天蛮好的肴馔了。

传承

沈意[1]

春节时的白天分外喧闹，将夜色映衬得愈发静谧。

此时父母都已酣然入睡，我才舍得在电脑前坐下。在外求学的我，每年只有寒暑假能回父母身边，随着年岁的增长，渐渐感慨亲情与抱负之间难以弥合的鸿沟，就更珍惜这难得的团聚。每天饭后，一家三口其乐融融聊些家常，睡前泡两杯清茗，和父母一起在暖黄的灯光下看书或者漫不经心地翻阅电视，父亲爱吃山核桃，却总将最完整的核桃仁剥下留给母亲和我吃。如此美好的时光，坚决不能挪为他用。只有待到夜深人静时，我才会沉下心，任思绪轻盈地飘落。

一直都想提笔为父母写点什么，又怕文字艰涩，无法承托我心中满溢的感恩，但舐犊情深，终究是要跃然纸上的。

父母都是医生，典型的知识分子，淡泊宁静，随性简单，在自己的方圆里耕耘一份自由闲适。他们说，我是他们的意义，故单名意字。

小时候的作文，母亲总是亲手逐句修改，而今我的笔力已胜于她，也已成为14万字长篇小说的作者，母亲欣喜的笑容间却藏下了岁

---

① 作者简介：沈意，女，塘栖人，理学硕士。

月的丝丝纹路。现在她已无法帮我修改作文，检查作业，监督我读书写字，却总在我翻阅厚厚的英文文献时说上一句：意意，一口气把博士读出来吧。我知道，那承载了母亲的期望。她年少时学习极好，却由于家庭原因未能深造，而我能在实验室的瓶瓶罐罐间，延续这一份求知的渴望。

母亲喜好花草，君子兰、凤尾蕉、仙人掌，家里随处可见她培养的盆栽。我最钟情窗台上的太阳花，夏天一来，团团簇簇五颜六色的小花向阳绽放，不必悉心照料，就早已蓬勃旺盛，它们最符合母亲明快亮烈的性格。而我率性的脾气像极了母亲，一起时，难免会争辩几句，在十四五岁的青春期，我的叛逆让母亲操足了心。随着年纪的增长，我们争执后和好的时间越缩越短，我心里对母亲的敬重也越积越浓。我想要成为她那样生生不息的女子，毅力坚忍，思绪细腻，经历风雨和悲欢岁月后，依旧在柔软的心底沉淀出深刻的坚守和淡然。正是她那份担当，在这人情冷暖的尘世间一线天开，将整个家光芒普照，始终敞亮融和。

母亲也嗜书，她读英语，学专业，时常为自己充电。她袖手书斋的时候，父亲正在运笔的来龙去脉间构建起升腾的时空。

父亲从小家庭困苦，他却拿着树干在泥地里一笔一画，练就了一手洋洋洒洒的草书，后来师从王冬龄，开始了艺术山岭间的攀登。有一次书法课，父亲未赶上进城的车，在那个交通不便的年代，他一口气行走三十公里，到堂时已风尘仆仆，授课老师深受感动，当场挥毫凌云志送予父亲。父亲的刻苦和天赋，让他得心应手地用浓墨渲染出一片清空的净地。虽然只是业余爱好，他却从不曾废弃他的笔墨，每天拿出来修炼一番，潜心地沉浸在那骨体坚凝、气韵流动的宿墨中。我想，书法之于他，无谓于志向或才华，而是精神上一种绝尘的追逐。在这逼仄又仓皇的人世，父亲用翰逸神飞，肆意酣畅的墨迹，开辟了一湾属于他的桃花源，流水炊烟，清歌浮舟中，他能到达富饶丰足的彼岸。

可惜的是，从小手把手的教授，并没有让我袭承父亲的笔意，对于那些曲折顿挫的线条，举轻若重的飞白，我仿佛总停留在冥顽不灵的七岁，任父亲如何娓娓而述，都不能领悟翰墨丹青间的起承转合，虚实变幻。那时候，父亲总是亲力示范，幼小的我却早已神游别处，根本无心模仿王羲之的骨力雄浑，褚遂良的丰艳流畅。见我学得那么辛苦，慈爱的父亲也将授我书法的念头作罢了。如今想来，这是我最深的遗憾。

好在耳濡目染的书香，也使我沾染了一丝文艺气息和安宁离世的志趣。忙里偷闲的理科生活间，我将文字挥洒于玄秘广袤的莫高窟，滩礁棋布的雅鲁藏布江，柔丽婉约的姑苏城，母亲的舒张和父亲的空灵赋予了我万水千山走遍的逍遥心境，跋涉过后，我用笔对着大自然发出恳切又热烈的低语。

我们就这样，在稀薄的外界纷扰间，三人抱成了一个温暖的小岛，恪守着我们朴素又坚致的生态。纵然我常与他们相隔山岳，却始终有柔软的细线在心底牵动，将彼此的目光，投射于温馨的一隅。

平淡流年里，活着我们最丰盈的幸福。

那些逐渐衰退的“节事”

杨佳[①]

小时候，常常看到大人一整年的忙碌，春来采茶淘笋，秋来割稻储粮。纵是闲下来的时间，总也要穿梭在地里，田里，侍弄满地绿油油的菜苗儿。农村的孩子早当家，放学回家，放下书包，除了做作业，少不了还要帮衬着大人生火做饭，往地里运送堆肥。这样的忙碌，只是因为那个年代物质的匮乏，只有精耕细作，才可换来一家子的食粮。然而再忙，让大人绝对不敢怠慢的是那几个重要的节日，他们会忙中抽闲，用满心的诚意和手工打造，度好这些节日！让小孩子特别欢喜期待的也是那几个节日，因为有那么“重要的事要做”，这里，姑且把它称之为“节事”吧！

先说说清明节的“节事”吧！前三天和后四天是祭祖的惯例，正清明是不允许祭祖的，这是传说中为纪念千古先贤介之推忠贞不渝的一种说法。清明果是祭祖必备的祭品，我们在母亲的吩咐下，早早地在田间寻找一种叫艾草的植物，艾草比马兰头荠菜要大得多，闻起来还有一种清香。一个放学后的时间，我们便可以剪满满的一大篮，母亲会提前将这些艾草

① 作者简介：杨佳，女，径山镇人，现供职于塘栖第二小学。

叶子扯下来，用特殊的农家工序，将墨绿墨绿的艾草浸泡，直到其变得极柔软，再与糯米粉拌和在一起，这样清明果的外皮料就预备好了。所有的准备工作，都是在上班的午休或下班时间完成，那时虽然辛苦，心中却颇为喜欢，欣喜着又可以享用糯糯的清明团了！馅料也会很讲究，甜的用红赤豆一直煮成赤豆糊；咸的会用鲜美的肉丁笋丁炒咸菜一大锅，香气飘满了整间屋子；还有喜欢白芝麻和黑芝麻的，会用白糖和在一起，口感甜蜜得不得了！当日一切准备就绪，夜幕降临，那些平时难得聚在一起的七大姑、八大婶都赶来了！像赶赴一场难得的邀约，此时的她们格外神清气爽，熟练麻利！一切都那么默契，不用刻意招呼，烧火的烧火，和面的和面，做清明果的做清明果，都像是按上了某种轻快的节奏，仿佛“流水线”可以舞动起来！一会儿的工夫，大竹匾上就摆满了一个个泛青的圆滚滚的可爱清明果儿。我们小孩这时候是睡不着觉的，任凭母亲怎么劝唤，我们依然是乐陶陶地不做几个清明果不罢休，虽然造型怪异，偶尔捏出两个尖尖角来，母亲也是默允了。她那时忙得搬进搬出，没工夫搭理我。邻近的小伙伴都来了，我们眼巴巴地等着做好的清明果下锅，等到出锅的时候，我们的口水都快流出来了！清明果冒着腾腾的热气，艾叶在清明果的表皮若隐若现，形成好看的纹理，清香四溢，咬开了，满满而纯鲜美的馅儿，那味道，永远让我回味。

出锅前的第一笼，母亲会早早地挑好一碗模样俊俏的清明果预备好祭祖用，并反复嘱咐我们不可以动，否则就是对祖先的不尊重。祭祖那天，母亲照例会跟祖先们交代一些事情，并在“他们”面前叮嘱我们好好做人，好好学习，我们无比虔诚地应允，更感受着一种无与伦比的责任与敬重！清明果一年会做两次，除了清明还有冬至，场面一度“隆重”。邻居家做的时间不一，所以常常惯例相互分享，给乡邻送“清明果”讨一两声赞美也成了我们孩提时的乐趣！那时邻里的关系在“节事”里尤其融洽，分享和赞美成为一种普遍的风气！长大后，每每回忆这些“节事”，只觉得分外的美好，亲身实践和参与整个过程，也让我们体味了劳动的快乐和节日的意味深远！

除了清明和冬至做清明果，端午做粽子也是一样的热闹隆重。而立夏时，大人会带我们上街，把辟邪的香袋别在身上。至八月十五中秋月，一家人赏月，吃土灶月饼，并且按照礼节，要去探望外公外婆，舅舅舅妈，无论农事再忙，大人们都会亲身躬行，挑选礼物，绝不怠慢，想来那时没有电话、短信，可是一大家子趁着节日的气息，满满当当地聚在一起又是怎样一种天伦之乐的意趣？至于过年，那盛况更不用说了，“年事”的准备大约早在腊月初就开始准备了，各种年货的准备，番薯片的晒制，年糕的打制，大白菜的收藏，酱肉咸肉的风干……一切都是排得那么满满当当，村子里热闹的都是来来往往忙碌的大人，小孩也是极好的帮手。如果要给回忆定格：那斑斓五彩琳琅满目的檐廊，曝晒满地的食粮是年味最好的写照。

岁月更迭，物是人非，那些温暖无比的“年事”渐渐成为儿时的回忆，那些手工技艺精湛的食物已经远离我们而去。（比如印有纹印的土塌饼现在会做的人很少，模子也稀少极了）只有村口边，那只用于打年糕古老的石臼，风雨中安然无恙，似乎还在见证着曾经美丽的岁月中的繁荣的村庄“节事”。

我的孩子确确乎不知道那些“节事”了，那些节日的美食可以很快地从超市、菜场买到，而且不分节日，不分时节，对于他们，无非就是一件食物了，并不稀奇。我偶尔向着母亲“撒娇”，央求她再做一回那些食物，可是母亲感叹，田里地里用农药直接除草的多了，她已经不允许我再去采什么野草野菜。加上现在吃的东西多，做出来忒麻烦不说，关键是没人吃多少，剩下的又要堆冰箱了。

于是这样的念头，戛然而止。

我们没有关于那些“年事”的老照片，残存的仅仅是记忆，历历的细节。我倒希望，我们能将那些回忆整理出来，写给我们的后人看，如果能将那些旧物件不加遗弃地整理和找寻起来，保存起来，配上那些文字，在村庄的某一个角落，作为“村史”流传下去，让孩子们看看，我们的村庄曾经这样美丽，现在依然这样美丽，那是多么有趣的一件事儿！

飞鸟带走了我们的童年，那些逐渐衰退的“节事”，注定要在我们沧桑的中年泛起仰望蓝天的涟漪，抹不去的怀旧情结。

荷风

杨佳

去年某日，在建德的某一门厅看到悬挂的几幅画。由于时候尚早，便驻足细细欣赏起来。

简单的几笔水墨勾勒，展现在眼前的是寥寥几个枯莲蓬，或蔓枝挺立，或垂然水低，或昂首张望，各有不同的风姿，仿佛正经历过一场秋寒秋雨，萧索在风中，保持着静默。它们就这样淡然在画框里，在水墨的一侧，还贴着几个真的枯莲蓬，与墨色相衬，它们的颜色更加深沉，虚实之间，远近相得益彰，不知是谁想出这样的设计，用如此简单的造型将小画点缀得与众不同，在简单中透露着素美。

在古镇的文化促进会会客厅，也看到过许多枯莲蓬，木桌上，砚台笔墨端置一旁，白色的纸面上，随意地摆放着一枝枝枯莲蓬，参差之间，浓密之间，这一桌的枯莲蓬就如一幅立体的画。人站在木桌前，取一枝长长的，有着好看枝干的枯莲蓬，做拈花一笑状，只觉得当时拍出来的照片效果极好。

在一处村庄行走，多次建设，伊的风采焕然。欣然的是依旧看得到那一方熟悉的小荷塘。当春醒众生，柳枝含烟，地上散漫着多彩的小花时。小荷塘依旧如黑白胶片，枯莲蓬的枝干横斜在水中，一枝连着一枝，密密地，挤挤挨挨，偏不睬一夜东风来，兀自默立着，仿佛不愿从冬季的寒夜中醒来。那雪中满白的天际，它曾隐约着弯斜的身姿，与水呢喃，与雪共舞，画出一幅绝妙的雪景图来。李商隐说，留得枯荷听雨声。岂止是雨声曼妙，雪花飞舞的世界，晶莹里的一片枯荷何能比拟。彼时江南，在灵动和潺潺静止的那一歇息，唯有荷，虽枯，不败。

有人为纪念朱自清写文，犹记得那一行美丽伤感的标题：爱如荷风，只恨太匆匆。不知道爱文字的他们曾在某个月色如凉水的夜晚又想起了美文里的某一段，还是这一处荷牵动了太多的如烟心事。不管如何，美丽的，如琉璃般的事物总是匆匆易逝，斯人已逝，花开花落，荷风如尘，太匆匆。

写荷花的诗文有许多，极尽其雅致，清丽。一一细读，都是上品。以“一川烟草，满城飞絮，梅子黄时雨”佳句出名的贺铸，却以残荷自嘲：“当年不肯嫁春风，无端却被秋风误。”荷花不肯在春天的吹拂中苏醒，与百花竞相婀娜，自然在烂漫春景中失去了美丽的颜色。待到秋风肃杀时，眼看一池萧条，难免让爱怜其花的文人墨客自怜自艾。诗人在理想与现实中不得，寄荷生惘，如果时间再倒回，或者可以选择，词人愿意做笑媚东风的桃花，还是依旧在秋风里寒却的枯荷？或许，答案还是：杨柳烟塘，自是“芳心”还如旧。有关于词人记载：晚年退居苏州，不附权贵。其词意境高旷，爱国忧时之作，悲壮激昂，又近苏轼……可见一斑。

放眼这一处的枯莲蓬，回放的是江南的荷自悠然，是朱自清的《荷塘月色》文旅依依，更是那些古往今来无处安放的荷语……

于是，无端地作了一首小诗，在晚风里随词人遥望：

几幅勾如寻画共，不须阆苑柳桃红。

放眼风雅一枯物，多少娉婷还梦中。

塘栖的故事

屠再华[①]

我仿佛持有一部自编自拍的塘栖纪录片，时不时会在眼前复呈出来：那是因为运河文化，有运河上唯一的一顶七孔广济桥。更有塘栖人水色好、长得白净和彬彬有礼、操着软软吴语的一片亲情。塘栖的大规模儿还是原来的样子。但塘栖人有礼有节，婉拒了大笔“补偿”的白花花银子，再三宣传优秀传统文化，既尊重交通部门的垂直领导，又坚持保护文物的原则地将广济桥保护了下来。如果没有了这顶石拱桥，而今的运河文化的节点上，哪还有七孔石拱桥的“长虹”惊艳？甚至会在“申遗”中缺只角呢。“余杭塘上”没有了，也许已成了其他什么“塘”吧。这算不算是“代数”？地名是不能随便更改的呀，这应该是一种常识，而说真话才是真正的保护与爱护运河文化。这么古老的人工运河还在发挥作用的，全世界独一无二。

我认识“塘栖”这个词儿，最早是从“超山梅”里带出来的，幼时爸爸告诉我，“花以六出为贵”，而塘栖超山的古梅，有六个花瓣儿。以后有机会去游超山，在读吴昌硕先生的“宋梅小影”后，印证了他的

① 作者简介：屠再华，男，良渚人，中国作家协会会员，曾供职于余杭区文联。

说法。当时超山还是个林场，是塘栖人已头发斑白的阿毛场长热情地接待了我。有了这开头的好印象，过后我就年年写超山，并概括出“古、广、奇”的超山梅特色。再与“塘栖”有关系的，还有我在家乡念小学时的两位老师：一位是美术老师朱丹石，瘦长个儿，妻子却是胖胖的，还有个生下不久的小宝宝。他们自报山门是塘栖人，且操着塘栖口音。都十分和气，没有先生和师母的架子。朱老师画的公鸡很神气，当时没有大圆规，他就将一只面盆覆盖在画儿上，画了一个大圆圈，而后张贴布置在教室里。还有一位塘栖人女老师吕诵雪，她也画画儿，那是在另一所小学，她曾在赠我的画儿背后给我写下她的家庭地址：塘栖王家白地一号。而后，我知道吕老师是嫁给浙报的一位副刊编辑的。我一直把吕老师当作自己的大姐姐。塘栖方言很有趣，我们会抓住这样一句话打趣儿，即“轮春不轮春，轮盆到德春”，翻译出来是“灵清不灵清，临平到德清”。那当然是在而后的而后，在文教局碰到了塘栖人小陶，才开这样的玩笑的。小陶是“四眼佬”，似乎只知道咧开嘴巴笑。

真正到达塘栖，并在那里进进出出工作了半年多，那是当政治教员的时候，我们这四五个小鬼，其中仅有孙林楚是塘栖人，虚心好学，看如白面书生，记得他原是秤店里的学徒。多少年以后得知他在诸暨政协秘书长任上退休。当时我们异乡人在塘栖有大开眼界的感觉，廊檐屋加米床，三脚两步就见有一档档呈八字形有大平台的河埠头，停歇着小船就像芝麻香蕉那样一扎扎的，且乌黑锃亮。那小船可活络着呢，我曾多次试过，一只脚踩进船里，仿佛船要翻身似的，也就立即打住，将脚提上来，更不用说另一只脚再跨进去了。但小船因活络而快捷，船底圆股股、两头翘翘起，它在塘栖人的手里，应用自如，一打小划桨飞也似的。还乐呵呵哼唧唧着呢，大多是些庆丰曲和爱情小调。火轮船苏杭班在这里靠岸，这就将这里的土特产送出去，而把上海和苏州货带到了塘栖。于是就有了轮船埠头就近一带密匝匝的小茶馆，和在此待着的多数是彬彬有礼还没有脱下长衫的塘栖生意人。在塘栖这个水路码头上，做小买卖的苏北人也特别多，塘栖人称呼为“江北客人”，他们的“家”就拴在沿运河的岸滩“象鼻头”上，当然是一条条可移动的中不溜儿的篷船。甚至在船上还养着狗与猫，也有拴小孩的，他们在船舷上走来走去，但有陆续下河埠淘米洗菜的塘栖阿娘家会帮助照看。不过船上人都习惯了，并还有这样的习俗，孩子生下来就要水里去泡一泡。他们的生意世界，就在廊檐下，一般都是平整低矮的玻璃柜子，红绿丝线，花样儿，十字布和针头线脑样样都有。有妇女和孩童的小银器饰物。可谓之是不起眼的小百货，但又是阿娘家（即妇女们）围着挑挑选选不肯走的“百宝”箱。这些女顾客丁山河人占多数，与镇上的居民有亲缘关系，或是塘栖学子的“好姆妈”们，一般都带着点小土特产，去塘栖居民家吃便饭。主人请喝盖碗茶，一桌好小菜，当大客人款待。那时，汇昌南货店里有各式蜜饯，金橘饼啊佛手柑啊，应有尽有，红丝绿丝是用茭白做的，过时过节都能点缀什么，派上用场。小八件饼干很有趣，简直是个食品的动物世界。黑白麻片寸金糖一样不少。服务态度很好，喊着走好目送顾客。

20世纪50年代的塘栖，从当时老杭县的角度来说，它是最兴旺发达的一个镇，文化活动也较活跃，记得布店里有位长个儿张某，他引领着一支当时尚极稀罕的“洋号洋鼓”乐队，并有位小演员姑娘非常出色，几乎次次参加县里的会演。翁长春药店有位老先生很热心，几乎包揽了全镇新人新事业余演唱的节目创作。在塘栖店员中亦人才辈出，如在我们授课《社会发展史》的学员中，后来有任无线厂领导的周文富，任商业局长的干跃梅，任建行余杭支行行长的汪民仙，任供销系统主任的周仲贤，等等等等。他们都是些扎根于塘栖的外地人，但已经融入了塘栖人的柔情与韧性。妻子也大多是娶的丝厂女工塘栖人，互相配合默契，有的一世没有红过一回脸儿。“天源”国药店制片，和名贵中药的储存，在全县也是首屈一指的。一位胖乎乎笑嘻嘻的范姓账房先生，与该店能说会道瘦峻峻的小店员林善掌，曾多次陪我去参观他们的制片房，有许多师傅各把着小铡刀，将硬硬的中药材，喀嚓喀嚓切得薄薄的，七彩纷呈，且香气四溢。中药制作很讲究，有加蜜的，有要炒几遍的，甚或有“七制、九制”的，即要经过翻晒、蒸煮等，几次三番的加工。七宝眼药的制作融入珊瑚玛瑙，黑黑的熊胆能分墨，虎鞭就像一根长刺的棍儿。这就有了民间的“老虎打雄一回头”的说法。许多珍贵药材我都在“天源”药铺欣赏到了。真不二价绝无假货。老店员对药性侃侃而谈，细心讲解，使我长了不少国药知识。

因了住宿在北小河镇政府的“银楼里”，常在皮匠弄进出，“王元兴”菜馆里没有少去，有时吃些点心和面条什么，松针包至今尚记忆犹新，面条烹饪得当，佐料讲究，无论是“三鲜”或“阳春”面，都是落锅单独烧的。王元兴中等个儿，穿着极为普通，在店堂里干着各种活儿，也不像一个老板。他的搭档，即徒弟，个儿偏矮，刨着个光郎头，十分老实，也言语不多。他们俩都称呼我“屠同志”，或曰“杜同志”。因为每天晚上电是临时发出来的，到电灯一乌一亮地打招呼了，各基层工会都有我们这些政治教员在授课。故我在塘栖，至少是有两个基层工会会员的熟人。我在各家中药铺，以及南北货店、炊饮店，包括浆儿摊水果摊上，都有我的店员朋友，抑或说学员朋友。一见就打招呼，唤一声、笑着点点头，那时还不那么通行握手。炊饮和小吃，是塘栖的一个亮点，不说刺毛肉圆，细沙羊尾等传统名点，就这里保留着“肴馔”一词的古语，即反映出塘栖的饮食文化。塘栖弄堂多，说有72条半，居民们指点我走捷径是常有的事，原本要走几十分钟的路程，穿进一个弄堂一拐弯就到了。说路在嘴上，靠的是热情的塘栖父老乡亲。尤其是晚上9时以后，电灯一乌一亮打招呼了，发电机停下来了，这弯弯曲曲的街道，高高低低的桥，长长短短的弄堂，或暗洞洞，或漆黑一片，极少见有从石库门与店家排门里透出来的灯光。仅有中药铺打开一个小窗口，亮着一盏油灯，通宵供应着患急病的救命药。另有萤火似闪烁的豆大灯火，大多是穿梭在街道上，拎着木桶卖热粽，或搁着挑子卖馄饨的。做夜点心生意塘栖人中老年居多，他们不分酷暑寒冬，是为“三班制”油酱、酒作坊，和丝厂职工服务的。有位卖粽子的塘栖大妈告诉我，“兵荒马乱，上夜班的职工啃冷团子冷馒头，十有九个职工有胃病：这会太平世界安居乐业了，我们应该互相帮助。”塘栖人守信义，体现在方方面面乐于助人。就在当年我初来乍到塘栖的那个晚上，我上完课走出国药、食品业工会的大门不久，忽的停电了，我匆匆忙忙赶黑路，没有过桥更没有进皮匠弄去镇政府银楼的宿舍，便蹬蹬蹬一直跑到了圣堂角，也不知道走错了路。是一位上深夜班的油厂党员王文金，笑呵呵地将我引回到了镇政府。

我曾讲过许多塘栖的故事。写塘栖第一任指导员马常荣，因是南下干部，不习惯吃大米，又不肯让食堂为他做面食，而只吃锅巴，以及他带着家乡糟糠之妻，与我们政治教员分享山东大红枣儿的故事。讲过塘栖人保护与爱护运河文化，留下了许多千年古镇遗存，我奉陪长春电影制片厂的朋友，在塘栖拍摄外景，由潘虹出任主演，以及中央电视台拍摄我的散文片《清明狗》的故事。在这些比较大型的活动中，牵涉到拉接电线，甚至为部队舟桥下水搭拍摄平台，拆掉围墙，塘栖的有关部门和广大群众，也包括民兵，无不积极配合，热情服务。而今运河申遗成功，广济桥成为世界文化遗产，千年古镇焕发青春。塘栖人特有的“好姆妈”称谓，抒发了塘栖人特有的心灵美，即心中有自己的妈妈，也有他人的妈妈。塘栖人柔情而又有韧劲，且有校训有店规讲家教的传承。而今，塘栖人同心合力共铸中国梦。塘栖的明天一定会更美好！

水北老街

程峰[①]

“暮霭沉沉楚天晚，古桥湖畔问苍松。当年十里别离后，今日复谁叹古风?”曾几何时被几多少男少女、垂髫耄耋相依相携相扶走过这个我们塘栖人引以为豪的薄墩联拱石桥，去水北出水北，熙熙攘攘的人群，磨光了厚厚的青石板，被波光粼粼的运河水记录，流淌在小镇人的心中……

记得90年代，初来塘栖的时候，我舅舅家就租住在运河边的明清房子里。房子临水，当时的塘栖水运还是比较发达，整天就是水上长龙挂桨机隆隆、隆隆的轰鸣声，虽然非常吵闹，但是临运河，只要你有闲暇，你尽可以端杯茶，倚在美人靠上，闲情逸致地望着对面的水北古街和有些显眼的耶稣教堂，数着拖驳队慢慢地在你的面前驶过，一两个小时的时光就这样悄悄地从你的双眸里走过。

我就读塘栖中学的时候，有一个同学是水北的，这样到水北玩的机会就很多了。只可惜我的同学是居住在耶稣教堂后面的新式楼房里，这个不知道是建于什么年代的五层楼房，在开始建的时候相对于水北古旧的明清房子是多么的显贵。不过这些和整个水北老街不相称的建筑现

① 作者简介：程峰，塘栖人，现供职于塘栖三中。

在都拆得只剩下断壁残垣了。水北老街将经过多年的规划，逐步修缮体现传统风貌的历史建筑，拆除与古镇整体不相协调的建筑，整合教堂、街巷、桥。“一水穿镇，石桥横卧，傍河筑屋”，十二字精确地刻画出老底子古镇居民细腻、清雅、质朴的生活状态。如今，有着千年历史的古镇在保护与恢复中，再现旧时韵味。已经修好的水北老街民居，门是虚掩着的，只要你轻轻地打开扣，你就可以进去参观。水北老街民居大多属土木结构，以沿街铺面式为主，绝大部分由长街串联而成，像昌源聚卖行一般属于下店上宅，一般是一至三开间，进深较大，楼下正面为可拆卸的木板门面，卸去木板门面即为营业店堂，其后为作坊和厨房，楼上为住宅和储藏间。沿街建筑多为一至二层，高低错落，有些二层有阳台挑出，有些则饰以腰檐，整个临街造型丰富而错落有致。

许多房屋一间连一间，房屋之间几乎都有一条小巷道，巷道宽度不到1米，从窄窄的巷道进入可以走到房屋的后院。有些小楼保存较完整，木窗、木门上还雕有精美的动物和花卉图案。高高的墙、窄窄的路、狭狭的天，在这般单纯的长街中却有各家门楣在争奇斗艳。门楣多为楼阁式，各个部件都有精细木雕装饰，而且个个玲珑精致，栩栩如生。

穿过街道石街坊，行走在平整的板路上，一眼望去，窄窄的街道两边都是两层楼房，身处其中，抬头望天，只能看见窄窄的一线天，一扇扇木格窗露出原木本色。楼房临街的一边或重檐叠瓦，或骑楼高耸，或勾栏亭阁，或底层的近水楼台，层层石级通向河埠，或倚朱阁、小轩窗，组成一道多姿的水乡民居风光，间或有大大小小的江南游船穿行其中，人景辉映，真是东方的威尼斯。

“曲曲折折小径，深深悠悠人家”，你尽可以闭眼遐思：水北老街在一排排大红灯笼的映衬下，保护修缮后的深宅大院，清幽半弄，正富贵、精致地款款向你走来：

“武林东下是通津，水面长虹杂沓尘。惟有夜深清景绝，微茫山色拥冰轮。”舟楫繁密、行人往来、市声嘈杂、尘土飞扬的盛况将重现……

“明朝归路下塘西，不见莺啼花落处。”过街楼、廊檐、美人靠、三十六座半桥、七十二条半弄，浓郁的吴越文化又将在水北老街重生……

风烟流转广济桥

简梅[1]

一

塘栖广济桥，是令人惊艳的！

无论从正、侧，远、近，无论雨雪、晴天，只要看它一眼，就忘不了它匀称和谐、古朴典雅、线条流畅的身姿；它的每一个细节，被塘栖人紧紧牢牢地烙刻在心里；也被偶遇它的游人镶嵌于梦中，无论多久想起，都漾着江南运河悠悠荡荡的水波，唱和着塘栖——这方江南佳丽地，水乡名镇“居民稠密，不数里间烟火几有万家”的繁盛与内在的诗意。如果走进它的历史深处，又会被它身上的伤痕与肩负的使命所深深浸染，而后更加珍惜与之相处的每一瞬间，抚摩它沧桑石上的每一个故事……

我遇见了广济桥，如同遇见异乡的知己。

那是今年的初夏，雨柔柔密密地洒着，夜色将广济桥点缀得如幻似影，灯光的黄灿与桥拱青石长出的绿苔、草叶，形成浓墨般的国画斑斓；两岸粉墙黛瓦，市肆荟萃，廊街与商铺投射出红的、赤的、白的、橘黄等各色灯影，遥遥地与广济桥倒影于水波中，犹如长虹相互呼应。

---

① 作者简介：简梅，福建人，中国作家协会会员。

拾级而上，有无数慕名而来的人，撑着花伞，任由小雨扑面，细细踏踩小步，流连于桥上光景。我惊奇地发现，广济桥的台阶与我近年所走过的诸多闽中桥梁竟有那样不同：它们薄如平地，层层叠叠似都为众生着想，显得坡平舒坦；而在雨中，青石板上鱼鳞般交错切割的条纹，更是凸显防滑的贴心。雨蒙蒙地下着，夜色四周有着时光浸透于身的幽静，一河栖水尽收眼底，耳边传来隐隐的市声，桥上人与岸边人相互点缀，桥下浮萍与河埠两两相依，廊檐上的宫灯，排成暖烘烘的色调，不禁令人想起“万里云霄深雨露，千家灯火近楼台”这句古诗。

第二日清晨，我想看看天光微熹中的广济桥，于是起了大早，散步而去。一晚的雨将塘栖清洗得脱俗清丽，空气中飘逸着几丝清甜。远远的，便望见了广济桥，它脱去夜色娇羞的面容，露出古朴、持重、本真的容颜，却更见其宝贵的珍存于世的意义。

广济桥，作为横跨于千里京杭大运河之上唯一仅存的七孔石拱桥，它全长89.71米，高13.65米，中间最大的石拱跨度为15.8米，两边共有台阶160级。它是大运河跨度最长、规模最大的薄墩联拱古石桥，经过数百年的风霜雨雪，其斑驳的拱形青石，素面的石栏板，风化的望柱，仍鼎立于水乡。在清晨的薄雾中，它显得那么清秀与安稳。正是它，曾见证了“风帆梭织，水陆辐辏，舟车相继，周航上下，日有千百”的杭嘉湖平原上鱼米巨镇的繁华。自“运河开，始成市”以来，塘栖百货充盈，蜂屯蚁聚。广济桥下，日来船数千，装载着粮食、生丝、药材、棉花、毛竹、枇杷、甘蔗、青梅、鱼鲜等，往返杭城、苏州、湖州、扬州、上海、镇江等地，广济桥日夜见识“无数樯帆阵马驰，来船迅速去船迟”的气势。而桥上，人来人往，熙熙攘攘，“出贩者晨驰夕骛，肩摩迹累”“卖酒人家隔岸招……却随沽客倚栏桡”等场景就是真实的写照。数百年来，蹬蹬蹬的脚步声，从水南这一头传到水北，从未有过断续。

位于杭州城东北面的塘栖，不仅京杭运河贯穿镇区，本地域内也湖港纵横交叉，布满众多荡漾河流；稻米鱼虾，四季花果，物产丰饶。沿河两岸丝缕粟米，市帘沽旆，辉映溪泽；棉花集市、米栈仓房、银庄、茶园、画铺、医室、酒楼、糕铺等琳琅满目。据乾隆年间（1770

年）杭世骏的描述：“以一桥为锁钥，夹岸筑塘……声沸水面，百货充斥，工匠斤削之具，靡不具……夫百步之内，有芳草十室之邑……虽壤地偏小，高贤栖托，风雅隶兴……”

塘栖曾有袤延数里，深宫复道的福王庄园；曾有“积石幽峻、嘉树列植、堂轩宏敞、栏楯周接”由名匠精心构筑的精巧园林——吕园、且适园、水一方、传经堂、芳杜洲……以吕坤、吕需、卓月波、胡元敬等为代表的“温润襟怀”的塘栖文化人，读书藏书、煮字论道，并吸引了三吴两浙的文化名流来到塘栖，从而留下无数风雅诗篇。塘栖文风盛行，明清时，进士举人五贡达189人。

但是，历史总是碾过一程一程的悲辛。无论风烟流转，世事几多变迁，而广济桥，一直都是故事的亲历者，它已是塘栖的魂，静静地融入京杭大运河500多年的漕运史。

二

桥与人是并立的，正是大公无私的人，使桥架于天堑上，有了钢铁不可摧的意志！有了此志不渝的忠贞与信念！有了渡众生惟我苦何畏的仁善。广济桥是庆幸的。它拥有一颗晶莹之心，托举起晶莹之身，让人倚桥而立，枕河而眠；让遥远变得亲近，让陌生变得熟悉。千百年来，从未失去光芒。

这里得说说被誉为“广济桥之父”的陈守清。在他修桥之前，广济桥原址有一座古桥，名“通济桥”，相传为唐宝历年间（825—826年）由大匠尉迟恭所建。但至明代，通济桥早已坍塌，百姓往来只能靠渡船，常常船倾人翻，危险时时发生。当时也有人想重建大桥，但因工程量太大而畏难不决。明朝弘治二年（1489年），就是这个出生于宁波鄞县的陈守清，一个来塘栖做生意的外乡人，当他亲眼看到河广流深，渡船瞬间常被汹涌波涛吞没，急公好义的他再也坐不住了，于是“卖平生筋力所致金百两，买山采石，造舟起沉，得石若干”…… 尽管如此，建桥资金缺口仍然很大，于是他竟抛妻别子，云游至京城，终日铁链缚身，在京城棋盘街募捐。此义举惊动了朝廷，连太后、太子都叹服他难能的坚韧与勇气，带头捐款，官员亦纷纷助金赐银。陈守清历尽艰辛，终于玉汝于成，前后历时9年，于弘治十一年（1498年）建成这座工程浩大的碧天长桥，距今已有500多年。

史书资料关于如何建造这座神奇之桥，没有几多记载。也许他的故事与精神早已嵌入古桥的每一块石隙，黏合得再也分不开了！其他的细节，倒成了可以忽略不计的叙述吧。

那日，我站在陈守清的塑像前，久久凝望他炯炯目光透出的一股子精气神，却想到：一个人该受多少苦，顶住世间多少流言与悲戚，才能成为一座桥之魂魄？我甚至默默地上前去拉了拉他的手，想从中接受他定然会传递过来一种爱与仁善的力量。懂得感恩的塘栖人，就是这样让他永远的陪伴在古桥边，使之欣慰地守着桥之韵，桥之幸，桥之魅，让桥生生不息！

其实，广济桥先后历经数次重修，历史记下了嘉靖年间里人吕瑭，两次捐金修葺；康熙初年，里人卓子孟独立承担六百金，古桥大修；康熙辛卯至甲午，由杭州吴山海会寺僧人与如意庵僧大生捐募巨款，重建古桥，距今已300多年。据当地热爱文物乡贤吕伟刚所拍摄的古桥碑石，显示了当年重建的募集资金，来自上至当时浙江最大官员总督、巡抚、布政使，下至黎民百姓，每个桥洞中都刻满捐款修桥的善信名字……

古往今来，多少接力的手托举起这座仁义之桥、苦辛之桥、光辉之桥！而广济桥最大的危难当属20世纪90年代初——广济桥的“拆”与“保”之争！

当时，随着国家经济建设的发展，运河这条黄金水道中大吨位的机动船日渐增多，货运日渐忙碌，广济桥桥墩常遭受往来船只冲击碰撞，并且由于年久未修，桥墩基础河床泥土严重掏空，桥墩条石与拱券石撞裂，北次孔变形，古桥岌岌可危！加之又受拱洞阻碍通行不畅，经常发生运河航道拥堵，数以千计的船舶在广济桥一带滞留。最严重的一次是1992年12月8日至14日，计7天6夜，堵塞船只约5000艘，受阻航道4.3公里，受阻船员约4000人。若不进行抢救性修缮保护，后果将不堪设想。偌大一座数百年的石拱长桥，修缮谈何容易！要知道，20世纪90年代初，塘栖镇的财政收入才2257万元，要彻底修缮广济桥，虽然专家估算只要200多万元，却要花全镇年财政收入的十分之一！面对这一现状，当地政府也无能为力。因此交通部门出现的“主拆派”，渐渐占了上风。然而，1989年就被列入省级文物保护单位的广济桥，背后站着千千万万的“保桥者”，以严幼轩等人为代表，不仅旗帜鲜明地提出保桥，而且通过各种渠道呼吁主张。要知道，老塘栖经过七八十年代的填河拆屋，曾经的街坊廊檐、流水深巷仅剩残砖片瓦，再去动这座已经成为塘栖人如亲人骨肉般的桥，肯定成为千古罪人！处于风口浪尖的广济桥，在人心、利欲的波涛汹涌中，经历了一场场曲折的对峙，以及一种远见与短视的较量。

终于，功夫不负有心人，在塘栖镇的主政官王少青和多方保桥志愿者的努力下，1994年底，浙江省政府拨款130万对广济桥进行抢救性加固保护工程；1997年，省政府又决定投入8000多万元，征用土地340余亩，在塘栖镇北另辟水道，开挖全长3.64公里、宽60米的四级标准航道。工程于1998年开工，历时4年。竣工后的新航道通航能力升格为500吨级。为确保广济桥的安全，2006年7月，有关部门对广济桥水域实施封航，从此改变了运输船只经过广济桥的历史。2007年1月15日，总投资200余万元的第三次广济桥修缮工程开工，9月15日竣工，这是广济桥500多年来最大的一次修缮工程。2014年6月22日，广济桥随京杭大运河杭州段进入世界文化遗产名录。这座曾经被多少远游的塘栖人念念不忘、魂牵梦绕的古桥，终于卸下重重负荷，倚立于美丽富饶的塘栖，成为了古镇之宝！

三

而今，广济桥给人最大的收获就是一种安逸，一种飘然，一种自在。人行桥上，遇见来往的人，只须亲切地点点头，便有一种温和的情意在心头荡漾。而像我这样一个有幸去过广济桥的人，我总为它展现的一幅宛然从物、返璞归真的图景而备感欣慰，也为塘栖正打开新时代的经济、文化气蕴而深深喝彩！

祝福碧天长虹——广济桥！

超山抒怀

徐仲兰[1]

一

我爱超山，情有独钟。塘栖镇距超然突立的超山九里之遥，自孩童至今，去过数百次，不仅春赏梅花秋赏桂，夏日乘凉冬踩雪。无论春夏与秋冬，无论天晴或下雨，无论清晨或黄昏，那满山的青翠、那嶙峋的山石、那古香古色的亭楼多姿多彩，只能意会，难以言表的美、秀、灵，沁入我的心腑，百看不厌，与之结下了不解之缘。

我家住五楼，倚立窗前便望见超山，在家的日子，每天无数次站在南面的窗前，遥遥眺望，晴天能清晰地看到超峰极顶上那棵在石岩上傲然屹立的松树。偶然能看到山顶云雾缠绕，别有一番情趣。如若超山模糊不清，出门勿忘带雨伞。时近黄昏，黛色山峦绵绵迤逦，漫天晚霞绚烂似火。

我十岁那年第一次去超山有过惊险的一幕，现在还记忆犹新。读小学一二年级每年春、秋两次远足，老师带我们花半天时间在镇附近的三官堂、三文村、半路凉亭走走看看。读三年级了，春游就自带水果、

① 作者简介：徐仲兰，女，塘栖人，小学退休高级教师。

糕点当中饭，目的地便是久已向往的超山了。且不说那沿途的桃红柳绿萦绕农舍，一大片一大片金黄的油菜花和绿油油的麦苗，路旁的各色野花赶集似的聚拢来，清香阵阵扑鼻而来，美丽的田野令人心旷神怡。一过断山便渐渐进入山地，那路两旁郁郁葱葱的树木、竹林，散发出浓郁的山林气息，贪婪地吮吸着，沁人心扉。那从大明堂到超峰的十八个香蕉湾数百个石阶拾级而上，气喘吁吁，乐而忘累。那漫山遍野的映山红，人人都采撷一大束，是到过超山的证明。站在超峰石林中极目远眺，景象万千，第一次体验了登山的乐趣。我们像放飞的小鸟，兴奋不已，一切都是那么新奇。

下午了，班主任罗老师让我们下山，在大明堂整队集合。可是我这个班长清点人数，竟然发现少了一人。怎么办？罗老师让我与两名男同学到山上去找，师命难违！我们一溜烟似地原路返回，边跑边喊那同学的名字，那俩男同学到了中圣殿累得赖着不愿再上去了。我呢，无可奈何硬撑着直奔山顶，没有见到失散的同学。其时山下队旗招展，哨声霍霍催我回，我汗流浃背，气喘吁吁，心慌意乱，两腿发软颤抖，跌跌撞撞，一刻不停飞也似地直奔下山。现在想起来尚令人心悸。“上山容易下山难”，当年父亲说那是指山农，上山轻脚快手，下山背负重担，百步无轻担啊！可我自那以后，上山兴致勃勃，下山小心翼翼，提心吊胆，唯恐一有不测，跌下山去。后来那擅自离队去亲戚家的同学受到学校批评。我呢，也许跑脱了力，大病一场，险些送了小命。

塘栖镇上没有像样的公园，超山便成了儿时的乐园。读小学高年级后，常常三五成群结伴去玩，有几次还自带炊具去那里空旷地上烧野餐呢！读初中后，除了与同学结伴而行，也时常与弟弟妹妹们去白相。春天内容可丰富啦：采撷映山红、拗野笋、捡地木耳、拔野葱、剪山马兰头等野菜。那马兰头梗子是红的，特别粗壮，吃不完晒成干夏天烧肉清香可口。秋天采雏菊，搜集美丽的红枫、银杏树等叶子做书签，采野柿子、山里果子等。最有趣的是摘野栗子，我们熟门熟路翻越山顶来到东南面的山坡上，在那里满目皆是野栗子灌木丛。先小心翼翼地把满是尖刺的圆圆的野栗子剪下来，然后坐在石头上，用脚把尖刺搓平，再剥去带刺的外壳，里壳呈金黄色的野栗子是成熟透了，拿回家煮着吃。嫩的呈淡黄色的立马生吃，清香可口，解一时之馋。

最难忘与弟弟妹妹雪天同游超山的情景。

“瑞雪兆丰年”，那一年下了难得见到的大雪，早晨起来，啊！好大的雪，放眼已白雪皑皑，还在纷纷扬扬鹅毛般地飘着，足有半尺多厚。可把我们这些大孩子乐得忘乎所以，在天井里堆雪人，搭雪桥，在门口开雪路、打雪仗。

下午，雪停了，太阳出来了，给白色的世界涂上了一片金光。雅兴未尽，去超山观雪景！那时超山雪天人迹罕至，登山的更是寥寥无几，万籁俱寂，独游超山雪！千树万树开银花，漫山遍野银装素裹，分外妖娆。雪中腊梅幽香阵阵报春早，数点梅花最可人。石阶上不滑，留下我们一串串深深的脚印。两旁竹子，树枝上蓬松的积雪簌簌地往下掉，落得我们满头满脑，我们尽情呼喊：“啊——”“噢——”“哇——”在山谷回旋震荡，一路撒满欢声笑语，此情此景多纵情！来到“虎岩”，那是一个特大的感叹号。大弟卫国在“虎岩”下平坦的雪地上扑了雪印，一个大大的“人”字！至今我每到“虎岩”，那个大大的“人”字仍清晰地浮现在眼前。有什么比儿时姐妹兄弟在一起玩更陶醉！

二

1976年秋天，我调入超山任教，就住在超山脚下的超山中学里，得以有与超山更加亲近的机会。不久便是“文革”的“揭、批、查”运动，我们新来乍到，人生地疏，我先生因一些说不清楚的原因而受到冲击，进入了人生的最低谷。超山是我们倾诉满腹冤屈的场所，成了排解烦恼和忧愁之地。清晨或傍晚漫步在山间小路，在满山的青翠中释放烦躁，在山虫的弹唱声中化解泪痕，任山风拂去心田沉积的忧郁。休息天也时常带孩子去登山，站在顶峰，极目远眺，放眼无穷碧，心胸开阔坦荡荡，把一切的揪心事抛之脑后。

人生如登山，感慨万千！“初极狭，才通人，复行数十步，豁然开朗。”此意境有了深切的感悟。时过境迁，我们终于抹去心灵的阴影，以坚实的步子渐渐走出人生的低谷。“山重水复疑无路，柳暗花明又一村”！

我忘不了黄昏超山美妙的情趣。十多年前，儿女长大成人，到了谈情说爱的年龄，全家喜气洋洋。夏天的傍晚，老伴、儿子与准女婿骑三辆车子，我、女儿、准媳妇，坐在后座。带上草席、蚊香、水果等，去超山草坪乘凉。软绵绵的草坪铺上草席，点一圈蚊香，老伴吹口琴，女儿吹笛子，一家人其乐融融，尽情享受天伦之乐。看那四周夕照下抖擞的一大片蔷薇花，看那参差不齐的树影；听那归巢雀儿啾啾啭鸣，听那悠然自得的昆虫窃窃私语。薄暮来临，山中的小径也变得幽曲，儿女们漫步在花前月下卿卿我我。月色朦胧，山林平增静谧。凉风习习，小草忽添风韵。与老伴背靠背席地而坐，感受古人游山时心弛形释，万化冥合的心境。在大自然的怀抱里，“无丝竹之乱耳，无案牍之劳形”，我心怡然自乐。

超山也是我们老同学、老同事聚首的地方，每次去都兴致勃勃。老伴退休了，我唯一的要求是能经常陪我去超山走走。曾有一段时期，我们每天清晨去登山，带上早点，在山上用餐。他去老年大学帮忙了，晨练终究没能坚持。说来也怪，每当我身体不适，老伴就陪我去超山走走，在大自然的陶冶下，顿觉神采奕奕。

去超山大多是去大明堂，偶尔也去超山北麓的青莲寺。那也是超山风景名胜区景点之一。寺院内大树参天，林木成荫，翠竹郁郁。林荫小道逶迤而上，是避暑纳凉，登高踏青的好去处。寺内有山泉一股，潺潺不息，汇入池治，据说春夏秋冬同一水温，天旱地涝同一水位，实属天下罕见之珍泉。有些晨练的人们常去打此泉水，比买的矿泉水还好呢。据《唐栖志》载：（青莲寺）“门径幽寂，春时桃花，夏熟杨梅，门内池治水味清洌，有桂花一株，山茶一株，皆前朝物也。”

早时也曾多次去超山东麓的海云洞，我们称之龙洞。小时候听过关于它的美丽神奇的传说。外洞尚宽敞，可聚百来人，洞内漆黑一片，伸手不见五指。带学生远足时曾打着火把、手电筒，弯着腰进过满是钟乳石的湿漉漉的内洞。一股细细清泉沿着石壁流入洞外清澈见底的摸石池。在海云洞口摸石池西侧石壁上有宋至明清的题刻十余方，真草篆隶，琳琅满目。有近代画家姚虞琴的墓冢，及明代的丁氏三公雕像。民国时，尚为一大景致。然今日荒草丛丛，冷冷清清。

我一直以为对超山是了如指掌，其实不然。前些天我们在新开发的东园，竟然发现了一条我从未走过的积满青苔的石阶小路，拾级而上，来到一个山头，翠竹掩映着一寺院一云昙禅寺（娘娘庙）。深山藏古寺！一直来，只知道超山大明堂、中圣殿、上圣殿有寺院，还有北麓的青莲寺，云昙禅寺却从未听说。此寺院虽然不大，从寺院前三棵高大古老的樟树和碧绿的深潭，可见年代已久，问附近农民，证实了它历史的悠久。不知超山真面目，缘为身在此山中！

我们从云昙禅寺往西沿着灌木丛生的羊肠山道向前走，不知此路通向何方。不远处的向南的山坡上，便看到零零星星报春的映山红。于是，忘却了年龄，忘情地采撷了起来。

我想，到我不能去超山了，就说明我真正老了。哈，多想有生之年把超山踏个遍，游个够。超山，我情有独钟！

小菜场之忆

蒋豫生[①]

20世纪五六十年代的塘栖镇上，有一处妇孺（包括周遭四乡八村来过镇上的农民）皆知的地方——小菜场。如今大家管那叫农贸市场。后来它慢慢消失了，在历史的尘埃中渐行渐远。然而和那里有关的一些人、事及场景，仍久久地留在老一辈人们的脑海之中，挥之不去。

一　坟头上

塘栖这片土地，经过千百年来的发展、繁衍，到了20世纪40年代末，也就是新中国成立之初，其中心位置——北小河中段那一片的地形地貌，是这样的：

自镇西南角圣堂漾流入的北小河，转弯朝东过仓桥，蜿蜒两三百米至思古桥（也叫永思桥）后，不宽的河道扩展成为一片水面很宽又很深的大潭，然后拐了个九十度的大弯，复又逐渐收窄了，朝北过德孚银楼前的木桥，过晚步弄出来的小石桥和旁边上有桥亭的周宅院门前小桥，转弯沿皮匠弄朝东伸展近百米，进入市河。市河北边过花园桥（原

① 作者简介：蒋豫生，男，塘栖人，浙江省作家协会会员。

名北镇桥）百十米，即是东西向穿镇而过的京杭大运河。

有人认为这里的地形是太极形状，两旁皆风水宝地，其一边的鱼眼处埋了范、张两家的祖坟，另一边的鱼眼处即是大发大旺的姚致和堂。还有人认定这儿的水潭有泉眼，依据是，历史上的气候极值年代，大运河都干涸见底可以走人了，这儿却一直有水。

北小河中段的这处大水潭，南面有一浅滩，岸边是大家叫“花园里”——宋家的一溜围墙，围墙左侧是青年俱乐部，再过去是一排两层朝东的房子，那里是大家熟悉的“师公阿丰”“老烟管”李文贞等的家；西面是思古桥，东面是镇上旺族姚致和堂，致和堂门前水面最宽，有一直河埠，两边可停靠大些的船只；水潭的西北面是一块靠着“文高里”（再过去是名医徐若仙的妇产科诊所，也即水北耶稣堂的一处分堂）的坟茔墓地，俗称“坟头上”。

坟头上呈东西向的条块状，约摸100米×30米的范围，西头是思古桥，桥北堍正对的，是一座三开间供财神菩萨的小庙，叫文坛庙。抗战胜利后，曾有一位前国军兵士住在那里，此人懂点拳法。1934年出生的姚永辉先生记得，当年生性活泼好动的他和几个同伴去这位师傅那里学过拳头，并拿了家中的柴米油盐接济过他……文坛庙后面原有唐义士祠，沦陷时被毁。文坛庙右侧是文正公范仲淹的六世孙——范氏始迁公范良裘（1211年来塘栖定居）先生的大墓，其余是大大小小的张氏祖坟等。致和堂姚家见这里风水好，范、张两家都发，虽自家祖坟在南山，也去对面坟头上近他们家的东头，建了三间平屋，作为姚氏祠堂，放祖宗牌位，也供停放寿材之类。

这片坟墩窠最惹人注目的，是有四棵老樟树，大抵都有好几百年了。一棵最大的在西边范氏大坟旁边，另有两棵在姚致和堂对着的东头河岸边，其中一棵几人抱的粗大老干朝水面扑出，另一棵早早地分出三四个大枝干向上生长。在我用做拙作《塘栖续事》封面的那张清末民初外国人拍的“西石塘全景”照片上，能看到那块地方高出屋顶的那些树丛。

此外，坟头上南面河对过的宋家围墙内外还各有一棵粗壮高大挺拔深绿色大叶片的梧桐，宋家后面过西不远的哑子弄口，即是镇上人常津津乐道又高又粗的大白果树——银杏……这些可作老镇标志物的古木大树，让人见了陡生沧桑之感，还能给人带来绿绿的勃勃生机的感觉。

当年的坟头上自然是荒草萋萋，阴风戚戚，草有人高，蛇虫百脚出没，除了胆大顽皮的夏秋钻进去捉蛐子，平日里几乎无人涉足。有的老人还记得小时候听说，那里曾杀过犯人——砍头；记得日伪占领时期，还曾出过一则僵尸鬼的传闻：有人在姚氏祠堂看见了僵尸鬼！最形象最瘆人吓人的，是说那鬼的手指甲已养得蛮长了，那是用以掐人的！这档消息向来传播极快，好多人围聚在姚致和堂门前，朝河港对过坟头上指指戳戳，谁也不敢过去一证真伪……

二　还曾有过一座老小菜场

早先，塘栖镇上大小河流遍布，水南沿河皆是骑楼和廊檐房子，商家店铺鳞次栉比，米业、土丝、水产、水果及餐饮、茶业众多，并各有约定俗成的交易地段，然与千家万户所需关联更大的蔬菜等，没有较大的空地可以集中，镇志上说，“乡民于茶楼酒肆抢占一席之地，将农副产品沿街摆设，构成有各类水产、蔬菜、禽蛋、手工制品的喧闹市场。”热闹归热闹，毕竟“战线”拉得太长，卖的买的多有不便。

我在1987年出版的《塘栖镇志》第五章“商业”的第六节“集市贸易”中看到记载：“农贸市场　民国16年（1927），杭县县政府拨款在北小河南岸修建小菜场，木结构顶架。” 什么？民国早年就在那里建了小菜场？我们从来不曾听说，也没有一点点痕迹啊！

但是，我觉得这句话不会是空穴来风，定有出处。《杭县志稿》上该有记载吧，只是看过来看过去，没有查到。文友吕伟刚还帮我专门去区图书馆查阅《工商志》和《商业志》，也都没有。《余杭通志》上有提到，却是与镇志上几乎相同的文字。伟刚与我都认为还是该出在《杭县志稿》中，因了我们看到的仅是后经整理的部分篇章。

这部《志稿》主编汪坚青先生，民国17年是塘栖市东镇镇长，1946-1948年间，他们在晚步弄县修志馆编撰此稿时，才过去二十年光景，该是“眼面前格事情”，即便是1987年编镇志时，也才过去六十年左右，记录这件在镇上不算小的事情，不会也不该有误！

心存疑窦，我不甘心，询问了多位镇上老人，甚至包括年已九十好几的，他们都说没有这方面的记忆。难道除了这行文字，其余的都泯不可考了吗？

我又拿此事向老同学——“花园里”宋家1943年出生的宋绍生打听，民国手里辰光，他家附近有没有过小菜场？没想他说，对早先的小菜场没有印象，但地名是有的，就在他家西侧的青年俱乐部前面，那里有块不大的白地。他记得小辰光去那里玩，出门前总要对屋里的娘娘——祖母打声招呼：“娘娘，我去小菜场白相嘞！”

哇，有戏！只要有过这么个老地名，我心下想，那就一定是有了！

待我问到1932年出生的顾云青先生（他的年纪在我的同辈和上辈之间，我有时尊称他“顾先生”“云青伯伯”，有时亲近点喊他“云青阿哥”），谜底揭晓！

“云青阿哥”张口便道：“有咯呀，就是后来格座青年俱乐部呀！”接着，朋友邵洲学又专程去问了住那旁边的厂里同事，情况就更清晰了。我兴奋得犹如拣到了元宝！

他们说的情况是这样的：前面提过，北小河思古桥北堍有座元坛庙，供元坛——财神菩萨。每到过年脚边，地方上抬了猪头三牲敲敲打打去供菩萨，这里只是路路过，要抬到吴家弄里的那座元坛庙，才上供。因此，老塘栖人戏称思古桥边这座为“看元坛”，吴家弄里那座叫“吃元坛”。

“看元坛”南面斜对过不远处，清朝手里有座古戏台，叫“元坛场”。当年，曾有一批来塘栖“生铁补镬子”的开当——外地匠人，白天在镇上或四乡游走招揽生意，夜间就歇在戏台下面。绍生也告诉我，小辰光常听娘娘念叨，站在他家楼上西窗口，可以看见旁边元坛场做戏文。“师公阿丰”他们住的那排房子，正面朝着元坛场，楼上虽然不高，可朝东的窗门是一块块撑板，想看戏文了，用根棒头将窗板撑起即可，赛过戏馆里的包厢。

民国16年（1927），杭县县政府要在塘栖镇上建造小菜场，选址此处，将旧戏台拆了，造了一座南北向长方形的硕大亭子。亭子“木结构顶架”，上面盖瓦，周边无墙，可避雨遮阳，成为每天上午大家集中买卖小菜的地方。

约摸是在塘栖遭日寇侵占沦陷后，当局无视群众生活的需要，这里要另派用场。于是，把顶上瓦片全部卸下，将整个大木架朝南平移了数米，与白果树路（80年代初定的路名）北侧左右两边的房子对齐，然后复上瓦，在四周砌了墙，东西两边和南边安了玻璃窗，两扇对开的大门安在北面，门的顶上弧形，上半部装有玻璃，内里南端隔出两间辟作办公室，成了后来五六十年代我们熟悉的青年俱乐部的模样。

据几位老人回忆，这里前后派过各种用场：先是驻扎过伪军部队，有个姓熊的中队长随日寇去乡下抢掠，被游击队击毙，尸体曾停放在那里吊唁过几天；《塘栖镇志》第九章“党政群团”第二节“政府”文后，“附 日伪政权概说”中有如下记载，“1940年，成立‘大名会’，搜罗青年进行奴化教育，后于北小河创设‘防共青年团’，不久改为‘中华青年团’……”很可能也是设在那里；后来，这里开设过民众教育馆，有打乒乓球，看报纸，还曾办过二三年小学……

老年人都记得，新中国成立后的50年代，那里是镇上的青年俱乐部，除了打乒乓，看报纸，还是举办不少活动的场所。50年代中后期，我哥哥汉生担任镇回乡学生会主席期间，我见过那些大哥哥大姐姐们在那里排练歌舞节目；镇上的业余文工团也常在那里排练、活动……

进入60年代后，这里成了镇劳动协会，开会办公，大家熟悉的“狗狗”——顾松根，当时是协会会计。

可是，如今的许多许多人都不知道，这幢青年俱乐部的前身，竟是镇上最早的小菜场！

三　平坟填河

新中国甫一成立，建菜场这个群众迫切需要解决的大事，自然又摆上了镇政府的议事日程。自然，青年俱乐部那幢曾经的小菜场，显然是不够了，也不合适了。那时，镇委镇政府已搬入北小河姚致和堂右侧不远原先是德孚银楼，后又一度当过银行的洋房里，大门口即是那片北小河的水潭。于是想到不如干脆将坟头上扒了，把这片水潭填掉，这样才差不多可以满足。

据说，填埋北小河的动议，镇里领导间也是有不同意见的，因此，迟迟下不了决心。待1952年反对填河的朱书记刚一调离，立马就动了手。

当时，刚解放不久，新政府为巩固政权，政治任务、政治运动不断：剿匪、土改、镇反、抗美援朝、三反五反……而在旧社会受压迫受苦的穷人，政治上翻身作了主人，对新社会新政府感恩不尽。建一个家家户户需要的菜场，当然是桩大好事，政府一决策号召此事，自然纷纷响应，大家都愿意为这项社会主义建设工程出工出力，义务劳动。

原为镇上永昌洋油公司职工后被提拔为副镇长的蔡灿根先生告诉我，他当时是非常起劲的，扒坟时，金银财宝没怎么见着，多的是那些随葬的约摸钢精锅大小的瓷器“像生”——瓷罐。那时，大家对这些明清的甚或还是宋元的古董很是不屑，每见着一只，就用锄头铁耙将之搡碎……

参加扒坟填河义务劳动的，多为镇上店家、作坊和厂矿青年职工中的“跳毛头”——积极分子。然而，有几位老人向我强调，参加这项劳动时日更长干活更多的，是一批店家厂家的资方人员，或是在旧社会里尤其是在日伪时期做过点啥的“底牌勿清”者，有的去镇反运动在镇上祖师坛以及三墩等处举办的管训班，刚侥幸过关，或正在接受管制。这些人自然都低眉顺眼、老老实实出力干活，即便对此举有坏了风水什么的意见，也都不会言说，园在肚里。

在这些多时上百人的劳动队伍中，还有过一支年轻的活力四射的生力军——回乡度暑假的大中学生。他们外出求学，开阔了眼界，勿忘家乡建设，宋家旁边的青年俱乐部是他们的大本营。离此不远的吴家弄唐家，一直在市新街当弄北面开仁昌南货店，唐家旁边有制作炒货的栈房，房子较大。唐家的月华、学斌姐弟在杭城和三墩读高、初中，为人好客热情大方，这里也成了他们的一处落脚点。小弟学文还记得，当年，韩康健、萧志雄、曹人望、赵立群、吴黛英、蒋汉生等等常到他们家来，有时，路远点的，还在他们家过夜……

除了建小菜场，这批活跃、纯真的年轻人还有一个明确目的——在宋家前的河滩处，造一个篮球场，所以劲道特别大。他（她）们常一只手抓住一只盛了土的竹筐，几个人十几个人横列一排，拎到河边倾倒，欢声笑语，青春洋溢，那场景那氛围想想也很感染人鼓舞人。

坟头上高出的那点泥土是远远不够填埋的，除了大家很有限的倒点垃圾，主要来源之一是附近晚步弄茶馆店西边一处大家叫“高山墩”的地方。光绪《唐棲志》卷四记载：塘栖“咸丰年兵燹，梵宫琳宇尽付劫灰，巨室旧家半成瓦砾”。长毛走后，镇上到处是颓垣断壁，那里是清理市容时，集中堆放被烧被毁房屋的瓦砾形成的高墩。当年这样的高墩不止这一处，其他地方的想必也运来派了用场。

此外，吴家弄西头出来，露天电影场对面，曾当过省参议员和县太爷的姚韵秋（镇反运动开始时，一向为人强势，个性“只肯做阿爸，勿肯做儿子”的他，投了圣堂漾，自作了断）家，早先在院场内挖池塘时堆在旁边的泥土，也被运去填河……

当时，我家还住在里仁桥堍殷家弄的陆家花园，我人还小，这边很少过来，印象不是很深。老人们告诉我，1953年，北小河中间的大潭已经填上了，建成了小菜场。等到1954年冬我九虚岁搬家到皮匠弄东口的唐宅时，北小河已填埋到晚步弄口，并一点点朝市河这边填过来，到了1957年填到我家墙门口，并很快填埋至不远的市河。原先立在河道中的水榭——王元兴馆子店，也随之被拆去，这一段原先的北小河河道，成了连接小菜场的大通道。思古桥另一端的北小河也一步步地被填去，通往仓桥的那一段填得相对晚些。

四　重建小菜场

我家搬到皮匠弄口后，北小河那边经常过去，人也大起来，印象就深了。记忆中见到刚建成不久的小菜场，是一处比较特别的建筑，在我小人眼里，那一片像是将几十个高高大大的亭子整齐地拼组在一起，范围好大，约摸有六七十米见方，木架顶上覆盖着密密的小青瓦，那些亭子互相间没有间隔的墙，四面敞通，不挡风，但是避雨、遮阳，地上浇筑了水泥，有一道道排水的浅沟，中间有一个个天井。

由于扒了坟茔高地，填了水潭浅滩，那里整个一片显得空旷了，菜场组亭的四周，尤其是南面与东面还有较大的空地，宋家围墙前的篮球场也已然建成了。填了河，为居民用水方便，政府还在组亭的西北角挖了口三眼的大井，西南角也有一口……

那时，原先坟头上的四棵老樟树中，范氏大坟旁的那棵大香樟，已在早前的一次台风来袭时被吹倒了，我只见到前面提过的那棵对着姚致和堂朝水面扑出的老樟树，模样与仓桥堍也向河面扑出那棵樟树有些相像。由于填河提升了地面，它显得更低矮了，横着的主干比我高不了多少；粗大的树身裂成一片一片，满是深深的皱折和节疤，还有大洞，我轻易地就爬上去了；上端的枝桠像老头的顶部，稀稀秃秃，只有少量的一簇簇绿叶……此时的老树就如那些风烛残年的长者在苟延残喘，看了让人心里发酸，我爬过一回便再不忍心去爬它。没过多久，它也不见了。而宋家围墙边的梧桐，哑子弄口的白果树（我去拣过它小扇子般的黄叶，夹在书里），以及白果树近旁的一株大柿子树尚在。

记得小菜场内有大致的区域划分，诸如卖肉的卖豆制品的卖蔬菜、水产的，以及卖家禽、家畜的等等。但或许因了人多地方不够大，或许更因了投售的都想着放在显眼的位置，不下雨的日子，他们便蔓延开来，在四周空地上摆设，成为好大一片！交易场地经常从镇政府前面一直排列到皮匠弄与晚步弄口。等到时近中午小菜场落市了，还常有人拿着卖剩的一点菜，拎到我家门口这边，倒担，便宜点卖掉。

小菜场这么一处天天人头攒动的聚集之处，没有足够的公共厕所是不行的。好在思古桥南堍就有一座民国时建造规模不算小的公厕。新政府又在小菜场东边的当弄口以及水沟弄里各新建了一座条件不错的厕所，皮匠弄西头转弯处也建了一座小一点的，以解决大家的内急之需。

如今的年轻人不知道，早前，镇上的公厕很少，就是到了50年代初中期，镇上的一些弄堂内，还只是非常简陋的茅坑：小茅棚内，半埋的粪坑上搁一个简单木架，前面没有遮挡，如厕男女不分。

我家墙门外一米多宽的皮匠弄，从市西街进来，沿着河南岸的老墙延伸，后半段是廊檐房子，一直连到晚步弄口对过转弯，接上银匠店那排房子。小河被填后，成了百把米长的一段大通道，弄堂上方的披顶也随之被拆去。

每天凌晨天还黑着，已有来赶早市的四乡农民划了小船陆续到了，将船约在市河或者运河边，用竹篰竹篮挑了背了拎了货前去售卖。他们还经常携带了自家饲养的鸡鸭、湖羊和小猪，母羊被主人用绳索牵拽着走，小羊不用拴，自会紧紧随在母羊身跟；小猪们多被捆了四脚，塞在麻袋里……因此，羊们母子互唤的“咩咩”之声和小猪们“嗷嗷”的挣扎嚎叫，时不时传来，扰人睡梦。当然，天天如此，我们都听习惯了。

那个年代没有冰箱、电扇，许多家庭甚至尚未安装电灯，我家也是1964年我去外埠读书过后才用上电的，故而，每天饭桌上要吃的小菜天天要去小菜场买。这些都是母亲们的事情，她们一清早或独自或约上个伴，拎了篮子往填了的北小河赶；远远近近开办内部食堂的厂矿单位，更是小菜场上的采买大户……

这个关乎家家户户市井烟火的地方，每日上午少说也有几千人次进进出出；邻近中午散市了，这里只剩下几个搬不动的固定肉墩，空无一人。我虽然不关心买菜，可念中学后，那是我每天上学要经过的地方，那里的热闹、拥挤与嘈杂，那样的老镇风情和生活样态，尽在眼里。

除了卖菜买菜，小菜场四周这么空旷的地方，也让不少活动有了举办、展示的用武之地。

首先就是那个篮球场，成了篮球爱好者们常去的地方。塘栖是个大镇，喜欢打篮球看打篮球的人多，五六十年代间，镇上有好几支不错的篮球队，据说东横头那个队水平最高。《塘栖旧事》上有当年镇机关代表队出战获胜后的留影。他们经常练习、相互比赛，也对外出战，成绩往往不俗。

这样的情景是常有的，夏天日头吃过晚饭天还不暗，那批爱好者们已约了聚拢，还可打个全场；那是人们文体生活单调贫乏的年代，家门口的赛事，岂能不来，故而围看的人木佬佬，有的还捧着饭碗。尤其那些（用现代时尚说法）喜欢看阳光、健美帅哥的女粉丝——打扮齐整的姑娘们也已巴巴结结地到了。她们笑靥如花，叽叽呱呱，拍手叫好，引得球场上奔跑着的人劲头更足，投球眼锋更准……

那几十年间，爱打球的一波又一波，多为人们熟知。这里稍列几位当年球场上活跃、出挑者的名字：派出所的方光裕、镇政府通讯员姚永辉、后来的酿造厂厂长孙文楼——“江北”、水北小学校长方元正、后来调去县公安局的顾松根——“狗狗”、五金厂的张履功……

这里也是文艺宣传队的理想之地。那些年间政治运动一个接一个，与之配合的文艺宣传队便编排了相关的小节目，锣鼓一响，说唱、歌舞、活报剧等轮番上场，观众无须组织，自会聚拢，常常是里三层外三层。

记忆中，那里还是外地马戏团——杂技团的最佳驻演地。他们多选在菜场南面的那块篮球场，竖了桩，用一人多高的白布围成一个大圆圈；演出前有洋喇叭洋铜鼓在入口处卖力吹奏敲打，吸引人们购票入内；演出多以杂技、魔术类节目为主，还常有马匹上场奔腾表演。

那些年我家经济拮据，极难得能去看一场，更多的时候，我是与同样买不起票的人们一起守在外面，听着里面传出的阵阵喝彩声叫好声，等着观看最后一个在上空表演的惊险压轴节目——三丈吊。这个节目由一壮汉肩上竖根粗长竹竿，有一五六岁或是七八岁的瘦小姑娘爬上竿顶，表演各种惊险动作，到最后全身悬空，竿顶的绳索仅吊住她的辫子。里里外外仰头看着的人们一边鼓掌喝彩，一边为她捏一把汗……这个严重摧残儿童身心健康的节目，后来被禁演了。

杭城有名的皮德福飞车走壁团也来这里表演过。他们比较特别，在篮球场上围起一个高高的上部敞口稍大的木头圆桶，观众围在顶端朝内观看，说是骑着脚踏车的表演者们能在几乎垂直的桶壁骑来骑去绕行，居然不会摔下去，让大家稀奇煞！我没钱买门票，只能在外面望桶兴叹！后来，我们偶尔能在电视上看到杂技演员骑着摩托，甚至开着小汽车，在圆桶、圆球内上下左右飞转。嘿，社会发展了，科技进步了，他们的表演也越来越高难度了。

五　往事桩桩

1953年建成小菜场后，镇上在那里举办过几次“城乡物资交流大会”，还临时搭建了不少展卖的棚子，本地的外埠的大小商家都来这里出摊，小商小贩云集，各种商品琳琅满目，近近远远的农民们也都涌来了。那几天的小菜场上人山人海，热闹非凡，拥挤不堪，真比过年还闹猛！买的卖的脸上都笑盈盈的，满是幸福感的样子。我不买东西，只是穿进穿出，轧轧闹猛。

第一届交流会时，在银行工作的我父亲被抽去帮忙，认识了从油厂抽来帮忙的夏应权同志。后来，夏被提拔去县里工作，还当过本县和外县的县长。父亲对此念念不忘。退休后的某日，他在家门口扫地，遇见路过的昔日夏县长。老夏一如既往笑眯眯与他握手寒暄，回到家中，他激动地喜滋滋地告诉我们：“夏县长和我握过手了！”我母亲耳背，抑或是故意装作没听清，父亲遂又重新响亮地说了一遍，受宠若惊的幸福神情溢于言表。我迎上去调侃他：“快快，让我握一下你的手，也好跟着沾点光，大家分享！”

到了全国掀起大跃进的1958年，镇西圆满桥边的塘栖区公所大门口挂上了“塘栖人民公社”的牌子，我们都叫“大公社”。为大办钢铁，“支援钢铁元帅升帐”，每家每户砸锅卖铁，街道主任带领我们一帮十三四岁的潮头货，去扒了各家的灶头，办起公共食堂。居民们都吃食堂饭了，“解放妇女劳动力”，母亲们不用再跑小菜场了。我家是去木桥堍汪家厅上的大众食堂，小菜场东边姚致和堂内办起和平食堂，西边水沟弄办的是幸福食堂……农村刮起浮夸风，到处放“高产卫星”，乡下办的大食堂一度还“放开肚皮吃饱饭”——免费。

自然，国家的底子还不厚，那么点存粮，哪经得起亿万人的饕餮？随即全国就进入了“三年自然灾害困难时期”，食堂倒灶，贵州、安徽、河南等地农村还饿死了不少人。我们这素称“鱼米之乡”的地方，虽然没有饿死的，但不少人都得了浮肿病，腿脚上一按一个坑。我的同桌——住在小菜场边上的小方，有回在街上吃肉包子，刚咬了一口，就被一个饿慌了的人抢走塞进嘴里了。我还见过一些从苏北农村逃荒过来的难民，妻子背着挽着铺盖卷，丈夫挑着担子，一头箩里一个娃……

社会上这样的情况，自然都反映到我们的小菜场里来。

镇志上说，“（当时）政策上对市场统得过死……农副产品地下交易，黑市猖獗，投机泛滥”。镇上设立了“市场管理委员会”，就在我家墙门斜对面。那些来小菜场买了鸡鸭运到杭城或者其他地方去卖的“投机倒把分子”，他们玩的那点小伎俩，逃不过市管会人员的火眼金睛，无处遁形，经常被弄进去，里面时时传出鸡飞鸭叫和人的训斥之声……

1962年，党中央下达了“有领导有计划地恢复农村集市贸易，活跃农村经济”的指示，镇政府也开放了集市贸易，对此做了不少努力。我们塘栖还成了国家商业部、工商行政管理局和统计局的调查点，我们市场的统计数字定期直送国家一部两局，有关的市场情况和照片还登过《人民日报》呢！

六　个人小记忆

对镇上的北小河小菜场，我有过两个很小却很深的记忆：

一次是有一年举办城乡物资交流大会时，在镇西运动场父亲的要好同事劳伯伯家的院场内，临时搭了棚，展出一头外国品种的约克公猪，非常高非常大，居称有千斤以上。那个星期天上午，父亲难得带了全家大小去劳家看稀奇。

路过小菜场时，我被熙攘人群中的一个“弹糖担”吸引：箧上平搁一抽屉模样的木盒，一拉旁边的弹簧，有一颗钢珠被弹出，顺着设置着的迷宫状通道曲曲直直前行，途中有多个小洞可能落入；如果钢珠能滚到最后，进入中心洞，便能得到最高的大奖——一小筒用锡纸和彩纸包裹着的水果硬糖（当时售价一角三分），落入其余各洞只得一块大小不一的自制梨膏糖，一分钱弹一下。

当时，我口袋中正好有一分钱，经不起旁人的撺掇，上前弹了一把。没想这一弹居然将钢珠弹进中心洞内，赢得了大奖！在一圈小人的围观下，摊主交给我那筒糖时，脸上的表情很有些僵硬。我则兴奋地在人群中拱突，要紧去追上已走远的家人，告诉他们这个大喜讯，并将包裹水果糖的锡纸撕开，一人一片……

另一次难忘的记忆是，我没怎么在菜场买过菜，却在这里卖过菜，还不止一次！

20世纪五六十年代我在塘栖中学念书时，学校每星期安排有两个半天（有时是两节课）的劳动课。除了养羊，除了去镇郊包种过水稻田，各班在校园围墙边还有小生产地。高二那年暑假，菜地的管理和收获，成了我们五六个家住镇上对班级活动较积极的同学（记得有董吉人、祝守盛、方怀铭等）的任务。我们隔三岔五去那里浇水与采摘。收下的冬瓜好办，抬到西石塘蔬果收购站就行了，茄子等站里不收，我们就得从家里带了竹篮竹篰清早采摘了，拎着背着到小菜场上去卖。

我们几个同学都没买过菜，更没卖过菜，有的还不识秤花，可我们都很认真地学着做。待在菜场上会碰见同学或同伴们的母亲，我们还要克服怕难为情的心理，并运用不太熟练的口算心算。因了我们的东西新鲜，定价合理，几乎不用怎么吆喝，便生意兴隆，许多家庭主妇都挤到我们的摊上，边讨价还价，边挑挑剔剔，我们看了都有些心疼，最后剩下的让不挑剔的江北大妈很便宜地倒担。

卖菜所得，我们都小心翼翼地统一放着，那是要作为班会费的。酷日下，没戴草帽的我们汗流浃背口干舌燥，路过棒冰摊，大家都舍不得动用手中的“公款”。开学后，靠这笔钱，全班去杭城远足了一回，去了最想去的岳庙，还租了手划船荡漾湖上……

写到这里，老伴许月琴说，她对小菜场也有过一次深刻记忆。

许月琴与我高中同班，娘家在长桥南堍“西横头一号”的茶馆店里面墙门。1937年11月，日寇头回来塘栖掼炸弹，将许家的房子炸中。她家原本做土丝生意家境小康，顷刻成为贫民，加上父亲去世早，孤儿寡母，靠一爿小纸烟店，母亲将三个小人拉扯长大。

小菜场她们平日不用去的，在屋前茶馆店门口稍微买点什么就行了；去的话，是过年前、清明前，去那里卖自家做的拜阿太、上坟用的纸绽。

印象深的是那回在小菜场上“掼倒”。她高中毕业的1964年夏，刚刚收到大学录取通知书。那天，做娘的让去小菜场买两块豆腐干，一大清早，她就拿上钞票和豆腐票赶过去排队，排了足有两个钟头，快轮到时，运来的已告罄，要买还得再等我家隔壁的那家豆腐社做了送过来。尚未吃早饭的她，突然间感觉天旋地转，“啪”的跌倒在地……过一会儿有了知觉，头脑尚清楚，只记得自己仰天躺在水门汀上，四周是围着她的许多人的腿脚，有个女人在大声嚷嚷：“格姑娘儿，怕是有毛病咯！”

月琴难为情煞，赶紧撑着站起来，豆腐干也不买了，跌跌撞撞跑到在西石塘小百货店上班的母亲处，告诉说自己掼倒过了。做娘的肉痛瘦弱、勤快、听话，读书又好的女儿，要紧去旁边烧饼店里让人做了一只热烘烘的烧饼，看着女儿吃下。第二天早上，做娘的又破天荒地烧了两只糖氽蛋，让女儿补一下身子……

对，我们俩还有过一次共同的特别记忆：躲地震。1976年的那几个月间，三位国家主要领导人接连去世，感觉好像天要塌下来了；再加上一下子死了24万同胞的唐山大地震，大家更是悲痛、恐慌交织，人心惶惶。那段时间，到处有要发生地震的消息和传言，甚至包括杭城，包括我们塘栖！苏北一带的消息更甚，已经见到那边农村的人家扒了自家房顶上的瓦片，带着妻儿搭乘苏杭班轮船，来我们这边避难……

街上的广播喇叭再三告诫人们，要大家做好防震准备，到时候一定要躲避到空旷的地方去！ 可是，塘栖镇上多是廊檐房子、狭窄弄堂、河港，在镇中心要找空旷点的地方，就只有小菜场——红太阳广场了。

记得地震风声最紧的那天，空气燥热难耐，乌云快速翻滚，好像还不时飘点小雨，真有大灾将临的征候和景象！街道里有人上门通知防范，我父亲遂决定全家去小菜场避一避，总归当心点好。于是，父亲母亲、我和月琴，牵着女儿（儿子还未出生），再带上小凳子小竹椅、雨衣雨伞、电筒、饼干……从皮匠弄口到了小菜场，只见那边暗滋滋的已聚了不少一脸焦虑、恐慌的人。我们在那里待到后半夜，人极困，想想地震总不会来了吧，天亮还要上班，这才扶老携幼返回家中……

在远去了的那个物资匮乏和动荡不安的年代，这些与小菜场相关的经历，这些或快乐温馨，或苦涩心酸的记忆，想来每位老镇上的过来人都有，或多或少。

七　“活雷锋”

回忆小菜场曾经的林林总总和点点滴滴，有一位清瘦、文气又一脸正经的人，总在我面前时隐时现。要写这处芸芸众生的聚集之地，这个人无论如何忘记不了，也是绕不开的！

他就是“活雷锋”——孙纪平。

当年的孙纪平三十出头，个子不高偏瘦，眉眼清秀文气，早前在上海工作过，调回后先在超山供销社，后调入镇上胡家桥桥堍的供销社门市部，是一位普通店员。

他是在1963年3月5日毛主席题词“向雷锋同志学习”发布后，开始崭露头角的。为响应伟大领袖的这个号召，我们中学生抢着修理课桌椅，去街上扫地、搀扶老人；他在超山，帮贫下中农做各种好事，包括半夜为生产队收割稻子不留名……学生们学雷锋的炽热气氛很快淡下来了，而社会上“阶级斗争”的政治气氛一天天浓起来；到了1966年“文革”开始，学生们成了红卫兵，听从红司令的号令，全身心地投入到那场狂热又残酷的政治大运动大斗争中去了，革命造反、抄家游斗，顾不上学雷锋了。

然而，塘栖镇上的孙纪平同志依然时刻牢记领袖的这一教导，踏实践行，丝毫不曾有所懈怠。大家都叫他“活雷锋”，也是实至名归。

他将自己的一腔热情投入到这个每日上午镇上最热闹的场所——小菜场。

每天一大清早，他就背着黑色的人造革挎包，准时迈过去。包里是备着的帮人兑换小票用的零钱，遇到有一时缺盘缠的，他还会代买车船票。

在那个饥馑年代，国家牌价——“白市”供应的便宜东西太少，工业品、农副产品几乎样样凭票。我们墙门的严师母口中常抱怨“发发布票一尺八，发发肥皂一只角”。小菜场这样的农贸市场上，附近农民宁愿自己饿着，也得将一点点自留地上出产舍不得多吃的蔬菜、野荡里抲的鱼虾拿来售卖，想多卖几个铜钿，价格高一点，大家叫那是“黑市”。

在当年时时进行的“走社会主义道路，还是走资本主义道路”的激烈争斗中，活雷锋义不容辞地担当起引导人，成为坚定走社会主义道路的积极宣传员和忠诚卫士。为此，他还自费购置了半导体扩音喇叭，在菜场上的人堆中大声宣讲、喊叫，要求卖菜的卖到西石塘国营蔬菜收购站去，卖鱼虾的卖到南横头蔡家埠国营水产收购站去。无论刮风下雨，无论春夏秋冬，他每天苦口婆心地去宣讲、规劝，讲得喉咙沙哑，口泛白沫，“伊讲得吃力煞，人家当伊哮病发”；还有人背地里说其脑子搭牢，是个“猪头三”，而且往往收效甚微，他都不改初心，乐此不疲，执着坚持。

除了笼统宣讲，他还重视针对性地解决问题，同时擅长忆苦思甜，谆谆诱导。具体场景与过程往往这样：比如，活雷锋走到一位卖鲫鱼的青年农民前面，劝他去蔡家埠，对方不予理睬。他便问，鲫鱼卖多少一斤啊？九角，对方回答。他便道，这你就不对了，九角是资本主义价格，是黑市价！对方赌气说，我不卖了！端起鱼盆快速转移，可这位手持喇叭的大哥常常会很有耐心很有韧性地紧紧跟随，也可说是穷追不舍。

有人看见，最远时他会追到小菜场西边的文化站还要过去。卖鱼的见跑不了，干脆站住，于是，又会有如下对话：各位青年同志是啥个出身啊？贫农！对方没好气地回答。活雷锋便道，这你就更加勿对了！毛主席让伢贫下中农翻了身，你看你，穿着卡其布衣裳，还有灯芯绒裤子，旧社会里贫下中农是穿勿起咯，你要听毛主席的话，走社会主义道路，做人勿可忘本……

当那位被活雷锋步步紧逼得憋勿牢的卖鲫鱼青年涨红着脸，恨恨地喊出卖六角时，早就候在旁边的几位市民便一拥而上，鱼跳水溅人喊，活抢活夺……

有几个生性滑头刁钻的市民，晓得活雷锋有如此的杀价本事，专门喜欢拎着篮守在其身跟，等着买便宜货，还时不时你一声我一声地帮腔“教育”，并时刻保持抢先的位置。有时候，这种等候的场面实在混乱不过，会有人主动站出来维持秩序，像大好佬那般吆喝、命令众人：百坦，勿要急，大家排好队！并不忘轻声提醒身边的活雷锋：我帮侬维持秩序咯，等歇我要……有的甚至看中了自己想买的摊点，特地去将活雷锋拉上：快点快点，前头有人在卖高价！

每每看到自己攻心教育的成果，看到“社会主义”终于战胜了“资本主义”，活雷锋的脸上会露出一丝真诚的宽慰的也是胜利者的笑容。到差仿不多的时候，他就背着挎包，提着喇叭，迎着朝阳去店里上班。每天下午三点一过，长桥南堍广济路上七间门面的栖园茶店前，会有一个水产集市，而活雷锋也会准时在那里出现，并上演早晨在小菜场上那样的一幕……

干这些事，活雷锋完全是自觉行动，无人指派，而且他还不是共产党员，即便死后，也未被追认。有人毛估过，他去小菜场的举动，前后差不多将近十年。他那么认真、虔诚、执着地坚持了那么长时间，在镇上几乎妇孺尽知，其知名度甚至大过书记、镇长！在四周乡下无疑也有相当的影响。

我母亲生性不善言辞，可每次从小菜场回来，只要我在家，常会听她提起，今早活雷锋怎么样怎么样。街坊邻舍也常会提及他，互相间打趣、揶揄说：侬想做活雷锋啊……不过他因车祸走了离开了这个纷杂的世界后，人们在遇见看不惯不顺心的事，心里面有时就会想起他，嘴上也会嘀咕一声：活雷锋也不在了。

我是从心底里敬佩这位善良、执著的家乡兄长的。他一生中为社会为大家做的好事太多太多，而且还是全方位的。他当年曾那么自觉辛苦地坚持数年的菜场宣传与杀价，主要是受了当时社会的主流思潮的影响，是时代造成的。

八　整体迁移与升级

1966年“文革”开始，这场席卷全国声势浩大的政治运动，时不时会有上百上千上万，甚至上百万人的群众集会，加上对伟大领袖的无限热爱与敬仰，全国各地争相建起了“红太阳广场”。

能人众多，且向来积极响应上级号召的塘栖镇，这样的事自然不甘落后。广场位置选的仍是群众集散方便的镇中心之地——小菜场。建这样的广场重要的是修筑一个用于召开大会的高台，同时竖以伟人塑像，那是标配。塘栖选择的是在整体朝南的后台位置建一座四层楼房，并在朝南楼面画上巨幅毛主席像。

建红太阳广场是当年时势的迫切需要，无疑具有压倒一切的政治意义，什么都得让位。为此，小菜场自然得挪挪，幸好附近地方还有。就像当年移动老菜场那样，那一大组亭子将被整体搬迁至这一片的东南面位置。有老人记得，此搬迁工程是镇上建筑社水平不错的王福田师傅负责的。搬移前，也是先将顶上的小青瓦全部卸去，剩下一整套用榫头连接的木头骨架。好在当年搭建时，那么多亭柱只是搁在础石之上，使之能够整体平移。因估计移动时要擦着南面花园里宋家的围墙，预先扒去一截，最后移到后来建成电影院前面的位置，重新复上瓦片，宋家的围墙却并未碰到。

红太阳广场迅即被派上用场，每有北京传来的最新最高指示、这个派那个派召开的庆祝大会、表忠大会、批斗大会等等，轮番在此举行。

《塘栖镇志》〈大事记〉中记载“（1967年）7月28日，‘市革工会塘栖联络站’借支援武汉造反派为由组织武装游行……”那天，游行队伍在红太阳广场集中，随后游行，并去有关单位“大肆进行打、砸、抢，东方红制胶厂年轻党员黄思钿被打成重伤，被迫下河，窒息淹死。其他被打成重伤的10人，轻伤14人。”那是这么多年中镇上最血腥恐怖的一天！也是镇志“大事记”上记录这一年仅有两件大事中的主要事项。

那一天，我正好自杭城回到家中，从皮匠弄口的墙门缝中看见游行队伍从小菜场——红太阳广场一路过来，队伍最前面的面孔陌生（后来知道是獐山石矿和洛山牧场的，内有我两位高、初中同班同学），他们头戴藤帽，臂围袖章，面露杀气，将手中的铁棍一下下砸在地上，“叮叮叮叮”的金属声四起……游行队伍还在我家门前稍作停留，有我熟悉的老师在激动地跑前跑后，领呼“打倒红暴”一类的口号，随后长长的队伍中，许多都是我的熟识之人，至少也是“面熟陌生”的校友……

在那个非常年月中，全国各地木材异常紧张，小菜场南面破了口子的宋家围墙很快全被推倒，围墙内外那两棵高大粗壮的梧桐被造反派们砍去，随即哑子弄口那棵几百年的老白果树也惨遭恶运，去向不明，甚至未留下一张小小的或近或远的照片！造反派们又说要整修篮球场，宋家院场内那大片筑成假山的太湖石，被一块块砸敲下来，铺筑了门前的球场……

到了“四人帮”粉碎，拨乱反正，人们的生活终于回归正常，大家以经济建设为中心，改革开放，经济发展，生活一年年得以明显改善。

日历翻到1987年，随着需求的提高，小菜场再次搬迁并升级。政府在填平了的圣堂漾处“动工兴建农贸市场”。新市场范围扩大了，尤其增设了许多固定的摊位，让一大批人有了就业机会。镇志上记载这里“有鲜肉摊位40个，鱼摊100余个，四乡农民瓜果蔬菜摊位不下400个，内设粮油交易所”，规模空前，“市场日益兴旺”。只是，其围墙外的西小河大街上过往的停留的各类车辆太多，场面时常较为混乱，让维持交通管理的人头痛。

一年年过去，终于，这里决定提升改造，农贸市场被搬迁至镇西张家墩的旧厂房内。虽是过渡性质，场地也不小，由于偏于一隅，住在镇东边的居民常要坐了公交车前往。

我很想去看看那里的情况，有两回已经到了张家墩桥，还是因故没有再过去。不过，每回去塘栖，无论在352路或者432路公交车上，都会遇见几位带着拉杆车的杭城大妈大叔，说是专去张家墩……

就在这篇文章的收尾之时，有校友从微信上发来好消息：塘栖要建“五星级农贸市场”了！总占地25亩，地点在镇文体中心南面……有知道了此事的朋友电话中对我说：“位置好咯，下回买菜迢迢过去够嘞！”

如今，镇上的年轻人知道有广济桥有思敬广场，多不晓得曾经有过小菜场，甚至连红太阳广场也没有概念了。我儿子今年四十出头，他这方面的童年记忆是：五六岁时，有个夏晚，老爸老妈唯一一回带了他和姐姐，去红太阳广场二楼的“望梅楼”吃冷饮，记得有冰砖，有酸梅汤……

回眸旧时岁月，让人感慨良多。

菜场是民众生活的舞台，也是一处展示社会的平台。在它这里发生过演绎过加上延伸开去的事情，囊括和涉及政治、经济、文化等大大小小方方面面的事情，真多了去了。它也目睹、见证了20世纪近百年中老镇的历史；与此同时，它的建设、兴衰和变迁，直接反映与折射着时代的发展、社会的进步，以及人们生活水准的提高。小菜场虽然消失了，但在大家的心中，仍有它的历史气场。

每每想起当年为一分钱两分钱斤斤计较的讨价还价之声，忆及为买几两猪肉漏夜排队在肉墩前挤破头的“战斗”，如今，大家竟会坐了公交去买菜，开着小车上菜场；竟会吃穿不愁，衣着光鲜，过着要啥有啥，想啥买啥，天天像是过年的体面生活；昔日简单简陋的交易场所，步步升级，如今更是将成“五星”，改革开放，发展经济，尤其是最近这几十年间翻天覆地般的变化，让人恍如隔世！

只是，在大家开心快活享受小康生活的同时，面对喷洒农药不久的蔬菜，才养个把月就能出售的鸡鸭，看似活泛却很可能是下了药的鱼虾，又让我们想起当年偶尔才能尝到的鸡鸭鱼肉的美味，想起当年小菜场上那些还带着露珠的新鲜蔬果……让人减了食欲和兴趣，多了担忧和沉重。

我们常说的“菜篮子工程”系着千家万户，人们餐桌上的安全，关乎民生以及中华民族的子孙后代，绝非小事！有了经济实力，硬件类的设施建设，还是相对容易的，而涉及思想、精神、文化、道德和法律等范畴的相关软件建设，那才真正考验我们的能耐和功力！

诚然，这是举国的大工程，需要从上到下的共同努力，包括重典治理，去疴除弊。这是广大民众的期盼与诉求。在大家同心协力复兴塘栖，建设美丽家园的同时，这个问题解决了，那才真正称得上是过上了开心舒心的日子，幸福感满满。

毕竟“民以食为天，吃饭第一”。

有人说，把老人的记忆写下来，这就是历史。我很赞成此话，我们总不希望自己的后代生活在失去记忆的城市或乡村，哪怕是已经离开了的故乡。

在大家努力书写崭新历史的同时，为防止集体失忆，防止失真或传讹，拨去历史烟尘，挖掘追踪，刨根问底，不求多深厚的历史积淀，不求多深邃的文化传承，重要的是尽量如实地记录下自己的亲身经历，续上老镇文脉，让家乡的历史不仅真实可靠，而且有血有肉有细节，甚至还可以有情感和温度，是我们这辈过来人的历史责任。

这篇文章便是我的也是我们大家的共同记忆。

塘栖男人

薛化①

塘栖，在我悠远的记忆里，几乎是水的代名词。那些缠绕在门前屋后永无穷尽的水，不知道流淌了多少年。

有人说这水是从超山上流下来的。超山我去过，那一线流水怎注得满塘栖的河流？有人说水是从天目山上淌下来的。天目即天的眼睛，天眼里能流出那么多的泪水，难道天有那么多苦水需要向人类倾诉？对于水从哪里来这个问题，就像高更的油画“我们从哪里来，我们到哪里去”一样，始终困惑在我探索的头颅里。

终于有一天，西小河的门房阿爹向我招招手，附在我耳朵边说：“塘栖是块风水宝地，龙头活水将每一寸土地都盘活了。”我听了禁不住要盘根究底：怎么是龙头呢？你倒说说看，说说看呀。老人被缠住了，便信口开河：“圣堂漾是龙的头，西小河、北小河、东小河、翠紫河、市河这些河是龙的须角。”那么龙的眼睛呢？眼睛在哪里？“眼睛在大鱼池，两个大鱼池正好是一双眼睛。”我觉得有些道理，但仍要追问：身子呢？尾巴呢？“身子是运河，尾巴么，运河有多长，尾巴就有多长。”一个天衣无

---

① 作者简介：沈雪华，女，笔名薛化，塘栖人。

缝的传奇，我深信不疑，并且还无师自通地认为，龙的脚爪是从远方运河里分出去的支流。从此，在我幼稚的世界本源论中执著地认为：塘栖是世界上最美好的地方，塘栖人是一群最快乐的人，因为我们都住在龙头上。头便是首，首即是上，即是尊、是佳、是一流、是一等一的好。

读书时，从课文里学到“小河流水哗啦啦”之“潺潺的溪流”等有关水的情状词时，我又纳闷了：怎么从来不曾听过塘栖的流水声呢？就是起风落雨，舟船行驶弄出来的水声，也绝非是水自己的声音啊！我又跑去请教老人，老人响梆梆地甩出一句话：“塘栖的水，功夫在里面，靠的是内力！”这兜头泼来的话听得人发懵，继而想想，又是多么发人深省啊！

水的内功孕育了塘栖深广的人文内涵，也孕育了塘栖人卓尔不群的淡然气质、野逸风度与豁达情操。

世人都说女人是水做的，男人挨不上。唯独塘栖的男人也是靠水滋养出来的，是“功夫在里面”的那种滋养。只要是塘栖男子，自“呱呱”堕地始，就要受到水的洗礼。学步前先要学会在水里翻跟斗；光屁股的时候，兜鱼摸虾早已是一把好手；七八岁时便成了浪里白条，任几丈长的竹竿也撩他不着；十七八岁时能一臂捻起一船河泥，自此才可以有资格吸烟、喝酒、吃茶、娶妻、生子，才可以坐到男人堆里谈论男人们的大事业。

塘栖男人有志气有担当，做任何事体，要么不做，要做就要做到事体的最深部、最本源、最本质的程度，甚至于精深到细枝末节。从大处着眼，以前塘栖跟“现代化”跟丢了一些特色，现在塘栖人觉悟了，要重返千年江南水镇风韵，光这种底气与魄力岂是一般意义可以比拟！几代人精心呵护的三条半弄堂；草根们以清贫之命相守出的市南街、水北街；乾隆御碑由一市民巧妙保护以躲避几十年政治风波；广济桥、郭璞井在众多有识之士的请愿声中得以留存。父母官有这样有见识有胸襟的百姓作依托，还有什么办不成的事业。听说塘栖的拆迁工作是最顺利的，塘栖人以积极配合来表现他们对恢复古镇家园的热切与支持。塘栖男人祖祖辈辈血脉相传、身心相许、锥心刺骨地深爱这片土地。只要是民心工程、民意事业，塘栖阿爹儿从来都是昂首挺胸、迎难而上、永不退缩。

以细处着手，塘栖男人的个体事业绝不是“老婆孩子热炕头”那么简单，他们要将生活过得滋润、富足有讲究、有出处来历、无穷回味。富有富的享受，穷有穷的乐趣。麻雀虽小，五脏俱全。每个家庭都是一面各具特色精心打造的旗帜。那些隐匿在巷陌深宅、纵横河道里的三百六十行当里头，行行都有能人、奇人、怪人；行行都有门槛、窍门、绝技。在镇上，你随意与一位或面目清秀、风流倜傥；或一尘不染、闲庭信步；或其貌不扬、松弛懒散的人擦肩而过，都有可能他就是某个行当里身怀绝技的顶级高手。高手有行当里吃饭赚钱的高手与业余晨光闲情逸致里的高手之分，然而大多数都是二者兼顾。无论是企业家、商家、公务员还是专业技术人员、教师、工厂管理人员或车钳刨技工、作坊师傅，身怀绝技笑对人生，大有人在。他们笑得坦坦荡荡，活得意味深长。一个行政人员或作坊师傅绘一手好画写一笔好字，一个企业管理人员或教师拉一把如诉如泣的胡琴，吹一管如痴如醉的洞箫，一个工厂的工人或商家像奥运会上运动员那样在吊环、单杠、双杠上翻跟头摆姿势，那都是很平常的事。有的人甚至身怀数技。无论是刚出道的潮头小伙子、学堂里的学生子，还是修炼到了中年、退休在家的老年人群里都是人才济济群英汇。他们或纵古论今、道德文章；或数理生化、经纬天下；或琴棋书画、雅致高尚。就连放鹞子、斗蟋蟀，养花养草养金鱼，捉蛐蛐捉金铃子捉鱼摸虾等闲杂玩品也雅居外埠人之上。

塘栖男人条杆儿好，腰板儿挺，面白如玉，轮廓英俊，无论穿什么品相的服装都显得风流潇洒；说一腔情感细腻的吴侬软语，温柔体贴，缠绵悱恻，能把春风醉倒。他们绝不会像北方男人那样，无论在外做成了事业或是低三下四地做了孙子，都要在老婆面前摆大老爷儿们的谱。他们节衣缩食、含辛茹苦地在外打拼，积蓄了财物如数交到老婆手里，作了何种开销一五一十地盘点给老婆听，吃了什么苦遭了什么罪，哪里做对了哪些做错了，都要讲给老婆听，听得老婆心疼得抹眼泪，而他自己却浅浅淡淡地笑着，好像事不关己似的。然后吃什么穿什么一应家事儿全部听从老婆调遣，帮老婆买菜淘米点火烧饭，修墙头补地板承担起一切家务事体，好像他外出打拼养家糊口，反倒欠了这个家似的要竭力弥补。在家里他们从不夸海口摆大老爷儿们的谱。然而，若逢有关国家兴衰、人民命运、社会变革、保家卫国等大是大非，塘栖男人人人血气方刚，不顾一切地挺身而出，抛妻别子，千金散尽，乃至牺牲性命都在所不惜。我想，塘栖男子这种绵里藏针的独特品性，千百年来得益于水的慷慨滋养、灵性点拨、智慧启发。

塘栖男人的生活情调是一张通向幸福的王牌。比如塘栖人垂钓，除了掌握鱼和水的关系，鱼的习性，还必定要将水域分出若干层次，什么鱼生长在什么水域、哪一个层次，什么季节钓什么鱼，枯水期怎么钓，涨水期怎么钓，钓什么样的鱼要准备什么样的钓竿、钓钩、鱼饵等都如数家珍。又比如养兰花，凭我儿时记忆，塘栖人可以养出几十种来，什么剑兰、春兰、蝉兰、蝶兰、独兰、串兰、吊兰、双色兰、铁骨兰、君子兰、阔叶兰、细叶兰等等，至于什么兰要用什么土、怎么养、光照几何，这里面的讲究，哪里是文字记载得过来的。养兰花的师傅说，光学浇水就要学三年。塘栖特有地理环境创造出来的这些知识，任大英博物馆里的百科全书都鲜有记载。虽然现在市面上有关休闲的书很多，但是如若你去照这样的书来做，一定做不好，至少做不到塘栖人那么好。为什么？因为塘栖人有特殊的承传习俗和钻研精神。所以，与塘栖人一起生活是最有滋味的，塘栖女人的幸福指数远高于其他地区。

当然，镇上也常常有热闹的时光和所在。在热闹场所，如果有孩子或女人拨开众人往热闹堆里钻，人们觉得是很自然的事。要是女人不小心踩了男人们的鞋子，男人们也只是笑笑，绝不见怪的。若有哪个男子见怪了，他便会遭到其他男人的耻笑和白眼。如若有潮头小伙子也像女人似的起哄头，好事者就会记住他的面孔，再去查对他的三代宗亲，而后伺机聚在一起捧茶壶的时候，拿腔拿调地描绘："某日，某人家里的某人，拨开众人往梨膏糖圈子里钻。我当他是去买梨膏糖呢，赶紧叫人让开一条路。哪里晓得他走到前头，轧在女人堆里不动了。"由此引来一片哄笑声。继而人们又是分析又是推测，最后认定"这种女人家式的男人是担不得重任的"，这样的男人算不得男人。长辈们获悉孩子在外不光彩的事体后，便会回家去好生调教，他自己也会躲到旮旯里去好生修炼，不修炼到炉火纯青绝不会再到大庭广众面前露脸。是塘栖男人都有这样的骨气。

水养的女人

薛化

水乡腹地，以船代步的习俗，把镇上女子都养金贵了。上街去买点儿东西或走个亲戚，虽则一二里地，却非船莫行。要是没有船行，走不了两三步，便会娇滴滴地喘气：这许多路，如何走得？如何走得？说着眼圈儿红将起来，似受了莫大的委屈似的。虽说镇子自古以来都是宗法礼教的男性社会，可是由于地理的关系，有些方面对女子有网开一面的宽容，因此受到了特别的滋养。无论姑娘阿嫂、大婶大娘，走出来一个个都是清花水绿，轻柔娇嫩，聪慧灵秀的气质。

女人们嗜逛街，商人们像摸透了心思似的，三天两头的耍出花样经：新货上市请洋鼓洋号来吹奏；月底清仓挂出打折的旗幡飘在河埠头。过年过节换新幡挑红灯门楣刷洗一新。货架也是常变常新，一会儿摆成十字形，一会儿摆成回字形。所以女人们逛街是绝无乏味之虞的，她们把钱揣得再紧，可一走进商铺，手掌心里都会漏缝。新鲜看完了，钱摸出去了，大包小包地买累了，心肝无常也死了，便坐在美人靠上歇息。

歇息时，各自扯出绣花丝绢，一边擦着汗，比试着样式和手工，一边数着荷包里还剩下多少零头，叹息着："唉——两个钱都被骗光了。”说归说，可眼乌珠还在滴溜滴溜地转着，瞄向下一个月洞门里的诱惑。这时，如果河对过有“铿铿、锵锵”的声音传过来，她们便坐不住了，好不容易死了的心肝无常又“别、别、别”地跳起来了。她们一齐踮起脚尖，翘起鼻头，向对岸望去。如果再看到有人潮水似地向声音方向涌去，她们便急得要跺脚了，哪里还有心思套箍箩圈从桥上走过去，马上“蹭”地一声，跳到拴在河埠头的小船上，用手当桨将船划横了作跳板，摇摇晃晃地跳到河对过的小船上，“索、索、索”地蹿上岸去，三步并作两步地赶去看热闹了。你若问她们：“钱都花光了，还去看什么呀?”她们便会异口同声地回答“没有钱买，看看也是有滋味的呀!”尔后用怪异的眼光看着你，好像在说“连这个都不懂”。

初来乍到的外埠客商，总是禁不住要问：“今天是赶集啊?”镇上男人得意地笑着：“每天都是如此。”男人们总以为是女人们把镇上的生意闹红火了，女人们无论走到哪里，哪里的男人都会笑脸相迎好生侍候。女人们得了男人们的宠，越发地娇惯起来，越发地闹腾起来，闹得镇上生意越做越大，各大商号的牌子也越传越响。

但是女人毕竟还是女人。女人在家里的担子很重，上要侍奉公婆，下要养儿育女，中间要服侍丈夫、小叔子、小姑子。开门七件事，一应开销和盘算，哪一件少得了女人的操心！女人们利索地服侍得全家人吃了喝了洗了睡了，才能找几个知心小姐妹，寻个临河的雅致的所在，聚在一起轮流做东。她们将平日里舍不得吃的好茶沏出来，再端出几碟自制的消闲果来，一边比试着谁的手巧，交流着怎样将针线做得更精美，一边家长里短地叹苦经，掏心掏肺地说着，一天的疲乏也就随之烟消云散了。

女人成了小镇的一大特色，就像佛肚橘子、白沙枇杷、青皮甘蔗、大炭杨梅似的名扬千里。南来北往的船只，只要一触到这个氤氲的小镇，都会被小镇的风情所迷惑。无论是帆船上的老大，还是驳船上的水手，还是正在放排的纤夫，水行到小镇河道时，他们都会不顾一切地停下手中的活计，从舱房里探出头来。那吊水的忘了放下水桶，拖地板的撑着拖帚柄，擦机器的满身油污地捏着块抹布，齐刷刷地立在甲板上，眼睛一眨不眨地向两岸的街道上看。看什么？看红红绿绿的市井商号，看比肩接踵的行头服饰，看玲珑别致诗情画意的小桥流水，看宁静曲折幽深神秘的弄堂庭院，都不是。他们看的是小镇的女人，那些坐在廊檐下美人靠上或左右顾盼，或凝神远眺，或谈笑风生的美妇们。行旅在外的男人，看到了这样的女人就像回到了家一样，再刚烈的性子也会柔肠百结起来。

小镇的女人是百看不厌的。她们得益于水的滋养，不仅腰身好容貌俏，而且肤色独特，一个个都像是刚从热锅里蒸出来的馒头，白白嫩嫩流香四溢；又好像是刚刚从树上摘下来的水蜜桃，毛茸茸水淋淋地欲滴出汁来。小镇的女人都是人精，她们不怕人看，你越是看她，她越是会摆弄出各种风姿来让你欣赏。她要看得你张口结舌垂涎欲滴，看得你心里牵着挂着放不下，看你一步三回头，走到天涯海角都想重新回来。这就叫一方水土养一方人。

塘栖味道

龚励①

说到塘栖人对吃的精细、对吃的讲究，别处是比不得的。

翻开史书看看，历代以来，塘栖实在富得冒油，什么鱼米之乡、什么美食之都、什么水果之园等雅号，都让前辈冠到塘栖身上了。

想当年，苏、徽、杭各地的商贾云集小镇，筑屋建宅；乾隆六下江南，都曾驻足塘栖。小镇实在是太富裕、太迷人了，才聚集了那么多的才子佳人，才被先贤誉为江南十大名镇之首。

今天，人们提到的江南名镇，诸如，周庄、同里、西塘、乌镇等等，无一不让游客们交口相赞。可是到了塘栖，这些溢美之词就变味了，老人们会不屑一顾告诉你："我们塘栖……先前比他们要好多啦！"

是的，塘栖历来就是杭州的北大门。千百年来，贯通南北的京杭大运河，舟到了塘栖，正好进入钱塘地界。南来北往的商旅香客，必要上岸打尖宿夜。

次日，清晨登船，一路顺风，到达杭州卖鱼桥码头靠岸，刚好华灯初上。

① 作者简介：龚励，男，杭州人，系大学退休教师。

因而，这里一向有水陆枢纽之称。旧时，码头附近餐馆饭庄酒肉飘香，客栈商铺鳞次栉比。伙计忙到深夜，仍有客船抛锚靠岸；东方尚未泛白，已有货船扬帆起航。

小镇的富裕使得食风食俗就优于别处了，小菜做得特精细、特秀雅，还特入味……。千百年来，曾令多少游子频频回首，乐不思蜀。

夸塘栖人有口福出了名的人，要算大作家丰子恺了。先生对塘栖的酒楼曾有过入骨三分的描述："且说酒楼，有一特色，即酒菜种类多而分量少，十几只小盆子罗列着，做得特精细，很是入味。有荤有素，有干有湿，有甜有咸，随顾客选择。必是酒徒，才可请进来，酒徒吃酒，不在菜多，但求味美。坐下来款款地呷着老酒，细细地嚼一片嫩笋，其味无穷。仿佛只有这样才能品出菜与老酒的滋味来，想来如果是莽汉，像樊哙、鲁智深是不宜上塘栖酒店的。他们狼吞虎嚼起来，一盆酒菜还够不上他们一口吃的"。

塘栖菜肴特色，除了丰先生所说的"好吃、入味"之外，还有一个情调及好看，别处餐桌上再是山珍海味也是比不得的。

在塘栖，最出名的地方要算是超山了。超山自古就有"十里梅花香雪海"之誉，为江南三大赏梅胜地之一。可是，多数人不知道，古人超山赏梅还有一个习俗，就是游完超峰之后，必要到塘栖去打尖。

何以非要去塘栖就餐呢？

作家郁达夫道出了其中的秘密，原来塘栖是著名的鱼米之乡，塘栖的鱼虾水果，个大新鲜味美，还特便宜。更重要的是，在塘栖，一边吃，一边还有秀色可餐的美景可以观赏。旧时，塘栖的酒楼茶馆大多依河傍岸。食客们慢慢地踱进酒楼，一边品菜饮酒，一边观赏运河风光。河上帆影梭织，两岸肆市萃集。小镇的繁荣，水乡的秀色，品着乡情特酿，其中的乐趣，其中的味道，无以言表，所谓"酒逢美景千杯少"！

塘栖，一个典型的江南名镇，到塘栖去是要挑日子的，最好的日子是阳春四月。

对于水乡风情的品味，子恺先生最知景、知味、知性，他是坐着乌篷船慢慢地摇进去的，从老家桐乡石门湾到塘栖，坐车不须一小时，丰先生竟化了二天时间，乘着一叶扁舟，飘然而往，其中潇洒悠逸的心态，非知景、知味、知性者，无以言表。

运河两岸阡陌纵横，油菜花、垂柳、桑树、农夫、乌篷船，向后移去。靠着船头，吹拉弹唱，一壶美酒，一个知己，几颗塘栖枇杷，不正是“小红唱曲我吹箫”的意境吗？

塘栖多雨，一年四季细雨不断。三四月份，春雨绵绵；九十月份，秋雨潇潇；一入夏，又断断断续续的梅雨。雨多地湿，镇上的道路大多用青石板或卵石铺砌，被细雨、脚步磨得油滑。曲巷中青瓦粉墙，远望轮廓分明，黑白相映，青楼烟雨朦胧，别有一番情趣。

脑海里不由就跳出两句古诗：“梦里江南梅熟时，小船吹笛雨潇潇”。

在如此秀色中品茗赏景，非梦境莫属了。

千万别以为雨天出游会扫兴。其实，下雨，在塘栖才更有情趣，烟柳迷蒙中依在运河边的美人靠上，捧着清绿的新茶，望着丝丝雨线。仍然是晴方好，雨亦奇，淡妆浓抹总相宜。那句古诗：“春水碧于天，画船听雨眠”的意境不觉就浮上来了。

塘栖名果佳肴特多，道出来让人垂涎三尺。什么熏板鸭、什么细沙羊尾、什么粢毛肉圆、什么大红袍荸荠等等，不一而足。可是，最大众化的小菜莫过于“烂糊鳝丝”了。

那天我们进得酒楼，还未坐定，只见大厨顺手从盆里捞起一把小黄鳝，丢进沸水里烫熟，麻利地去掉鳝骨，切成寸段，倒入油锅中爆炒，随即加进姜末、酱油、料酒、葱等，店堂中顿时充满了诱人的香味和欢快的笑声。这就是塘栖——梦中故乡。如果到塘栖，就更要一饱口福了，什么塘栖枇杷、什么塘栖莲藕、什么塘栖柑橘、什么塘栖青蟹、什么塘栖甘蔗、什么塘栖荸荠等等，名目繁多，数不胜数。

塘栖人的那份淳朴热心，那份富裕厚道，让人一辈子都不敢忘情。

塘栖，只有您去过那里，才能真正品味到原汁原味的江南美食，才能真正感受到原汁原味的江南风情。

在塘栖，有雨中绵绵的垂柳，有曲桥高耸，扁舟穿境的画卷，还有充满故乡情韵的菜式，这景象、这滋味，难道不正是游人梦想中“故乡的召唤”吗？

塘栖豆浆

叶坪[1]

每一趟回塘栖，早餐总是雷打勿动一碗咸豆浆、一只烧饼裹一根油条，吃起来味道特别好，吃过后肚皮刚好饱。我这么爱吃并非仅因为我是塘栖人的缘故。我从小唱戏走过大小码头勿少，后来当文学期刊编辑时文学特兴旺，跑来跑去到处参加文学笔会，再后来当电视文艺编导又是地北天南地安营扎寨，加在一起，几乎可以说走遍了全国，要吃豆浆到处都有，比较起来，还是塘栖豆浆最好吃。如今的台湾永和豆浆连锁店在全国许多城市都能见到，名气也很大，是豆浆粉冲泡的，油条又大又粗，像警察手上的警棍，我以为无味道可言，根本比不上塘栖豆浆。到国外吃的是牛奶加面包，有没有豆浆尚不得而知。所以我敢说：我家乡塘栖的豆浆全世界最好吃，是最美最具有营养价值的早餐，因为它是手磨的。

走出一小区大胞妹丽玉的家，塘栖文体中心斜对面圣堂漾路口就有一爿点心店，我到塘栖就近用餐的就在这家点心店。坐到小方桌前，店主就会笑眯眯地前来招呼，问你吃点啥？一碗咸豆浆，我喜欢看冲豆

① 作者简介：叶坪，原名叶连根，塘栖人，中国作家协会会员，诗人。现居温州。

浆的过程：一只白色瓷碗里先兜进一瓢酱油，然后放些味精，撮进切碎的榨菜和油条，用勺子兜起铁桶里热着的白色豆浆往碗里倒进去，那勺子总是先靠碗边然后慢慢往上提，勺子里倒光时碗里正好不多也不少的一满碗，动作十分熟练，技能也算是到顶啦！豆浆上面再撒上一些碧绿的葱花儿，黄里嵌绿，端上桌面来热气腾腾，浆香扑鼻。手里的烧饼裹油条咬上一口，咸豆浆兜一瓢配配，咀嚼起来津津有味，豆浆快吃到底时，兜起沉在碗底的榨菜来辣味已经融进豆浆里，咬嚼起来又脆又有味。来人若是街坊邻居老熟客，一坐下来勿用开口，店主很清楚这些人吃啥早点，马上就会端上来。有的人带一只蛮大的搪瓷杯来买早点，豆浆自己动手冲，数量上大大超过一大碗，店主见了也毫无怨色，总是笑眯眯结账送客。我想起已经亡故的老母亲生前经常说的一句话："人活一世勿容易，待人都应该客客气气。"塘栖人待人都很客客气气，一家有啥事体，隔壁邻舍都会过来帮忙。我的早餐价钱一块八角很实惠，给二元店主就很认真地递回你二角。温州人就勿一样，这二角钱，店主懒得找吃客也懒得要，仿佛名正言顺应该是二元。乘出租车如果十一元伍角你付给十二元，这五角是勿用想拿回来的。不过，也有这种现象，去菜市场买肉，一刀切下去五块四角，你只给一张五元的，店主也会笑着说："下趟下趟，下趟生意！"有人说温州人做生意特精明，我想，或许是习惯了过去的"四舍五入"的缘故。

记得我小的时候，水北长桥堍下右面就有一座鸽子棚，只一层，外面开小店加灶房，里头住家很窄小，住着一对老夫老妻，女的大家都叫她洪昌娘，专卖豆浆和粽子。这种鸽子棚很特别，只一层下面是空空的，用许多木柱撑着楼板扎，真像少数民族的吊脚楼一样。我家离他家只隔几间店面，半夜里总是能听到俩老推着石磨磨豆浆的声音。长桥堍下与洪昌娘的鸽子棚靠在一起的是周扣宝伯伯的烧饼摊。早上去上学，母亲给一张一万元的钞票，等于现在的一元钱，买一套烧饼油条配豆浆，还有零钱多。如今的塘栖豆浆介好吃，大概是因为还保留了传统手磨的缘故。我想，如果塘栖枇杷节的美食街上打出"塘栖手磨豆浆"这块品牌来，尚不知又会如何呢？

大妹夫荣根看了我的这篇文章后笑着说："塘栖豆浆味道是好，你的文章也写得勿错。不过，手磨的豆浆勿是塘栖特产了。琤姑娘住的杭州紫桂花园对面，就有好几家外地人开的点心店，豆浆也是手磨的，还有煎饼裹鸡蛋、油条，一共也只要三元钱……"我说："亏你是个塘栖人，塘栖人的心总向着塘栖的。我写这篇文章，主要是体现一种感情价值呀！"

又见桑椹紫红时

叶坪

走出水心饭店走过桥，在桥边的树荫下，我竟见到了一位卖桑椹的村妇。两只箩筐上面放着两只竹篾编织的竹匾，匾上面，紫红色的桑椹堆放在一只只薄塑料碗里，三元钱一碗。那村妇手里竖着根小扁担，见我眼睛直望着桑椹一言不发，摸不透我是想买，还是不想买？便很爽快地对我说“这是自己地里摘的，进城来卖些钱给孩子上学交学费。你要买的话便宜些给你，五元钱两碗，怎么样？挺甜的，不信你先尝尝。”其实我已经被这桑椹牵动了我的大脑神经，一颗心已经飞向故乡莺飞草长、江南三月的水乡塘栖，那桑林里熟透了的紫红色的桑椹……

桑椹是桑树的果实，桑叶是喂蚕宝宝的饲料。记得阳春三月，总会在星期六傍晚步行去镇外乡下的外婆家，名义上去帮外婆一起采摘桑叶，顺带可以贪吃桑叶间一颗一颗又甜又脆的桑果子。桑叶一般都很矮小，主干的叉枝上会有很多树疙瘩，那都是务农的舅舅精心修剪而慢慢形成的，我们都叫它“桑树拳头”，还真很像握紧的拳头一样，茂盛的枝条就从这“拳头”上面四面乱窜，碧绿的桑叶长势喜人，那叶柄边一颗颗的桑椹红绿相间，看着就让我馋得直流口水。

采桑叶很讲究时间，带露水的桑叶是绝不能喂蚕宝宝的。所以，不是太阳刚出来之时，就是在黄昏太阳刚下山之后。外婆说，这时候采摘的桑叶最鲜美，蚕宝宝吃了之后，做出的茧子都会是大个儿的。在外婆养蚕的蚕房里，用竹子搭起来的竹架子上一层一层放着四张竹匾，最高的一张正够外婆用眼可以看得见，用手放桑叶时也方便。竹架子与竹架子的间距也正好是外婆挽着桑叶筐可以来去自如。每年，外婆养蚕要养二十几张竹匾。蚕宝宝们吃桑叶的声音很好听，“沙沙沙……”地一片，就好像下着春雨一样。春三月的蚕宝宝是春蚕，那时，都已经养得很大了，白白胖胖的，爬动时伸缩着身躯，身躯上有一节节的线纹，短短的脚很多很多，但不知有多少只。外婆把新采的桑叶盖上去，它们很快就会爬上来大口大口地蚕食着。记得那时语文老师在课堂上讲“蚕食”的词意时，我抢先举手回答，老师还表扬了我哩。过些日子，就是蚕宝宝“上山”，也就是说到了不再吃桑叶的时候，便爬上用稻草做的草窝上，开始吐丝做茧。这些，如今都成了我童年时的甜蜜回忆。许多年之后，当我成为了一个诗人时，我曾经有一组短诗发表在《清明》大型文学刊物上，其中就有一首《春蚕》“莫非你难以忍受无辜的欺蔑／作茧自缚／竟愿与世隔绝／然而，赤子之心终难泯灭／赴汤蹈火／更显得壮怀激烈／于是你用一腔碧血凝成的银丝／为我们写下悲壮的一页”。

买了两碗桑椹，是端着回家的，女儿和儿子竟不知道此为何物，却吃得嘴唇红艳艳的，连两周岁还不到的外孙女依叶也吃得津津有味，衣服上也染上了再也难洗掉的桑椹汁……我尝着，自然更开心。老外婆和舅舅早已亡故。我曾经写过一首名叫《乡情》的歌词，那是温州作曲家安建华谱的曲，用在一个文艺专题片里，歌词曰：

人说世上真情最可贵

故乡情，故乡情，叫我最依恋

老屋里留下童年的梦幻

小河边映照过年轻的笑脸

绕着地球转几圈

太阳还是故乡的暖

绕着地球转几圈

浓浓乡情金不换

人说世上真情可贵

故乡情，故乡情，叫我最依恋

梦中又听见妈妈的呼唤

心里头牵挂着乡亲的期盼

绕着地球转几圈

月亮还是故乡的圆

绕着地球转几圈

浓浓乡情金不换

回忆是甜蜜的，童年总是让人难以忘怀。我什么时候能去塘栖乡下，亲手采摘并品尝一回紫红色的、充满乡情又爽甜可口的桑椹呢？

藕粥

余国隽[①]

藕粥是家乡的风味食品。

每逢荷藕上市时节，老家的水果店门前，砌起土灶支上大锅，灶头似小方桌，铁锅之大可供小孩子在里面洗澡。锅灶一搭，无异广告，通知人们要卖藕粥了。水果店烧藕粥，自有它有利之处，那些卖相不好的断支和梢尾，剁碎了烧粥，也是物尽其利。

烧制藕粥并不复杂，藕屑、糯米和上水就是了。店家要在天亮前升火，才能赶得上当早饭吃。为不使粥液满溢，要求火不能太旺，但要持久，往往用不易劈开的柴根老头，一经点着，让它自己慢慢烧，烧光火歇，粥也就好了，在一旁打个瞌睆也无妨。藕本身微有甜味，但店家为争得顾客，在粥里加糖，但大都以糖精替代，比较便宜。有经验的老吃客能辨别出糖或糖精，大多数人无此能耐，只觉得甜就是了。粥里还放少许老碱，使粥泛红变深成酱油色，好看，并能使藕屑易酥软，且能增加一些香味，但只能少放，过量会生苦味。

藕粥价廉物美，销势很好，去得迟了就会空手而归。街坊们就得

---

① 作者简介：余国隽，男，塘栖人。

早早赶去，手持大碗来到水果店，围着灶头等开锅。开锅那一刻是很诱人的。大盖一揭，香气随着蒸汽，升腾四逸，透过蒸汽，酱红色的粥液还在咕嘟咕嘟泛着气泡。店家从粥里先捞起烧煮的米藕，那种洞里灌糯米的藕段，然后，手持金黄色的铜勺，在热气中上下提落，一勺一碗，将街坊们端着的碗装得满满的。如你喜欢，还可以切上几片米藕，这顿早餐就更丰富了。藕市一过，水果店揭锅拆灶，要吃藕粥，只待来年了。

前不久，回老家赴喜宴，看到米藕作为冷盘上了宴席，土货竟上了台面，给了我小小的惊喜。本人孤陋寡闻，据常在场面上跑的人称，米藕上桌已不是稀罕事了，而且颇受欢迎，很快被品尝一空便是明证。我推想，藕粥有一天也会被端上台面，给你一个新鲜，一种喜悦，一份浓浓的乡情。

故乡渔趣

钟晓明[①]

童年的我，家住塘栖水北西面（塘栖人叫水北西横头）顺德桥北，家门口是道地也是过路。道地外面是一条宽30来米的小河，小河往南约百米穿过顺德桥就进入京杭大运河；往北约50米过石灰桥再往前约50米就是德清县的地（河）界了。河中央有竹帘把小河一隔为二，使德清的鱼儿不能随便到运河里来串门；同理，运河里的鱼儿也越不过竹帘这道槛。从小在河边长大的我，泡在水里玩耍就像家常便饭，在水里捕鱼摸虾的同时，也留下不少有趣的回忆。

◎ 浑水摸鱼

石灰桥下有一条往东的小河到头约一百二十米，里面大外面小，就像一条大蝌蚪静静地躺着，这“蝌蚪”的头部约有一亩多水面，边上

① 作者简介：钟晓明，男，塘栖人。

住有六七户人家，地名叫姚家兜。水浅时“蝌蚪”的尾巴变得很细，直至断流，里面几乎成了死水塘。有几个光屁股的玩伴，如新民、兴亦、阿猫、营儿、康康……，不知谁说一句到姚家兜搰鱼去（抓鱼去），大家手中拿着鱼叉、网兜，到河边先把小短裤一脱，光着屁股扑通扑通往水里跳。先在水里打一阵水仗，一亩多的小水塘，又是夏天，经过五六个细鬼约半小时的扑腾，淤泥往上翻导致水中缺氧，水里的鱼都开始嗷了（在水面张着嘴呼吸），这时细鬼们飞快地跑上岸拿起鱼叉、网兜就开始招呼鱼儿了，大的鱼用鱼叉，小的用网兜，全凭经验和默契，只怕过一会儿大人们来了就没戏了（因为抢不过大人）。

20世纪60年代，运河的水质还不错（虽然杭州的工厂排污，偶有黑水扩散到塘栖引起死鱼），那时河里鳑鲏鱼很多，在阳光的照射下不时闪着五彩鳞光。那次我用网兜一共抓了30多斤鳑鲏鱼，还有两条季花鱼（鳜鱼）。就像许多抓鱼人不喜欢吃鱼一样，我也不是很喜欢吃鱼，30多斤鳑鲏鱼都卖给运河上跑运输的船民，他们是用来晒鱼干的，一毛钱一斤，一共卖了三块多钱；两条季花鱼拿到家里当“补食”吃了，味道那叫一个鲜呀，都鲜到骨头里去了。现在回想起来自己还应该品尝一下鳑鲏鱼的味道。据说鳑鲏鱼需优质水资源才能生存，不知道塘栖现在是否还有全身银白色微微泛着五彩色的鳑鲏鱼了。

◎ 戳黑鳢头

水乡塘栖鱼的品种可真多，想吃鱼只要拿起鱼叉出去兜一圈，多少总有所收获。有客人上门一般不用特地上街买鱼，我只要拿着鱼叉到河边溜一趟就行。小时候最喜欢戳黑鳢头（拿鱼叉叉黑鱼），出门往北是德清地（河）界，路西是河，路东是田。其中有不少是丁河公社的插花田，经常能看到丁河的农民一早划着小船从运河对岸的圆满桥下划来，穿过运河，经仁德桥喧闹着从我家门口经过，到那些插花田里劳作，到傍晚又喧闹着往原路返回。沿河往北走三里地有个叫库桥头的小村，小时的我一般到此就不再前行了因为路不靠河边走了。河的两边养满了水草，专门用于喂羊的，水草大致呈方块状，每一块用草绳吊在岸边的木桩上。块与块之间有不规则空隙，我手拿鱼叉，眼睛盯住水草的空隙，有时会有一丛数百条一寸不到的黑鳢头苗浮在水面上嬉戏，也可能有一两条大黑鳢头在水下游动，可能是在保护小黑鳢头吧。这时站在约四米高的河岸上的我，会尽量抑制激动的心情，人往堤后藏，尽量不让鱼看见。当黑鳢头从水草下游出来时，手中的鱼叉飞快地对准目标抛出。虽然枪法不敢说有多好，但偶尔还是有所收获的。戳到的黑鳢头一般不大，半斤到一斤重吧，回家用切细的瘤芥菜一炒，味道还真不错。

◎ 偷着乐

沿运河往西，过仁德桥路经茧仓库、食品厂，是一望无际的农田。塘栖与武林头之间有个“半路凉亭”，我胆小戳鱼不会走得很远。小时候运河河水比较清澈，河面上由于走轮船无人养水草，平时不注意的话也看不到鱼在水下游动，当然“黑水”来时除外。但眼神是练出来的，那时的水质从堤岸往下看可看到水下一到二尺深的地方。记得暑假里有一天上午，阴天，我拿着鱼叉走在食品厂往半路凉亭的河岸上，人慢慢地走着，眼睛盯着岸边的水面，尽量往下穿透般搜索，虽然眼睛比较酸但还是不敢掉以轻心，忽然看到在离水面二尺左右的地方有一条很淡的影子，似鱼非鱼一动不动，长度约一尺半，我拿着鱼叉小心翼翼地走下河堤，到鱼叉够得着的时候猛地发力，哇！叉着了一条约二斤的翘嘴白丝鱼，想想今天已经交了运拎着鱼就往回走。

回到家里看看时间尚早，还未到吃饭的时候，又拎着鱼叉再去碰碰运气。这一次运气不是很好，一直走到半路凉亭还没有发现什么，再往武林头方向搜索，走着走着看到前面堤内水田中间有一条小水渠垂直于河堤，水渠的水通过涵管向运河排水。运河河堤有大块的石头沿河堆放，是用来保护河堤的，从涵管流出的水流沿着石头隙缝分流而下，中间空隙处暗流涌动，间或发出“哗啦、哗啦”的响声，这声音在我耳朵里就像战士在战场上听到冲锋号一样。我拿着鱼叉从堤上往下冲，只见“轰”的一声鱼儿四处散开，我只好望鱼兴叹干瞪眼；还好脑子没有发昏，要不然把鱼叉抛出去戳在石头上也就完蛋了。不过我还是不甘心，开始守株待兔，可等了一会儿没有声响，就放下鱼叉下水在石头缝里摸索，看看有没有东西可以摸着。不摸不知道，一摸吓一跳，哇！我一下子摸着了一条七八两的大鲫鱼。当时我身上穿的是一件土布衣服，有两只大贴袋，我把鲫鱼往口袋里一塞继续摸，又摸了一条。可衣服只有两只口袋，再摸到怎么办？这时远远地看到有人拿着鱼叉走来，再看看自己两只口袋中露出的两条鲫鱼尾巴，我急中生智飞快爬上去找到岸上的干石头，把鱼塞进人看不到的石缝里，然后装得若无其事地在水里胡乱摸着，等戳鱼的人过来问有没有摸到鱼时肯定说“没有”，等人走远了自己忽然感到心中蛮有成就感的。就这样一边偷着乐，一边又开始起劲搜索起来，最后一共摸到五条大鲫鱼。七八两的鲫鱼在一个十一二岁的细鬼心中那是真正的大鲫鱼了。

◎ 摸翁啊

塘栖人管黄颡鱼叫“翁啊”，这两个字要连读，就比较接近塘栖人的叫法了。给我印象最深的是其腹部前端两边的两根刺和背上的一根刺，现在的人管这鱼叫汪刺鱼。小时候我有条件摸翁啊，在享受欢乐的同时却没少吃“翁啊”的苦头，原因就出在这三根刺上。出家门往南就是东西向的仁德桥，运河的河水穿过该桥往北不到二百米就进入德清河界。仁德桥东北沿小河有长约四十米，高三米左右的石砌，夏天水浅到一米左右时，几个细鬼就喜欢在石砌下的石缝中摸“翁啊”。开始时也不知道有“翁啊”，看到石头有洞有缝就想用手摸进去探探看，结果是碰到了一条滑溜溜的东西，用力一抓刚好抓住了一根刺，痛得我飞快抽手出来。第二次就小心多了，碰到“翁啊”身体之后手掌轻轻贴着它的身体五指张开刚好让刺夹在手指缝隙中，再一下抓紧鱼。里面四五两重的“翁啊”不少，而且“翁啊”碰到小手也不逃，所以往往收获不小。有一次，外面的“翁啊”抓得差不多了，我把手一直往里掏进去，直到肩膀顶住石头，只剩下一个鼻子在水面的时候，抓住了一条“翁啊”的尾巴又拉不出来。凭感觉这是个大家伙，它的两根前下刺钩住了两边的石缝，而我已经再也无法施展了。这手是放也不是不放也不是，就这样僵持着。旁边的几个细鬼看看我头朝天只有两个鼻孔露出水面，脸涨得红红的，就游过来询问。我把情况说了一下，马上一个叫兴亦的过来帮我，几个猛子下去弄清楚情况，两个人先说好我不放手，他憋一口气从下面抓住尾巴，两人一起往外拉，结果“泼”的一下把“翁啊”给拉断了，只拉出来一条约十五厘米长的翁啊尾巴。

◎ 钓白丝鱼

小时候把翘嘴白鱼叫做白丝鱼，还有一种比白丝鱼小，嘴巴也不翘的叉鲦鱼塘栖人叫叉皮条，虽然也用苍蝇钓过叉皮条，但嫌其太小而不常玩。一般钓鱼都喜欢钓白丝鱼，钓到的白丝鱼一般长二十五厘米左右。白丝鱼喜欢活食，特别是小虾米。我在早晨、中午淘米洗菜时总要用淘箩在河埠头抓一些小虾米当鱼饵，到傍晚就拿着钓鱼竿、鱼饵，跑到仁德桥头，坐在桥石栏外突出的石条上面对运河，在鱼钩上勾上虾米，抛下河中等待白丝鱼上钩。或许是两种水体的交汇处有什么不同，白丝鱼特别多，一条接着一条上钩，可惜鱼饵不多，虾米也不是很好找的，不过明天的餐桌上鱼是够吃了。虽然鱼多了也会去卖掉一些，但从来没有想过要多钓些鱼去卖钱。改革开放以后我在外地工作，经常回想起孩提时代思想确实单纯，没有经济头脑。

◎ 钳黄鳝

小时候不太喜欢吃黄鳝，但却喜欢钳黄鳝。钳黄鳝是晚上的活，要带三样工具：一是竹钳，二是防风灯，三是鱼箩。竹钳是自己做的，选三片毛竹片，其中两片用铁丝绑牢，另一片从中间穿过，用铁钉固定，做成剪刀样，再在毛竹片上刻几个凹口就成了。

钳黄鳝一般选在家北面丁河公社的插花田里，那时候都种双季稻，但节气偏紧，所以要抢收早稻抢种晚稻，也叫“双抢”。“双抢”过后，水田中只有稀疏的秧苗几无遮拦，正是钳黄鳝的好时光。夏天晚上八点左右，天刚黑不久，我左手防风灯，右手黄鳝钳，腰挂鱼箩，叫上一二个伙伴就出发了。到达目的地，大家分开一人一条田塍，也有两人一起各管一面的。黄鳝觅食有个特点，天黑后先出洞在田塍边上，随着时间推移往中间游去，到天快亮时又回到田塍边上，过一会就进洞了。所以，我们钳黄鳝到九十点钟就可以回家了。看到黄鳝用竹钳一夹，往鱼箩里一塞，一个多小时下来，数十条田塍搜索完，一般二三斤黄鳝是比较轻松的。虽然田里的黄鳝个头不大，只比筷子粗一点，但数量多，人吃不完，就给鸭子吃。水边人家一般都养几只鸭子，一般是草鸭，也有黄婆头；早晨放出去让它们在河里玩耍，傍晚赶回家时再喂点食料。鸭子吃饱了才会生蛋，有好东西吃才会想着回家。

那时种田有毒农药用得少，田畈里黄鳝、青蛙很常见，不知现在这些景致还在否？

◎ 放鹅与恶作剧

小时光外婆家中比较宽敞，外三间里三间，中间有个天井，南面有两间叫披屋，除了养鸡、鸭，还养了三四只鹅。鹅要吃草，所以每天早晚我就手拿小竹条赶着鹅往北面沿河边溜一趟。记得一天傍晚，放鹅时远远看到有个放钓人（约两米长的线一头系鱼钩，鱼钩挂上鱼饵，一头系在一根约四十厘米长的竹条中间，系好后卷在竹条上，一根根码好，使用时把鱼饵放入水中，固定好竹条，第二天来收钓），手里拎着一篮约百余根鱼钓，沿着河边眼睛盯着水草间的空隙，看好一处就下河在水草上固定一根鱼钓，上岸时抓一把水草扔在岸边。当时我就在想，他这么多鱼钓放下去明天怎么找得到？仔细看了后认为是这一把水草做记号的缘故。我就想着做个恶作剧，等放钓人走远了以后，我用放鹅的小竹条把四个地方的水草挑到了河里，做上了自己的记号。第二天早上再去放鹅时心里就有了一种期盼，希望我的恶作剧起到了作用，也希望这四个钓上有什么宝贝。结果证明我没有猜错，四个钓都被我找着了，其中一个还钓着了一条约半斤的鲶鱼。因为鱼里面我最不喜欢的就是鲶鱼，感觉比较失落。回家的路上，听见路边一块成熟的小麦地中央有石㼚（gang）叫唤（塘栖人把牛蛙叫石㼚），就寻着声音摸索过去，快接近时听到扑通一声，走近一看眼前是一个约1.5米长0.5米宽的水洼，下水一摸，就摸到了一只约半斤重的石㼚。过了几天又路过此地，还想碰碰运气，还没有走到水洼边上，就看到一条约二尺长青灰色的蛇嗦地一下窜了出来，吓得我转身就逃。

身在异乡的我常常会在梦中出现小时候的塘栖：清清的河水，临水而筑的沿街长廊，走在街上抬头是人家的楼板，有时晚上在街上走路会听见楼上人家的脚步声。20世纪90年代回过一次家乡，看见运河水已经不再清澈，运河南岸面貌也已大变，认不出当年的模样了。为了使得梦中的家乡美景不被淡化，还是原汁原味，以后我就不敢再回塘栖。但愿改造后的家乡水还是那样清，家乡的鱼还是那样多，家乡的景色还是那样美。

江南最美的古镇在哪里

洪烛[①]

大运河杭州段的古桥，我最早听说的还不是广济桥，而是拱宸桥。多年前，读了东北的鲍尔吉·原野去杭州所写的文字："去赵健雄所在的拱宸桥，要坐很久的公共汽车。有一段路与一条河并行。河水白浊肮脏，一副疲惫之相。机动船往来运送水泥预制板什么的。总之这条河不起眼，不清澈不壮阔不风景。晚上在赵府谈天，夜已静了，窗外有低缓的汽笛声传来，我向赵氏打听这条河的名字。赵健雄呷了一口野菊花茶，平淡地说：运河呀。运河！这就是运河？我才知'京杭大运河'中的'杭'字的道理，又想起隋炀帝等等。自己不仅昧于地理，还在心中唐突了运河。我第一次见到运河，应该整衽正冠，肃然起来才好。"有的人终生不曾见过运河，有的人与运河不期而遇（像鲍尔吉·原野这样的）。却很少有人专门去拜访运河的——因为运河不是公园、不是风景区、不是游乐场？因为运河一度废弃——没人愿意去搅这潭浑水？原野兄无意插柳，偶然间邂逅运河的。运河给了他运气。我来塘栖，倒是

① 作者简介：洪烛，男，原名王军。江苏南京人。中国作家协会会员，现任中国文联出版社文学编辑室主任。

特意为拜访运河。杭州的拱宸桥我见过了，塘栖的广济桥也该见一见，比较一下运河上这两座古桥各有什么特色。

一直热情为我们“导游”的胡建伟，也是一个奇人，与出生在塘栖又云游远方的叶坪不同，他一直在塘栖土生土长，做了一辈子教书先生，直到退休后又操办塘栖镇文化促进会。他对家乡的历史文化乃至一山一水、一草一木都很痴迷，积半生之研究，写了一本《风雅塘栖》，相当于个人化、文学性的地方志。运河上的广济桥，更是他的最爱。他有一次在杭州参加运河文化研讨会，听一位专家发言说拱宸桥是京杭大运河上最大的古桥，忍不住站起来反驳：“真该请您去我们塘栖看一看，看了就知道，塘栖的广济桥才是真正的老大。”然后滔滔不绝讲解广济桥有一千多年历史，建成于唐宝历年间，明代弘治二年一个叫陈守清的宁波商人，为了重建募捐一直到了京城，得到了皇太后的赏赐，也得到了宫中的众嫔妃与朝廷大臣们的资助，弘治十一年终于建成。拱宸桥置身于杭州城区，名气很大，正因如此，胡建伟更是为家乡的广济桥鸣不平。同时，也是为塘栖鸣不平。小镇怎么了？小镇不小，小镇大着呢，小镇的故事多了去了，小镇的文物、小镇的宝贝，不见得比你大城市少。更何况塘栖不是一般的小镇，它曾是江南十大名镇之首。运河发达的时候，风光着呢。就像现在高铁沿线的城市。你不让人来都不行。

说实话，我挺为胡建伟对家乡的热爱而感动。我也写过一首诗：故乡，是我们心中真正的首都。不管故乡有多么大或多么小，都不可代替。运河上的广济桥，在胡建伟心目中，就是独一无二的世界中心。离开塘栖之后，想起广济桥，我会想起那些每天从桥上走过的人，那些以家乡的桥为荣、生怕别人不知道的人，他们对古桥的爱也是出自对家乡的爱。高龄老人一样的广济桥，恐怕正因为拥有这份爱才一直站立到今天的。

塘栖的运河及其支流，桥多船多故事多。每一座桥都有不同的故事，桥上走过不同的人，自然也有不同的身世。桥是露天的舞台。卞之琳的名诗《断章》，尤其适合作为广济桥的画外音：“你站在桥上看风景，／看风景人在楼上看你；／明月装饰了你的窗子，／你装饰了别人的梦。”撑着红布伞从广济桥上走过时，我觉得自己“入戏”了，运河两岸那么多酒店、民居的窗户，不知哪一扇的后面，隐藏着一双正在好奇地看我的眼睛？当我傍晚与文友们坐在河边酒楼上，落地玻璃窗正对着广济桥，这是一幅最真实的画，桥上来来往往的，就像画中人。他们知道自己已成为别人眼中的风景吗？这是广济桥最热闹的时刻，让我想到《清明上河图》，原来在江南还有另一个版本。哦，桥上走过的每一个人都有千差万别的故事，虽然他们的故事不为我所知。他们是有故事的人，更是故事里的人。

桥有故事，却不会讲故事，桥沉默无言。比桥会讲故事的是船，是各式各样游船上的船老大。一边轻车熟路地开船，一边信手拈来地给你讲解沿岸景物的典故。我们要去看丁山湖，就在运河边拦了一艘小汽艇。这种小汽艇又叫“水上的士”，招手即停。汽艇太小，我不好意思称呼驾驶员为船长，觉得叫船老大更亲切。船老大引用清代一才子的说法，苏东坡把杭州西湖比作西子，位于古镇之西南、超山之北的丁山湖，也是西子，而且是未入吴宫的西施，即不浓妆也不淡抹，彻底地素面朝天，却照样让人惊艳。瞧这塘栖的船老大，太会作广告了，一下子吊起游客的胃口，使之对前往的丁山湖有无限的想象。丁山湖真有那么美吗？难道比西湖还要天生丽质？一点妆都不化的西施，本色自然的西施，究竟什么样？

这篇游记我没必要往下写了。留一点悬念，也留下一段空白。你要是对此有好奇心，就抽个时间到塘栖来吧，吃一顿美餐，雇一条小船，慢慢悠悠沿着运河投奔丁山湖，就知道本地的古代才子，为什么拿西湖和丁山湖打比方了。正如苏东坡拿西施和西湖打比方。塘栖的才子，也不简单啊，太有才了。

我只记录下自己看见丁山湖时的一句赞叹：丁山湖，不愧为塘栖的西湖，真像是西施浣纱的地方。

乌墙门里的人家

钱燕瀛[①]

在塘栖，人们管那些小巷深处有乌黑墙门的大院落叫乌墙门。那是在不太平的年代，有钱人家为了防止盗贼觊觎其家中的财产，故意将家园建造在小巷深处，并用高高的围墙、乌黑的大门与外界隔开。这"乌墙门"也就成了大杂院的代名词。

小时候，我家住在东小河畔蝙蝠弄内一个乌墙门里。要进家门首先要穿过一个终日乌黑的弄堂，这弄堂常有蝙蝠出没，据说晚上还闹鬼，我小时候怕得要命，晚上没人陪同不敢进出家门。进得门来，就是一个不大的场院，因其面积小，又是在高高的围墙圈内，我们叫它"天井"，这天井里，除了正午时可照到一点阳光，其他时候也是黑黑的。走过天井就到了厅堂。这厅堂上有红漆的雕花梁柱和雕花木窗，旁边有红漆护墙板，不过由于年代久远这些红漆基本上已成了黑色，它与黑黑的地坪砖一起构成了乌墙门的主色调。这个院落本有三进，我们搬进去前，砖头已封死了通往其他两进院子的通道，这里已成了一个独立的院子。我们墙门里先后住过六七户人家，有些人家，由于住的时间短，如

① 作者简介：钱燕瀛，女，塘栖人。供职于余杭区教育局教研室。现居临平。

今已记不太清了，印象最深的是姚伯伯一家和沈伯伯一家。

姚伯伯是一个国营大厂的生产科长，伯母是这个厂的化验员，在那个时代可算是个知识分子之家。大概是厂里比较忙，再加上厂子离家也有点路，姚伯伯与伯母平时是不回家的，只有星期天才回家来。家里的四个孩子就由姚奶奶来管了。姚奶奶待人真好，我和妹妹由于爸妈上班，也基本上由姚奶奶义务照看。姚伯伯家的孩子我都叫作哥哥姐姐，他们就像我和妹妹的保护神，我们两家就像一家一样。

沈伯伯虽是个普通工人，可他有满肚子好听的故事。沈伯伯家的晚饭特别晚，我们几个孩子每天晚饭吃好，最要紧的事就是缠着沈伯伯讲故事。于是，沈伯伯就在我们的围绕下，边咪着绍兴老酒，边带着他那绍兴口音，给我们讲“东周列国”“草船借箭”……这就是我最早受到的文学熏陶。

那时候，厅堂里摆了三张饭桌，虽说每家都不富裕，但只要谁家有点好菜，就会给每家孩子的碗里搛点，谁家烧个番薯煮个玉米也要三家分分。每到放假，姚沈两家的大哥哥就会去河里捉鱼钓虾摸螺蛳，三家就可以大大地打个牙祭了。我们就这样度过了“大跃进”和三年自然灾害的年代。

转眼就到了“文化大革命”。外面那红色的海洋，与乌墙门内浓重的黑色显然形成了很大的反差。首先是我们几个孩子，对那雕花的窗棂早就窝了一股火，就因为这该死的雕花，窗子总是擦不干净，害得每次检查卫生时，我们墙门总得不了“清洁户”的称号，只能得个“尚清洁”。以前碍于是“国家财产”不能动它，现在正好借着“破四旧”，把它消灭掉。于是找来了凿子、铲子，三下五除二就把它干掉了，看着这擦得干干净净的窗户，真有一种“革命”的痛快！

接着三家大人就商量着要对这高高的封火墙“革命”了。在那时，我们并不知道这是在暴殄天物。这封火墙也着实恼人，由于它高过了房顶，整个墙门不管白天黑夜、春夏秋冬都是黑魆魆、阴森森的，不仅晒衣服成了大问题，而且使“天井”也真成了名副其实的天井，院子里我们曾经不止一次种过葡萄、蔷薇等，但不管种什么都长不大，毕竟“万物生长靠太阳”嘛。没太阳怎么办呢？这封火墙上有图案，似乎是“才子佳人”一类的，正好是“破四旧”的对象。于是三家大人一商量，请来了建筑工人开始拆墙。墙渐渐地拆低了，墙门里阳光也渐渐多了起来。墙上的“四旧”是破除了，但问题也接着来了。首先是隔壁邻居有意见，我们的高墙一拆低，人家外面依墙而建的屋子就成了漏风漏雨的凉亭了。再是由于盖墙的瓦片没有及时复位，墙体受雨水浸泡大有坍塌的迹象。于是房管会出面干涉了，墙还得往上砌，至少要高过邻家的屋子，墙面和墙顶都要用水泥糊上，而且要我们墙门的住家掏钱，真是“赔了夫人又折兵”。

“文化大革命”的风潮不会仅仅入侵我们乌墙门的墙体，当然也会浸润到乌墙门人家的心。“革命”刚开始，学校停课了，可孩子们没闲着，大一点的忙着“破四旧”，像我们小一点的就忙着参加“毛泽东思想宣传队”，整天唱唱跳跳，好不开心。但没过多久，姚伯伯家的四个孩子就开心不起来了，这是因为姚伯伯作为“走资派”成了“革命”的对象，家被抄了，人被揪上街头“游街”。不多久，沈伯伯与我家父母，由于“革命观点”不同，也成了誓不两立的两派，两家的孩子当然也互不搭腔。整个墙门就像个随时都会爆炸的弹药库。走进走出，人们的脸都绷得紧紧的，往日那种融洽的气氛已一扫而光。

有一天半夜，我被一阵紧迫的敲门声惊醒，原来是一群造反派要揪我爸爸参加辩论，哪有半夜找人辩论的，分明是想趁着黑夜让我爸爸吃点苦头。楼下的大墙门早被隔壁的“造反派”打开了。我家的房门在我爸妈的竭力抵挡下，造反派一时还难以攻下，我也赶忙起身，帮着爸爸妈妈把桌椅垒在房门前。就在这双方僵持之时，又是隔壁的造反派提供了方便，让那群暴徒借了他家房间进入阳台翻入了我家房间，眼看着爸爸被那群暴徒带走，我怎么也想不明白，为什么以前亲如一家的邻居会成为仇敌的呢？

随着“革命运动”的不断深入，人们的革命热情却越来越减退了。不多久就都成了“逍遥派”，乌墙门里的生活又恢复了往日的宁静。后来，在老人家“深挖洞，广积粮，不称霸”的号召鼓舞下，乌墙门里的人们又兴奋起来了。我们借来了锄头、铲子，买来了土筐、簸箕，大家都投入到了挖地道的“革命工作”。我们先是在厅堂里和楼梯间各开挖一个竖井，两边人马还开展了竞赛，热情别提有多高了。两边的竖井挖到一定深度，就开始了互相横向掘进，当双方在坑道里会合的那一刻，大家可乐坏了。我们把楼梯间的地板挖起来放到了坑道里，还在地道里安装了电灯，每当防空演习警报响起，墙门里的大大小小就高高兴兴地钻入了地道。可好景不长，没过多久，坑道里就积满了水。也是的，我们这一带是江南水乡，地下水位高，哪能像电影《地道战》似的。再过了几天，坑道的顶就开始下陷，厅堂里的地坪砖和柱子也开始下陷，开始危及房屋的安全了。于是只好请人用千斤顶把柱子顶上去，还运来了石头把地道填掉。可是好好的房子再也回不到原样了：楼梯间的地板已经永远留在地底下了，厅堂的地坪砖再也不平了，我们几家的门窗再也关不严实了。

不知什么时候，我们墙门里搬来了一家姓周的，他们先在厅堂里拦起了墙壁，圈定了自家的势力范围，还在天井里盖了个小厨房。以后大家就纷纷效仿，各自在天井、厅堂里圈定了势力范围。于是我们的乌墙门就真正成了大杂院了。我就是在这个大杂院里长大知事的。

后来，我家与姚伯伯、沈伯伯家先后都搬出了乌墙门。后来又听说，因古镇改造的需要，我们原先住过的乌墙门被拆除了。现在，每当我寻访乌镇、南浔的老宅，每当我看到老房子的照片，就会忆起乌墙门里的生活和隔壁姚奶奶对我的悉心关照，隔壁沈伯伯那好听的故事，与邻家孩子们一起“过家家”……乌墙门里的一切，就像昨天刚发生的事那么清晰。

乌墙门，见证了一个时代的风风雨雨。

票证年代

杨之强[①]

20世纪60年代初期，中国大地遭遇了一场持续三年的自然灾害。也有人说这是半由人为半由天灾。究竟什么原因，只能由专家学者们去评说。我只是凭我的记忆和亲历回顾一下当时凡物都要票证年代所使用的各种票、券、证的事实点滴。

在那年代票证就像户口一样重要，生命一样宝贵，没有票几乎难以生存。百物紧缺，需量日增，人口众多的中国不得不实行计划定量，凭票供应。但随着各类物资供求紧张的形势，各种各样的票证陆续问世。全国到处一样，地处号称鱼米之乡，丝绸之府的塘栖，岂能例外？一时间有人就有票，有物就要票，外出必需带票，无票寸步难行。

粮票：民以食为天，粮食是头等大事。居民每月成人定量二十五斤，外加一斤糕点票。同时按行业，年龄大小和劳动强弱供应各有差别。

也不知怎的，当时人们的胃口特别大，肚子越来越吃不饱，定量供应的粮食总是不够吃。于是经济条件较好的人偷买黑市粮票来弥补，

① 作者简介：杨之强，塘栖人。

收入较低的人家只好想方设法寻找代替品。可是豆、麦、薯类也是粮食，要凭票。粮站供应的鲜番薯一斤粮票可买七斤。薯干二斤抵一斤粮票，农民卖的番薯虽不用粮票，却比白市米价还贵，也难买到。吃南瓜不经饿：吃藕越吃越饿，吃菱消化不好，吃荸荠容易拉肚子。于是变着法子搭配吃。菜饭，菜粥，蚕豆饭，南瓜饭，薯干饭，胡萝卜饭，芋艿粥……只要能买得到可吃的都吃，甚至煮不烂的蕉藕，洋姜也买来吃。

有人从山上掘来金刚子（也叫山老菱、狼鸡根）捣烂用水滤出少许淀粉质掺入米粉做糕吃。也有把水草根捣烂滤出很少的淀粉质和入米粉面粉做糕吃。食品厂加工藕粉后的藕渣做成糕也可挡饥，但泥质多。点心店也免票卖这种糕，这已算是好东西了，往往一开锅就卖光。当时收票标准是一碗面二两半粮票，烧饼、包子、方糕等每个一两，小馄饨、油条、豆浆都收半两，其他各种按此类推。

布票：每人每年几尺到十几尺不等（编者注：随着经济形势的变化而变化）。除买布收布票外，凡购针棉织品也要收票，哪怕小到买双鞋面布料也一样。一件衬衫起码要二年以上的布票才能买到。纺织厂车间里打扫收集的飞花，这时派上了用场，农村妇女用来纺纱、染色、织成土布，虽牢度不强，可也总是布，照样可做衣穿。于是有人把服装剪时零角碎布用轧花机轧成花絮出售，更大受织布的农家妇女们的欢迎。土布原料多了，土布也多了，自家用不完就拿到市上卖，居然有销路，在广济桥南堍自然形成了个市场。农家妇女挣了辛苦钱，也多少缓解了些家庭需求。那些有商业眼光的人就大量收购运往江淮一带销售。化纤织品上市初期还折收布票，而价也贵。直到后来生产增多，供应量也渐增，飞花土布的市场自行消失。

肉票：每人每月半斤。那时候人们肚子里少油水，买肉争买肥肉，猪肺、猪肠可减半收票，也成了抢手货，板油则是难得买到的俏货。也有人捕了刺猬、野兔、蛇等来卖的，当然受到难得开荤的人欢迎。更有人为了解馋特地赶到杭州去吃高价大肉面。

香烟票：每人每月四张，每张供应一包，是经过调查登记后发放的。不吸烟的和小孩均不发，“老枪”自然不够抽，农民用蕉藕叶、黄豆叶刨成丝，当旱烟丝卖给老枪们过瘾，有的人把茶叶末子装在烟斗里当烟抽。

肥皂票：每人每月半块。有人采摘皂荚核来洗衣服，间或也有农民把皂荚核拿到市上来卖。

火柴票：每人每月一小盒。不抽烟还可维持，抽烟的就不够用。有人把火柴厂当作废品的散乱火柴拿来出售，稍解需求之急。

豆制品票；每人每月四张。每张可买豆腐二块或豆腐干二块，买千张则要五张票买一刀，其余以此类推。

油票，每人每月四两外加半两麻油票。

棉花票：每人每年一斤。

煤球票：每人每月三十斤。收入低的人家往往到工厂的煤渣堆捡未烧完的煤核或乱杂柴草来添补。

煤油票：每季度每人一斤，大多数人家都用电灯，煤油票只用来烧煤油炉用。

糖票：每人每月二两半，有初生婴儿的另发婴儿糖票。

酒票：每人每月一斤黄酒票，可抵半斤白酒。老酒鬼们吃完了家里人的酒票，甚至用醋兑水喝。

除以上这些固定发放的票证外，还有临时发放的票证：每年春节前是发票证的大忙季节，除了增发一定数量的油、肉、香烟、火柴、糖、煤球票以外，发放一年度的白市年货票证。这些票证定量灵活，每年不同。主要是禽蛋票，可买鸡或蛋。水产票，可买鱼或虾。干果票，可买瓜子、花生核桃等。平时粮站以供应早米为主。粳米配给甚少，过年时允许每人购五斤。

另外还有不定时发放的购物券，主要是由中百公司根据资源分配给各部门、企业、单位的紧俏商品，如缝纫机，自行车，手表，毛线，丝绵等专用票。一年也难逢一次，而且在分配时还根据单位大小、人数多少，进行搭配分配，数量和品种互有差别。大单位分到购货券再按部门分配，小单位只好像摸彩票一样地让全体职工当众摸签。运气好的偶然碰巧，绝大多数是一场空欢喜。

随着票证的出现，票证黑市也跟着出现。所有票证都有黑市和私下交换。黑市粮票当时卖到二元钱一斤。人们的工资收入般都还在三十五六元之间，二十三级国家干部每月工资才四十七元，试问能买几斤黑市粮票？有的家庭把省下来的煤球票、煤油票向农民换鸡蛋、番薯，把节省下来的婴儿糖票换作粮票。当然拿到一张缝纫机购物券更能换到很多粮票。这些交换活动往往在天亮前到菜场边进行，同时票贩子们也乘机赚了不少黑心钱。

以人定量凭票供应的办法，是计划经济时代物资紧缺情况下不得已采取的权宜手段。随着国家经济好转和发展，到现在这许多票证已经从沿续使用十年到陆续逐个取消。直到1992年最后一张粮油票，1993年最后一张煤饼票，1994年最后一张粮油优惠券止，票证已完全结束了它的使命。

现在谁家如果还存有当年使用过的各种票证，无疑已成为收藏家们的珍品，因为它是历史的见证。

塘栖的水

朱国锋①

塘栖的水，儿时记忆犹新的是小桥流水，夕影婆娑；塘栖的水，现在沉淀心灵的是一种温柔，一份温暖，一丝温情。

有人说：塘栖的文化是水的文化，塘栖的灵魂是水的灵魂。我一直在探寻着这种灵魂是什么？是倚门抽烟斗的老人吹出的一圈圈悠闲？是河边汰洗的姑娘隔河发出的阵阵笑语？是运河上暮色中广济古桥传递着的一份肃穆与庄严？还是太史第弄那萤萤幽光里闪烁的一种幽远与深隧？说不清，道不明，水与塘栖的难以割舍的那份情！

塘栖的水，不同于李白笔下“湖清霜镜晓，涛白雪山来”那份豪迈，不似于刘禹锡诗中“杨柳青青江水平，闻郎江上唱歌声”那种浪漫，不会是王湾心中“客路青山外，行舟绿水前”那样悠闲。

塘栖的水，是--种生命力。晨曦微露，暗影攒动。临河而居的人们就能听到一种水波荡漾的声音：由远而近，似浪淘而来，但微显温柔，那是清晨赶集的老人划舟而来。儿时的我就这样与水结下了不解之缘。爷爷在世时，忒爱赶集，更爱在靠河边的茶馆里喝上一杯早茶。那

① 作者简介：朱国锋，男，塘栖人，现供职于塘栖镇第一小学。

时，家住超山，划上小船，能在一盏茶的工夫，划到塘栖。记忆中最深刻的还是爷孙俩行舟河中的点点滴滴，爷爷划舟是好手，时常游刃有余地穿行在小镇周围或宽或窄的河面上。船桨富有节奏，让人觉得这是一种韵律。遇到船多时，千舟齐发，颇有气势，就像是水中腾起的宏大交响乐。水花飞溅，百舸争流。行到尽兴处，爷爷和他这帮老友会和着船桨划水的声音，唱着我永远都不懂的那首："美人靠边靠美人，执扇盈盈笑……"我时常问他唱什么？他总不答，只是笑，笑得很神往的那种。舟行至塘栖，拴了船绳，就把爷爷的心也拴在茶馆里了。爷爷最爱喝茶，每天如此，风雨无阻，他最爱沿河的那家叫"隆兴"的小茶馆。因为这家茶馆是用河里的水煮的茶，用爷爷的话说"地道"。有时爷爷会和几个茶友坐在临河的美人靠上，耳边总是那句百唱不厌的："美人靠边靠美人，执扇盈盈笑"。有时会对着河盈盈地笑。爷爷去世多年，我也来塘栖工作好多年了，慢慢体会着这份执著。爷爷是因气管炎而离世的，记得那天他弥留之际，一定要为他泡上一壶茶，那水仍然是塘栖的河水。他喝完一口，才欣然离世。自此，我终于明白了他说的那句："地道"所含的深意了，也许，对他来说，这水、这茶已经融入他的生命，至死不渝。

塘栖的水，是一种温柔。"一方水土养育一方人"，常听老人念叨，并不理解其中的深刻含义。记得一个雨天，独自漫步在这古镇的小巷里，雨打瓦屋，沙沙作响；轻柔似纱，泥路点点坑，点点灯光在雨中飘出浮动的光，温暖而静谧。灯光、雨声交融中，黑瓦、白墙映衬下，水乡的温柔让人心动。此情此景，你会留连驻步，为这一份恬静；此时此刻，你会陶醉忘返，为这一份温情。独自漫步八字桥老街那长廊，似乎穿梭在古老的记忆中，以往的情景浮现心头，那破旧的美人靠依然温存，那凹陷的青石板路仍然温暖，那缓缓流淌的河水仍然熟悉，那斑驳的八字桥依然挺立……雨后初歇，旁侧木门轻启，发出轻柔的"嘎吱"声，仿佛来自遥远的年代。一年轻女子手提竹篓，穿过廊檐，走向河岸；在美人靠边稍作休息，拾级而下，轻轻用河水汰洗篓里的茨菇，带泥的茨菇在水中轻轻翻动，顷刻变得白净起来。水中，姑娘的玉手似两条轻快的鱼，清晰可见，虽然是傍晚，你仍然能感受到水的呵护，水的风情，水的温柔。你看，晚霞仍然停留在河面上，久久不忍离去。是不是也为这一份温存所吸引？转眼，万家灯火，小镇开始蒙上了静谧的面纱……如水般温柔！

塘栖的水，是一种文化。塘栖之美，亦是如此。水赋予了塘栖钟灵毓秀，人杰地灵。吴昌硕、张大千、丰子恺和俞曲园足以为塘栖增辉。水成就了塘栖佳果遍地，鱼米之乡；塘栖枇杷、超山青梅足以为塘栖添彩。没有了水，塘栖就不会有七十二条半弄堂的九曲回肠。没有了水，就不会有七环连桥的风雅韵致。清晨，郭璞古井旁，一对母女正打水，母亲打上来一桶水，也许觉得太多太浪费，又向井中倒了半桶。水至清，甘洌。母亲用手在衣裙上擦了又擦，唯恐自己的手不干净而脏了这水。她用双手捧起水，喝了半口，双手恭敬而虔诚，剩余的半捧水轻轻泼在脸上，那孩子见了，也同她母亲一样把一捧水洒在脸上，就像轻轻地涂抹着天边这一抹清晨的霞。这是母女俩早晨洗脸时的情景，这一幕久久印在我脑海里。古井盖已经陈旧，斑驳、干裂。与母女俩的双手细腻也许极不相称，但是却那么和谐。河边石岸堆砌，青苔葱绿，摇船老人手执船桨，步入船舱，乌篷小船在河水轻柔的摇晃中缓缓驶向远方，新的一天在水的轻歌曼舞中开始了……

塘栖人是敬重水的，因为她不仅滋润了这一方水土，更养育了这一方的人。塘栖人是懂得水的，因为她在塘栖是被用得如此巧妙和谐，充满生机。小桥、流水、人家，是塘栖人对水最好的诠释，也是对水乡家园的最好注解。一种与生俱来的轻柔，一种柔的美，一种包容，一种举重若轻的淡然与坦然。塘栖人正是秉承了水的优点，如水般充满生机与活力，如水般不知疲倦，如水般生生不息。

“曾经沧海难为水，除却巫山不是云”。塘栖的水，连同血液融入我们的身体，融入我们的生活，融入我们的心灵……生生世世，永不改变。

民国塘栖药店

郁震宏

民国时期，塘栖有两家以批发业务为主的药栈，市东街的天源福和市西街的润昌瑞。而其他都是零售为主的国药店、参鹿行，如姚致和堂、翁长春、沈万春、德生堂及松鹤堂都是颇有盛名的百年老店。致和堂的“神效痧气丸”、翁长春的“大补金鹿丸”，都是各家招牌药。其余为小药店，以配方为主，兼营参燕银耳，如同春堂、同德堂、洪泰山、夏哲记、东泰山、大生堂及陆太和等。

近代塘栖的国药业基本上集中在宁波人手中，各家药店的掌柜基本都是宁波籍，而大多数员工也都是宁波人。所以三元宫弄的药王殿在太平军战乱平息之后，由宁波籍药业商家辟为“药业公所”，也就是后来的“四明会馆”，现在的中医院的院址。

塘栖自古盛产中药，据清初《栖里景物略》卷一记载，当时所出药材不下六十种：香薷、金银花、僵蚕、山栀、吴茱萸、麦门冬、半夏、紫苏子、香附、瓜蒌、天花粉、何首乌、韭子、枳实、枳壳、青皮、南星、青葙子、杏仁、陈皮、薄荷、苦参、土大黄、蓖麻子、桃仁、槐花、大青、小青、大蓟、木瓜、白鸡冠、瞿麦、旋覆花、甘菊、黄葵子、枸杞子、地骨皮、葛根、茵陈、白扁豆、菟丝子、松脂、良姜、扁蓄、车前子、罂粟壳、木贼草、蛇蜕、蝉蜕、蛇床子、淡竹叶、麦芽、桑螵蛸、女贞实、土槿皮、石榴皮、皂角刺、益母、夏枯草、黑牵牛、萝卜子、牛蒡子、贯仲等。到了近代，塘栖、乔司、临平一带，大规模种植杭白菊、荆芥、元参、白芷，由本地商号收购、加工后大量销往外地，世称“杭四味”。民国初，杭县所产的生地等名贵药材多至18种，其麦冬产量为全省之冠。

一树红珠映玛瑙

卓介庚[①]

塘栖近郊有个三官堂村。沿着运河的支流朝南走1公里，便闻到鸡鸣犬吠声，村舍就掩蔽在绿荫丛中。

40年前，三官堂村有许许多多的樱树。早春二月，梅花方谢樱花开，村子就溶化在红莹莹、粉彩彩的水色中。这里的樱树不像日本京都、奈良的樱花园，几百上千的樱树拥在一起，而是三三两两，散布在村前屋后。也有一两株悄然独立在水边路旁。开起花来，淡淡红红的一树，仿佛妙龄少女腼腆的脸庞。远看过去，花树映着朝阳，又似一朵朵绯云，在淡青色的天际徘徊、浮动。也有几株、十几株簇拥在一块地上的，如同一片红霞，流出绚丽的光彩来。

到三四月光景，细弱的枝条上结出一串串鲜灵灵的樱桃来，果形小巧玲珑，果色鲜红透亮，惹人喜爱。诗人常以樱桃为题写下精美佳句：

晓报樱桃发，春携酒客过。

绿杨粘盏杓，红雪压枝柯。

① 作者简介：卓介庚，塘栖人，中国作家协会会员。

每到清明之后，运河岸边，提篮叫卖樱桃的船娘村姑触目皆是，轻圆悦耳的叫卖声，曾经是一年水果之先声。张恨水先生有诗云：

一棹绿杨深处泊，珠喉朝唤卖樱桃。

此情此景，更给小巧可爱的樱桃添上了一层美丽的秀色。

三官堂村的樱桃之多是远近出了名的。清末编纂的《杭县志稿》中记载："丁山湖一带如三官堂等，均产樱桃。"另据1930年《工商半月刊》调查，"塘栖樱桃之产量亦多，不下10万余斤，市价每斤白大洋7分至1角2分。除供应给杭州外，并运销嘉湖及宁绍一带"。

樱桃多为农户房前屋后或田边地头零星种植。因树身娇弱，遇上烈日曝晒或风狂雨猛的天气，最易夭折。加上樱树培育期长，产量不高，遂逐年衰败。近年随着城市居民消费水准的提高，农户又在着意培植樱桃了。

童年的小木船

莫琦瑛[①]

水乡塘栖，阡陌交错河道纵横，生生不息的水资源滋润孕育了一代又一代塘栖原住民，大小不一的河港彼此连结融汇亦是此处特定地域的脉搏所在，水路四面发达让整个古镇充满了无限魅力与生机。

小时候，村里家家户户都有一只小木船，是人们出行的重要交通工具，我们家也一样。无论拜访做客，出门赶集，还是去田间地头，运送货物或奔波码头，小木船总载着我们摇晃着驶向要去的地方。

去东塘走亲戚，意味着每一次做客小木船都需要横穿大运河两次，且不说运河水域多宽多深，只是轮船驶过时带动的波浪就已经够折腾。出了清水港机埠头，便进入大运河水域，运河里南来北往满是载货大船，也有孩子们最喜欢的拖船。所谓拖船就是好多大货船首尾相接连成一排，最前面的船是整支船队的核心，负责前驱力拖动。记忆中拖船是特别壮观而神奇的，遇见了便是一支长长船队，第一艘总神气无比。

小木船横穿运河并不简单，大多时候要在运河东岸停歇许久，等待河面上无船只航行的时间空档。拖船船队驶过，或大轮船航行，总会

① 作者简介：莫琦瑛，女，塘栖人，余杭区作家协会会员，供职于塘栖第二小学。

激起较大的浪，小小木船相比之下的娇小与柔弱，俨然一副随时要被浪花掀翻的模样。随着波浪的此起彼伏，船身也跟着上下摇曳晃荡，称得上危机四伏。每到这时，长辈们总严肃地让大家在船上好好坐着不准动。有顽皮胆大的孩子随船身的荡漾故意用力摇晃身体，使得原本就看似不稳的小木船更加跌宕，一边还嬉皮笑脸伸手试图到船舷舀水。这可不是闹着玩儿，每回此番举动便招来一顿警告和臭骂。当然还有胆小的孩子，害怕地大声哭闹，叫着要回家去，老人们一旁安慰拥抱。

有时运河河道特别热闹繁忙，船只来来往往不断，浪花就一波高过一波，几把小桨根本控制不了船身，浪怎么推，船就怎么被驱使。当然，也不是完全没办法，河岸边水域水草丛生，长辈们有自己的小智慧，他们连忙用最快的速度把小木船撑进水草丛，浪虽大却无法冲散一整片水草，船只倚着草丛，好似瞬间变成一艘大船，波浪拍打冲击颠簸着草丛，水草则像双手一样托举起木船。等河面逐渐恢复平静，长辈们长舒一口气，便是安全了。接下来的过程等同于现在的过马路，长辈们共同合力把小木船撑出草丛，趁着河面上暂时没了船只，努力疾速往对岸划去。对岸，也就是西岸，便是到达东塘水域，大家捏一把汗，好似打了一场小小的仗，做客横穿运河，也是花费不少力气，更要动脑子随机应变对付来往船只激起的大浪。

小木船在曲曲折折的河道上继续行驶逐渐进入东塘水域腹地，过了好久，忽闻岸边有人朝我们招手微笑，一个人跑进房子又带出好几个人，我们停船靠岸，这是到了目的地了。亲戚伸手把小船里的人一一接应上岸，早已烧好开水，备完点心，做了待客准备。最有特色是东塘烘豆茶，一杯喷香的烘豆茶里有其独特的乾坤，烘青豆、枨子皮、野芝麻、茶叶、胡萝卜干、豆腐干、笋干等很多茶料，说是一杯茶更像一道菜。咪上一口烫茶，醇香诱人又不失清新甘甜。记得第一次喝烘豆茶不懂习俗，我们几个小孩一直喝一直喝，主人家不停斟茶，喝到肚皮朝天，连续上厕所，主人仍忙着烧水，一壶接一壶。实在喝不下，大家一起讨饶说不要了，主人便一脸尴尬地解释，如果杯内青豆等茶料不清，主人就要一直斟茶倒水，表示客人还想继续喝，而客人清了杯中之物，则表示茶已饱，怪不得此番斟茶倒水一直不停歇呢。后来再去做客便明白了其中的习俗和道理，便想早点把水喝尽，品尝杯底色彩鲜艳的各种茶料，于是加快喝茶速度，然后问老婆婆借一根银簪子，或者拿根筷子，再简单粗暴一点直接徒手，扒着吃完各种美味茶料。接下来用餐，菜肴算不上是上档次的，毕竟当时运河西岸的经济条件要差于运河东岸，可一片心意总是满满，味道也不差。做完客，主人家会馈赠孩子们一些礼物，一小袋饼干、几块糕点之类的东西是常用伴手礼，同行的孩子们个个都很是得意。回运河东岸仍用来时法子过河，不过每次出发前会带回许多叮嘱，主人家不断关照过河千万小心，不要着急注意安全，如此小木船便又载着老老小小横穿运河回去了。去东塘做客的经历，日复一日年复一年，持续了很久。

逢年过节，母亲要去镇上购置一些东西，全家人也会划乘小木船到塘栖街上赶集。老家宏畔莫家桥，去塘栖也不算近，从家里出发，沿途历经许多大小造型各异的桥梁，小的只允许通过一只小木船，桥下穿过时特别压抑，而大的则可以航行大货轮。坐在船上，耳边伴随着船桨使力时划动的节奏，水面被船桨打出一个个小漩涡，感觉神奇好玩。水打出漩涡的同时也会激起悦耳的声响，我非常享受这美妙的声音，配合着船桨使力的咕嘎节奏，好像在歌唱一曲动听的二声部。随着小船辗转前行，人会变得特别安静，穿梭于两岸之间，精神的放松和愉悦真是妙不可言，那时的人们不懂得慢生活这个词，日子的节奏原本也不快，这样的美好时光在今日回忆起来真是千金难买了。

到了镇上，父母先小心翼翼将船绳系在岸边牢固的地方，用铁链和锁锁好，船桨就寄存岸上的店铺内，微笑着感谢店老板的收容。古镇本是水路多于陆路，泊好船上了岸就可以直接逛街购物了。热闹的塘栖街市从来不失风情，各种旌旗的招摇，男男女女的叫卖吆喝，路人偶遇时的谈笑问候，你来我往的讨价还价……编织成一曲集市交响乐。还记得第一次看见廊檐米床时的兴奋，忍不住躺下栖息，一会儿又跪坐远眺，母亲告诉我说塘栖下雨从来不用带伞，廊檐就是一把长长大大的雨伞。

初见长桥，惊奇得合不拢嘴，小木船曾经穿梭行驶过数不胜数的桥，这么大这么长的桥是从来未见，关键它有七个孔，每个孔都可行船，只不过随着船只的大小，桥孔的大小，行驶的船只相应而过。晴天，远眺古朴的廊檐和雄伟的长桥，运河波光闪耀，船儿穿梭如织，人们忙碌而有序，那是一出浓浓的市井生活戏。雨天，廊檐挂着一道道水帘，河里满是雨水打成的圈圈，长桥水雾缭绕，烟波笼罩，就成了一幅清雅的丹青水墨画。离河不远的街上还有一家令我印象深刻的馄饨小吃店，也卖面条炒小菜，年幼时唯独喜欢吃馄饨，便认定那店只卖馄饨。每次父母购置完东西就带我去这家店，有一种“敲小锅子”的说法，吃完回家可以跟隔壁邻居说今天到塘栖敲了小锅子，吃了小馄饨，人家也会投来羡慕的眼神。

小木船也带我去感受父母的劳作。一次，父亲说要去北塔洋采菱，我纠缠着要跟去，那天母亲不在家，父亲无奈只得将我随带。出发前父亲背一只木头制的巨大圆桶，我说像极了龟壳，他说这叫菱桶，采菱用的。上了船，我被安置在离菱桶稍远的地方就坐，父亲便划船出发。那是一片非常宽阔的水域，我第一次看见水面上一大片一大片绿茵茵的菱角随微波掀起的绿浪，内心无比感叹与震撼。忙问父亲这大片菱角是如何产生，他说是他种的。当时心里怎么也想不明白这菱角是如何种下去的，还这么多。首先它没有泥土，根怎么扎，在水里居然不会腐烂；其次它们连成片是怎么做到的呢，不会随浪而散去吗？我把心中的疑惑告诉父亲，他说菱是一种水生植物，在清明前后他会把种菱撒于水中，一段时间等菱角长出水面后如果太茂密，就进行疏密匀苗，期间还要进行除虫，清杂草。不会随波而散是因为每个菱盘下面都有一条长长的根，根扎到水底污泥里，并且随菱盘的长大它们彼此也会以茎叶交错衔接，互相成片连结，所谓的你中有我我中有你。说话间父亲已把滚圆的菱桶搬下水，看起来又像一张巨大的荷叶，可菱桶入水后非常不稳定，我挺害怕它翻转。父亲却笑着说没事，坐稳了不乱动把握好重心就行，说话间便已翻身入坐。于是菱桶成了一只更小的船，父亲用双手作桨，划动并慢慢靠近菱角丛。随着菱桶的划入，父亲用双手在茂密的菱角丛中扒开一道口子，一条水路便逐渐产生了，他熟练地翻转菱盘，迅速收集着成熟的菱角。而我就安逸地待在小木船内，边欣赏北塔洋的水光潋滟，边品尝父亲不时划着菱桶带过来的新鲜菱角。我半靠半躺在小木船里，用手小心翼翼剥去水菱带角的外衣，一口咬下，鲜甜多汁，味道真是棒极了！

一株单独的菱盘从船舷边漂过，我忍不住伸手去捞，一把抓来上下一翻，原来它根系已断，只能随波流浪，细小的菱角长在茎叶四周，甚是新奇。船舷不时漂过菱盘，如此反复，抓到的菱盘上如果有成熟大菱角，便就地吃了，菱盘上的果实太小的就直接放回水面。当我沉醉在自己的小乐趣中，父亲已收获满满，他用手费劲地将菱桶划到小船边，一次次把桶里的菱角倒腾进船舱。夕阳斜映着水面，最后一波菱角从菱桶里搬进船内，父亲身子迅速翻过船舷，然后再把菱桶慢慢拖上船，打湿的菱桶明显重了很多，不过父亲娴熟的动作和敏捷的身姿，令我很是崇拜。我俩心满意足地划着船儿，满载收获也满怀喜悦，偶尔会遇到小鱼儿成群游过船舷，停留了又即刻散去，也有水鸟展翅飞翔，滑行低徊时在水面激起波纹。自由自在的心情下，一抹夕阳晕开一丝温馨和温暖，父亲与我何尝不是彼此的太阳？

夏天双抢，小木船便成了魔法船。父母天蒙蒙亮就划着小船随带各种农具直驶田间，傍晚夕阳西下归来时金黄谷子已堆满船舱，小木船总是空着出门，满载而归，每天如此。双抢时节，天气炎热，大部分时间我负责留守看家，或晒谷子。晒谷子总是折腾着我，母亲交代不超过半小时就要去将谷子翻转一遍，把底下的湿谷翻到面上，就像锅子里炒菜一样。晒谷场便是那口大锅子，谷子是里面的菜，我呢，当然就是那把大铲子咯。我胆子小，夏天多雷阵雨，前一会儿还是毒辣辣的太阳，晒得谷子滚烫，后一阵子就乌云密布了，看着天空突变的色彩，只能一个劲儿用铲子、扫把等把谷子扒成一堆，并迅速遮盖好，免得被雨淋湿，更多时候是白忙活一场，谷堆堆好了，乌云却散去，耀眼的光芒再一次照射地面，只得再把谷子扒散开。到了傍晚差不多时间，堆好了谷堆，我就站在岸边驻足眺望，瞅着小船即将归来的河道，盼望父母划动着小船的身影出现。老远听到船桨划动的声响便欣喜若狂，于是跑回家端上早已备好的凉开水，等待迎接小船驶向岸边。一靠岸，母亲就习惯性一把接过凉白开，“咕咚咕咚”边喝边感叹口渴。然后笑着开始和父亲把谷子从船上卸下来，有麻袋装的，也有散置船舱的，又是一次粮食大转移。每到茨菇、荸荠、甘蔗收获的时节，也都是父母划着小木船载回，面对丰收，他们脸上总是一扫劳作的疲惫，满是欣喜。

小木船也曾载着我童年的歌声去远方。小时候常跟着父母跑去各个码头做小生意，卖甘蔗啊、荸荠啊、茨菇啊、冬瓜啊什么的，小木船就是我们临时的家。三岁时一次去金山卖芹菜，傍晚时分，岸上小店老板看着电视做着生意，当时热播电视剧《霍元甲》，在家里时我也看，还特别喜欢里面的歌，一集开始，便传来铿锵嘹亮的歌声。年幼的我不知不觉被歌声吸引了，年纪太小也不懂羞涩，合着音乐就来了个放声歌唱。这开口一唱，便引来许多陌生人的好奇，不去看电视反而都围坐到小木船边和河埠头台阶上。我不知道当时唱得对不对，好不好，我想咬字应该也不够清晰吧，毕竟三岁的孩子很多说话都含糊，可现在我仍清晰记得歌曲的旋律。陌生人问母亲我几岁了，都说小丫头唱得真好听，长大了就到电视里唱歌吧。母亲和人们聊得很开心，水边不时传开爽朗的笑声，我唱完了歌就一直安静听她们交谈。那夜过得很平静，小木船荡着我的美梦，伴着我稚嫩的歌声，打起柔和的节奏。母亲说那晚非常冷，温度很低，父亲照料好我们母女俩就去街市茶店，而我和母亲在小木船内相依而眠。

时间流逝，小船儿一直默默服务家中各种大小事务，终有一天，母亲提议卖船，农活越来越少闲置过久只会朽烂。又过几日，母亲找到买家，便卖了小木船。原来，母亲以半卖半送的方式将船卖去水北装运河道垃圾，好多次我们漫步桥边，她看到工人们清理河道，就指着说那小船是我们家的，仿佛自家孩子在完成一份光荣使命，脸上洋溢着笑容，言语神色间满是自豪。又过了几年，木头制的小船也消失在了水面上，代替它的是其他材质更轻便稳固的新船。

一样的浪花荡漾在不同的时光里，见证时代的变迁和孩童的成长，述说了多少离不开水的故事与过往。童年的小木船，伴着岁月，像妈妈的摇篮一样在水面摇晃连绵，吟唱一曲独特的江南小调，满载温情和梦想，摇摆在清澈明亮的河道上。在我心中，它从未停歇与消失！

做媒

莫琦瑛

老红头读书不多，小学二三年级文化，但在老红头上学那些短暂的日子里，一直是老师们眼中品学兼优的好孩子。寒冬腊月，年幼的老红头脚穿单鞋长冻疮，严重时冻疮溃烂无法下地走路，家人忙于农活无法兼顾，只让他窝床上休息不去上学。一天，两天，三天……班主任老师不想老红头落下学业，于是每天一大早上门背他去学校，放了学再背回来。老红头觉得不好意思，头几回不太愿意，脸红耳赤的，老师说把他当成自己的孩子了没关系，老红头低着头迟疑，不上学肯定不行，于是勉强厚着脸皮上了老师的背。老红头懂事，为了报答老师恩情和家人付的学费，更为了自己的将来，他发奋求学，考试时常满分。可好景不长，家里兄弟姐妹五人经济条件越发困难，交不起学费只能辍学。老师几次三番上门，试图说服家长让老红头继续读书，说他勤奋努力，天资聪慧，没文化可惜了，嘴皮子磨破还是敌不过生活的现实。

小小年纪的老红头开始学农活，力气小就晒谷子，割草，拖稻草，学插秧。老红头人小个子矮，割草带在身边的不是竹篰而是篮子，就这篮子时常被大人取笑，镰刀割草的动作僵硬生疏，一次不小心割到了手指，血流如注，吓得他脸色煞白，家里人不慌，这事儿常见，跑过来帮忙缠点老布条，就让他自然愈合了。第一次学插秧，秧苗在淤泥里插得浅，全都浮在面上，东倒西歪，扭来扭去，一天忙活下来赚零星几个工分。可按照老红头的心性，做什么都是努力的。年复一年，日复一日，模仿、请教、学习等各种方式方法，熟练能够生巧，经验便得到了积累，逐渐成长和锻炼成农活主力，割稻、打稻谷、背谷子、拉钢丝车、翻地、锄地、搬调，有模有样，齐齐上阵。

时间流逝，老红头慢慢长成年轻力壮小伙子，五官端正，眼神坚定，浑身上下充满力量。一次，上级政府到村里征兵——海军，年轻老红头怀揣梦想，通过层层关卡和面试，最后一关只剩体检。体检那天，老红头一脸自信，那是常年农村农活锻炼出的硬朗身板，记忆中几乎没有什么头痛发热，一个个项目过去果然都没问题。最后，医生问了老红头一个很奇怪的问题，冬天会不会长冻疮？老红头如实回答，坦然的心开始揪起来，双脚脚后跟小时候冬天穿单鞋冻坏了，以后到了冬天便生冻疮。这如实回答的双脚冻疮，到冬天便不能下海，老红头最后还是当不成海军。

老红头不当海军，也没气馁，仍是乐观积极的农村热血青年，面对现实，不卑不亢。老红头参加大队里组织的农业培训，认真学习，学得一手农业好技术，成了村里水稻技术员，被派去挨家挨户传授水稻种植方法和技巧，还有枇杷树嫁接技术，因此身边总围绕着一些农活上的崇拜者。老红头脚踏实地做人，勤勤恳恳做事，几年后，娶到了隔壁村的村花，着实让附近几个村的同龄人羡慕了一把。因为家里经济条件很一般，也有人背后说鲜花插在了牛粪上，可人家姑娘愿意么，就是看上他人品了。凭借自己始终如一的忠厚善良与睿智的为人处事，慢慢受到左邻右舍老老小小的尊敬与爱戴，随着年纪增长，在地方上慢慢成了德高望重之人。

最近，老红头心里有点小烦恼，同村小姑娘阿莲到谈婚论嫁年纪了，对象已找好，别村一个叫阿炳的小伙子，按理这事与他八杆子打不到边，可万事俱备只欠东风，人家这姻缘就缺媒妁之言，少了一个做媒之人。连续三日，阿莲一家子倾巢出动拜访老红头，动之以情，晓之以理，请求，恳求，乞求……这让他很是犯难，老红头一向不喜出风头，为人谦卑低调，这媒事是打心眼里不想接，回绝不是，应允也不是。

阿莲家困难，老红头常听村人感叹着说起。五口人挤在朝南一间两层木屋，一楼腰门以南被分隔拦成两半，前一半圈养三只羊，后一半搁一八仙桌，每天一家五口人围坐一起吃饭，每顿下饭的除了几个小菜，便是这满屋子弥漫的令人作呕的羊圈味儿了，这常人眼中的不可思议，倒是他们的家常便饭。由于生活与养羊在同一间屋，每个人身上难免一股膻味儿。腰门以北是灶台，边上置一破旧粮橱，灶台和粮橱都是极小的那种。一部狭窄的长木梯东西向倾斜着连接到二楼，二楼是一家人休寝的地方了，几张大小不一的床，各自安放，阿莲的床用一些碎花布条拼接起来遮挡，也算是隐蔽与被保护。整座房子年久失修，青砖层叠着成片裸露在外，仿佛被开膛破肚的野兽一般，难看而狰狞。屋顶瓦片破损严重，雨天房子里滴滴答答，除了用芦扉掩住二楼休寝的位置，其他一律外面大雨里面小雨，时间一久泥地被雨水滴凿出一个个小坑。

无论刮风下雨，老红头总看见阿莲背着一个竹篰去田间地头打草，这管羊吃饱的事便是她每日承包的活儿。养羊是家里的必须，算是一件大事，每年等羊交配后生下小羊，小羊就被带去卖给别家，种羊一代代，小羊一只只，从不间断。草木旺盛的季节，割羊草是一件相对轻松的事，三下五除二，羊草一篰又一篰，围着羊圈一圈堆满。可到了冬藏时节，寻一整天都没什么收获，绿草成了羊儿奢侈的口粮，干草可以勉为其难替代一下，偏偏几只羊被鲜草惯着了，干草总不领情，也不知道体谅阿莲的难处，肚子饿得咩咩直叫，在圈里跑来走去，坐立难安，场景不免令人烦躁。浮躁的羊叫声，加上父母的责备声，生活就这样毫无同情心地编织着不一样的行板。

再来说阿莲的家人。阿莲父亲是个老农，一辈子下地干活，每天赶在日出前出门，田地间一窝一整天，傍晚贪恋太阳落山的余晖，直到看不见地，分不清田为止。由于长期暴晒，肤色呈现大地的黝黑，脸上皱巴巴的像一层层闹干旱的梯田，他是干活的总指挥和骨干力量，日子一久，后背越来越弯，大概重担挑多了，或者贫穷让他自卑，这佝偻的身躯总给人感觉矮人一截。阿莲有一个哥哥和一个弟弟，每天跟着老父亲出门干活，三个男人跟房子里的串老鼠似的，啥事都系在一起。阿莲母亲，常年身体抱恙，在家烧饭晒谷子也显得牵强。一家人辛苦劳作一整年，却仍自给不足，日子过得像榨油房里的铁圈——箍得梆梆紧。

这是老红头第一次给人做媒，事情是他几番推辞过后的尘埃落定。老红头最后答应做这个媒，不因着双方办喜事时媒人的无限风光，不因着传说中做媒可食十八只蹄髈，也非一番软磨硬泡后的最终妥协，考虑到男女双方都是穷苦人家的孩子，老红头并不是瞧不起他们而不同意做媒，脑一热，一股豪情便涌上心头，琢磨着帮助比自己穷苦的人是做了个善事，促成一对姻缘是第二桩善事。几次三番拒绝实在于心不忍，若再推辞彼此就难堪了，决意不矫情，一桩好事就这么被定下来。其实两个年轻人本质上属自由恋爱，但没有媒妁之言必受村人耻笑，被人瞧不起，说媒当然也是两户人家沟通的桥梁和对彼此的尊重，是小两口往后关系的认可，也算是传统婚姻一个重要环节。

因了做媒，老红头的女儿——年幼的春儿，第一次享受被村人和别村人的共同优待，孩子又是女孩子，当时容易被看低。那天，老红头去男方家商议好事，春儿也受男家邀请当了小尾巴，老远随父亲前往。早在几日前，老红头就郑重交代妻子，叫她特地赶去镇上一趟，为春儿置一身出客行头，头一回受这种特殊邀请，春儿一起去做客那也是要给别人讨彩头的，老红头现在的身份是媒人，这回代表女方长辈去男方家商量喜事，小孩跟了去也不能失了女方这边人的颜面。几天后，春儿一身红装出现在父亲面前，老红头从头到脚打量一番，拍一拍身上的烟灰，笑眯眯地点头。

三个人正乐着，机器的隆隆声传来，只见一条大大的机帆船驶到门前河埠头，船夫是一个小胡子中年男子，船头坐着一面容姣好的年轻小伙子，看样子就知道是阿炳了。准新郎阿炳红光满面，一件夹克拉链衫，一条萝卜裤，一双黑白色相间的运动鞋，中分西式头好像擦了发油。船一停稳，阿炳迅速起身，小心翼翼将父女俩邀进船，安置在船舱内事先准备的凳子上就坐。不多时，阿莲两个兄弟也来了，神采奕奕，精神饱满，黝黑的皮肤难掩满脸的笑容，今儿个兄弟俩衣服整洁，两个平头呈现刚剃过不久的平整，倒显得有几分刻意的不自然，俩人分别跃进船身。

几人屁股一坐稳，机帆船便发动起来，伴着震耳的隆隆声，船急速驶过不同大小宽窄的河道，岸边一会儿炊烟袅袅，一会儿草木葱茏，过墩渚，穿小桥。河风迎面，阿炳擦了油的发型虽然没有乱，但他仍不时用手往头上撩一撩头发。机帆船一路往前疾驶，船上人不时谈笑着，船头撕开河面激起波浪，波浪退至两边快速晃荡拍打着河岸。老红头下意识地搂一搂春儿的肩膀，问她冷不冷，春儿摇一摇头脑子里正想着阿莲。阿莲没有玉的温润，也没有莲的清丽，相貌谈不上多好，个子不高，身材有些丰满，每次遇人总笑眯眯的，一脸和气。她家里有一种遗传病，一个个皮肤粗糙长满疙瘩，身上厉害的地方似一个个瘤一样的肿块，不过阿莲身上这些倒不明显。在家时母亲曾告诉春儿，阿莲有很多优点，是个特别勤快的人，没事就在田间地头割草，凡是会干的农活跟两个兄弟一样干。阿莲吃苦耐劳，从不与人攀比，朴素实在，嫁过去以后应该是一个能持家的女人，男家经济条件虽也不好，如果二人一起努力，生活总会慢慢好起来，此番话是老红头在家里商量要不要做媒时春儿在一旁听见的。

机帆船继续往前行驶，水两岸不时有人吆喝着问船里人去向，知情人从岸上高声送来祝福的话语，老红头话不多，眼神闪过一丝柔和，倒是让坐在船舱里的春儿多了一份自豪感，人们从水上与岸上用同样分贝的声音互相回应着，一来一往，一言一语，然后一起咧开嘴笑。准新郎笑眯着眼睛，眼神更加闪烁，今日对他来说是人生重要的一天，一种强烈被关注的感觉，心头满是喜悦和满足。与岸上人简单交流完毕，他转过脸，面向船只行驶的方向，下巴稍稍扬起来，快慰的表情溢满面孔，仿佛在心底憧憬和展望着。老红头看在眼里，高兴在心里，暗自要求自己这件事要尽量替人想得周到。

一直往前的机帆船忽然慢下来，原来是到男家了。小小的河埠头上已站满了人，近河埠头的岸边也挤着好多男男女女，好奇地望着船里人。等船熄火停稳当，一个长辈模样的人上前，阿炳立马站起身过来彼此引见，船只与河埠头有些距离，长辈伸长手臂过来接应春儿和老红头，瞪大了眼睛，生怕客人踩到石板的青苔滑倒了，特别谨慎地迎上岸。然后是阿莲的哥哥和弟弟，一边笑着招呼，一边陆续跃到岸上。

人群鱼贯进了房子，普通农家瓦房，老红头带着春儿被安排围坐在八仙桌旁，接下来享受的是那个年代农村贵宾级的礼遇了。八仙桌上放置六盘小巧的点心，各种水果硬糖、白色云片糕、喷香的芝麻片、金黄的橘子、堆成小山的瓜子、披着麻衣外壳的花生，春儿看着一桌子点心，居然兴奋得有些紧张，不知道该如何是好。老红头不喜这些，瞧见女儿眼睛扫视着桌面，又回过头看看自己，他下意识摸一下春儿的脑袋，回应她一眼。春儿聪明，看懂了父亲回应这一眼的意思，知道自己可以吃一些这桌子上的东西，但不可多，浅尝辄止，春儿明白自己的身份，也知道父亲的想法。大人们忙着递烟倒茶的时间，几个妇女不停给春儿递过来点心，春儿稍微尝了一下滋味，很开心。用完点心不一会儿就吃晚饭了，全鸡、全鸭、大鱼、大肉……真是超出了年幼小花脑袋的想象，隆重比之过年。老红头也在推杯换盏中认真帮着落实了一桩喜事。老红头这酒是喝了，却在肚子里留着分寸，这桩媒事既然答应了是一定要替人办好的。

一个令人愉快的夜晚，酒足饭饱回家时河道虽漆黑一片，星空却璀璨，月亮更像一盏大大的煤油灯，挂在天上一路映照着。机帆船驶回的隆隆声，打破夜的安谧，似一种别样的欢唱。大家一起想象着下次再来时的情景，锣声，鼓声，满船的东西，满目的红色与喜庆，人们忙忙碌碌异常热闹的场面……最重要的是新娘子阿莲会坐在船舱里，用芦扉搭个拱形的棚子遮起来，穿着红褂子，脚踩绣花红鞋。

回到家，老红头跟妻子聊了许久的天，讲述着男方家对这婚事的重视和诚意，点心摆满了六盘，酒菜也都上乘，估计花费了不少钱，也使了不少力，觉得是对女方的尊重和新娘子的认可。谈着谈着，老红头越发觉得对这答应的媒事舒心了许多，回味着今日到男家的种种礼遇和经历，与家人一起展望着接下来发展的事情，老红头不知不觉就兴奋了，居然翻来覆去整夜难以入眠。

日子又恢复了平静，阿莲每天仍背着一个大大的竹篰，手握一把割草镰刀，那天过后好像背回家的草更多了，浑身使不完的力气，一篰又一篰地装满了带回。老红头偶遇阿莲家人，她老父亲、哥哥和弟弟齐齐表示感谢，连声说这件事幸亏老红头帮忙，阿莲婚事也不远了，现在陆续在向亲戚朋友借钱提前筹备，到时候用来办酒席，置嫁妆等。老红头听着很欣慰，表示不用这么连着说感谢的，只要他们两个人幸福就好了。短暂愉快的田间交流让老红头心里暖暖的，这是他第一次给人做媒，没有经验，不过这颗心是百分百的真诚。

一次，老红头带着女儿碰到阿莲，远远望见她背着满满一篰草，脚步却非常轻盈，一个小小的缓冲后一脚越过水沟，稳稳当当落到对面田埂上，然后继续低下头一手持镰刀一手握草梗，草多起来一手抓不下了，便往背上的竹篰一塞。她不停重复着相似的动作，偶尔抬头张望停歇几秒，眼睛搜索着羊草的踪迹。阿莲眼睛张望着，一会儿低下头，一会儿抬起头，不停往背上的竹篰塞草，表情是笑眯眯的，眼神闪烁，嘴角上扬，看样子心情非常不错。老红头拉着春儿与阿莲越来越近，直到路过身边，大家一个对视。顿时阿莲红着脸到了脖子根，咬一咬嘴唇，害羞地看着老红头父女俩，轻声招呼问候，老红头自然简单地回应一下，阿莲也简单地再回应一下。老红头没有多说什么，阿莲也没有多说什么，各自忙去了。春儿忍不住好奇悄悄问父亲，阿莲什么时候当新娘子？老红头只道不远了。春儿希望她能早一点做新娘，穿着大红色的褂子，踩着绣花鞋，肯定也是漂亮的，于是在心里为阿莲的婚事进行倒计时。

接下去的时光一如既往，所有人各自忙碌着，不过每个人心里增添了一份期盼，终究是与以前不一样的心情了。村里人遇见了阿莲和她家里人也会不时打听结婚时间，办酒的筹备程度，遇见了老红头便感叹老红头人心好，这么穷一户人家，一般人不愿意给他们做媒，也是做了件好事。每次听到村里人这样的评价与看法，老红头总回应姻缘是他俩的造化，两个人感情好就行了，穷么不会穷三代，只要他们努力生活总不会差的。

日子在人们共同的期盼中一天又一天，春儿心里继续着倒计时，想象着下一次坐船的情景……一天比一天激动起来。

一天傍晚，老红头干完活回家，也是春儿放学的时间，和每天一样走过一长排瓦房子，可今天瓦房子里的人成群结队聚在路边，似乎在议论着什么重要事情。一到家，老红头脚未站稳，手持农具，妻子就阴沉着脸红着眼睛慌慌张张跑过来。一早阿莲家发出很大的争吵声，屋子里有人喊叫大哭，摔敲东西的声响，后来阿莲饮了一大瓶农药，她不想活了，上午被送进医院抢救到现在还没送回来。消息来得突然，老红头眉头一锁，心里一抽，手里的东西哐当一下全部掉落在地，直接奔阿莲家方向。春儿在一旁被这突如其来的坏消息吓得愣住了，好端端一个人，每天背着篰穿梭在枇杷林间与田埂上，怎么突然就不想活命了？她不想做新娘子了？

老红头一口气跑到阿莲家门前，很多人围挤着，他冲破人群挤进去瞧，屋子里空无一人，几只羊在羊圈里咩咩叫着打圈圈。人们不停大声议论诉说交换着彼此对事情和人物的看法，脸上除了遗憾与疑惑，还有害怕和惊恐。老红头稍作停留，便慢慢往自家方向回。他点燃一根烟，背靠着墙门，望着一长排瓦房子拐弯的方向，手指间微抖着烟，不停吞云吐雾，边抖落渐长的烟灰，脚边慢慢堆积起长短不一的烟蒂来。时间过得很艰难，每一分钟都是一种煎熬，等待显得特别漫长，那个拐弯角始终没有传来任何消息。

一个令人焦虑的晚上，老红头抽完了口袋里所有的烟，望着屋顶的瓦片发呆。春儿一直躲在母亲怀里，像只受到惊吓的小兔子，一家人保持着异常沉默，彼此没有一句话语交流，心却紧紧依偎在一起，凝成一个共同的祈愿。可谁都没有睡意，也不想这么没有任何消息收获就睡去了。

一场异常激烈的争执，最终还是断了让阿莲活下来的路。第二天一大早，纯洁又素净的白色布满了阿莲家，羊圈被急急撤走，一个大大的花圈放置门口，张扬占领着门前屋檐下的方寸，成了整座房子最显眼亮丽的东西。屋子里弥漫的除了残留的羊膻味儿，混合着檀香和蜡烛燃烧的气味。哭喊声嘈杂而混乱，时断时续，时强时弱，更多人在房子外边谈论着边默默流泪，不敢相信这是阿莲这辈子最后的结局……直到下午，一群人围在一起抬着安静的阿莲，上了殡仪馆的大车。老红头没有去阿莲家，也没有外出干活，重新买上了烟，坐在屋子角落一个人沉默着。

傍晚时分，天气异常暗沉，村地上迅速多了一座新修的坟墓，没有过多修饰，鲜艳张扬的花圈立于坟头，水泥糊住狭小的墓室，一块薄薄的石碑记录着曾经来过的阿莲的名字，一棵矮小努力支撑着的枇杷树，伛偻着，和那池塘边一阵风便可扬起的尘土，成了新进的画面。

老红头最后听到的故事，没有什么严格的考证，传说因着阿炳去了工厂上班，以为遇着了比阿莲更适合自己的女人，萌生反悔的意思……老红头没有感觉被人欺骗，心里却空落落的，感叹着人生不同的际遇，感叹着这付诸生命的代价，真的过了。这原本所有人共同期待的一场好事，终究成了人们传说中的故事……他沉默着弹一弹烟灰，拍一拍袖子上飘落的灰色粉末。

春夏秋冬，四季轮回，几年过去。一日村里传开一个稀奇事，一条小蛇连续好几天出现在阿莲日渐破败的坟头，直视墓碑，久久不离。听着各种奇怪的传言，春儿突然跟父亲说自己想看看传言中的小蛇，她想知道小蛇是不是来听风吹尘土间的故事，或是阿莲化身来看看自己，它便是她。老红头面无表情地望着春儿，问她是不是心里想阿莲了？然后就是长长的沉默。

老红头一家人永远看不见阿莲做新娘，尽管春儿已在心里排练想象了无数遍，阿莲羞涩的脸，大红色的褂子，脚踩绣花鞋，锣鼓声震天响，机帆船船舱装满各种各样的嫁妆……

转眼，老红头已是做爷爷的人了，春儿也长大了，这桩陈年往事一直不敢在父亲面前提，成了他们心里的忌讳，形成无需谈论的默契。做了母亲的春儿偶尔记起，脑海里思索着，怂恿一双手举起瓶子刹那间的自我毁灭，是魔鬼的蛊惑，还是天使的引诱。绝望过后的玉石俱焚，玉石俱焚过后的平静与解脱，是否变成人们内心一道永恒的疤痕？揭开疤痕便痛了，结痂后能假装从来没有发生过吗？

老红头始终算不上做过媒。

放鹞子

夏桂林[①]

风筝，塘栖人叫作“鹞子”。

放鹞子，是喜闻乐见的一种童趣。五、六十年代，在塘栖曾流行一时。我也一度癖好鹞子，儿时糊鹞子、放鹞子的种种情景，今天忆之，犹历历在心。

每年，当“春风又绿江南岸”时，就到了“春日竞放”鹞子的好时节。这时，广济路的运动场、西小河的浇花滩的上空，陆续飘起了各种鹞子。

一到此时，我的心就急如火燎，到处去寻找竹梢头。因那时物质匮乏，鹞子和大多数童玩，都是孩子自小动手做的。有了竹梢头，先用菜刀劈成小竹片，再削成细竹条，最后用剪刀刮成一根根匀称光滑的篾条，找一张旧的申报纸，就开工糊鹞子了。

八九岁时，糊的是一种简单的方鹞，也叫它“方豆腐干”鹞子。即先用申报纸裁出一个一尺见方的正方形，再用棉线和一根篾弯成一张弓，另一根篾作箭，将这副竹弓箭对角放在纸上，其大小与纸相适，用

① 作者简介：夏桂林，男，塘栖人，现居上海。

小纸片将它们粘牢，即成了鹞子的雏形。

接着给鹞子吊脚线。此活可有窍门，两根脚线的长短宜适中，且上下脚线须等长，这样鹞子放起来平稳，不会打软扑。吊好脚线，还须提起鹞子，在轻的一端贴上小纸片，直至平衡。最后给粘上尾巴。

放鹞子的线，大多用棉纱线，在小杂货店购买，两分一绞，有蓝白两种。绕线工具，简单的就用一根竹筷或木棒，边绕边旋转，绕成一个青果形的线团即可。但我要去做一部那时很时髦的摇车。这种摇车用两块长约三寸，宽约一寸的薄木板，两端夹两个洋线团的木心做成线框，在其一端订一小竹管作手柄。中间以一大洋钉作转轴，钉的两端各垫上一两枚铜钱。再装上一尺长的木手柄，在手柄前端旋入一圆眼螺丝，以固定线的收放方向。这种摇车收、放线速度快，方便实用，还是放鹞子老手的一个标识。用手拨动线框，摇车会发出“嚓，嚓，嚓”的响声，这声音清脆、悦耳动听。

“儿童放学归来早，忙趁东风放纸鸢”。

每天下午放学，我回家丢下书包，就一手拿着摇车，一手擎着鹞子，急急向浇花滩赶去。

浇花滩，在西小河南街，位于安乐桥之南，是翠紫河入圣堂漾口北岸的一块河滩头，长宽各约50米，南边河面开阔，北边无电线杆等高物，其地形地势，都是放鹞子的风水宝地。

此时的浇花滩，风和日丽，满滩是放鹞子的孩子。放上的，正昂首凝视着空中；未放上的，正拽着鹞子在急急地奔跑；有的还蹲下身子在粘贴鹞子尾巴。天空飘浮着各种鹞子，较多是规整的方鹞子，也有圆头尖尾的鲶鱼鹞、干字形的衣裳鹞、双弓形的蝴蝶鹞、凹凸形的瓦片鹞、憨憨的头鹞。尾巴有长条形的单尾巴、有飘带形的双尾巴；有练条形的，圆环形的；颜色有白色的，也有彩色的。地上童子嬉戏，其乐陶陶，天空鹞子摇曳，逶迤多姿，浇花滩犹如一幅欢乐的“童子春戏图”。

到十三四岁时，除了大人放的蜈蚣鹞、老鹰鹞外，我几乎糊过、放过所有孩子放的鹞子。那时的孩子学习模仿能力都很强，许多事情一看就学会做了。

放鹞子，也是“七分靠风，三分在人”。风力正劲时，只要让鹞子正面迎风，提着线高过头，抖抖放放，人在原地不动，鹞子就可凌空而起了。风力尚微时，则须拽着鹞子一边跑一边放线才行，有时，还须同伴配合，帮你双手举着鹞子，你喊“一、二、三”，同伴将鹞子往上一耸，你同时拽着鹞子跑起来方可。

放鹞子，还需有耐心。刚放上的鹞子，不能连续挺（放）线，必须一张一弛，挺挺停停，这样反复多次，鹞子才能放得高放得远。鹞子放到了一定高度，还必须用手给线搭脉，感觉鹞子受到风力的大小，据此来决定是放线还是收线，以免负力过载而断线。

空中飘浮的鹞子，受风力和风向所驱，多姿多态，它们时而爬升，时而横移；时而摇头，时而摆尾；时而文静，飘似浮云；时而舞动，翩若白鹤。

空中飘浮的鹞子，有时，就像我一位亲热的朋友，在空中翱翔，它会点点头给我打招呼，也会抖抖尾巴向我炫耀，有时还会左右摇摆几下显示出得意快乐！

空中飘浮的鹞子，有时，会与我心灵相通，我仿佛也随着鹞子飞上了天空，伴春风，共白云，无拘无束，自由地飞翔着，我俯视着街道行人，河流小船，春光远览，目不暇接。

儿时贪玩。放鹞子时，还会变着各种法子寻乐。我喜欢把摇车端在胸前，挺线时发出的有节奏的连续的的“嚓，嚓，嚓…”的声音，就像“扫机枪”。有时，我还会把摇车放在地上，让鹞子拖着摇车在地上翻滚，慢慢地向河滩坡爬去，叫鹞子拖摇车。我还常会在线上串上一个纸圈，让纸圈随风慢慢飘荡上去，直到鹞子脚线前，给鹞子“送信号”。有时甚至会突然惊叫一声“断线鹞啦”！边喊边拿着摇车向前跑去，让鹞子真的像断线似的……

放鹞子，也会偶遇危机，气流的变化，冷不防鹞子就会翻起筋斗来，遇此险情，千万不能慌忙收线，你一收线，无疑是火上浇油，鹞子就越翻越烈，甚至一头栽下去。你只能用欲擒故纵之计解危，慢慢地放线，如此鹞子就翻不起筋斗，停停放放，稍待一会风向稳定了，即化险为夷了。

因线的瑕疵，风力突变，旁边翻筋斗鹞子的干扰等，放断线鹞，有时也在所难免。君不见电线杆，大树上挂着在风中挣扎的鹞子吗？我也放过断线鹞，当发现自己的鹞子突然摇摇晃晃，有气无力地下落时，我就会惊叫起来，并急步向前跑去，心想抓住那根断线，但留下的总是无奈。“游丝一断浑无力，莫向东风怨别离”，望着慢慢向远方飘去的鹞子，心中虽有几分不舍，但常有几分坦然。因它留在我心中的不是那“一声叹息”，而是自己在放鹞子中，自然而然地体味出来的一种别样的情趣；真的，也是一种难忘的记忆和经历。

风在塘栖

张文志[1]

五月的风挟着轻寒从桥上吹过，运河的水在桥下泛着涟漪应和。漕运来往的船只溅出的水花淹没在厚重的光阴里，只有风从古到今不曾停歇。

一

桥上的人来了又去，一拨一拨，这座京杭大运河上独一无二的七孔桥——广济桥，正如江南的不沉之舟，承托了人们不停来往的脚步，也承载了他们点滴的过往和当下。历史的河流冲刷了时光，侵蚀了岸埠，它带着沧桑从唐风宋雨里走来，走过元明清的朝代变迁，走过抗战的烽火，走过时代的风霜，挺立至今，挺出塘栖的风骨。

久远的故事已无从考究，一些轶闻旧事仍流传在塘栖人的口中，塘栖文化促进会的胡建伟老师带着我们在水北街上慢慢行走，把它们缓缓地打开。

① 作者简介：张文志，女，浙江台州人，浙江省作家协会会员，现为《台州文学》编辑。

一个生平不可考的男子，据说是抗战时塘栖一个什么会的会长，在日寇的逼迫下，百般周旋，保住了塘栖所有女子的名节与安全，因此在水北街的慰安妇所里，有朝鲜，有天南地北的中国妇女，唯独没有塘栖的。这个姓名不详的人，如今已无从知晓他的音容风貌，只想象他一边点头哈腰极尽谄媚之事，一边又是怎样艰难地在夹缝中为父老乡亲，为国为家为抗战，做一点力所能及的有用之事。我们无法要求战争时期的普通人如何崇高，但至少生死、情义之间，他不曾忘了根本。或许他无力为国家抛头颅洒热血，只能为生养自己的这方水土尽一点绵薄之力，并无从计较为之付出的尊严和财富、漠视和辱骂等等代价。历史也无从考证对他的公平与否，回归理性评判，是非功过并不可以简单一刀切下，在时代的重压下，人性的挣扎与复杂才是真实，塘栖人在水一样的顺变里仍有桥石一样的风骨。

站在桥上，风夹着雨丝钻入伞下，运河像飞天舒展的广袖，从两侧从容远去，在时间的褶皱里又抖落一个人物——20世纪90年代的一位塘栖官员，在“拆迁”的大跃进时代，他留下了现在的水北街，力排众议，费尽波折，挖了一条“新运河”作为绕道的水路，保存下了已不符合时代需求的广济桥。一时的经济利益和不可估量的历史价值，塘栖人都作出了明智的选择。听着似乎是一个平淡的故事，可是坚持“逆流而上”的风险对身处漩涡的个人而言不可谓不巨大。桥将替后人、替历史记住他。

下桥，站在熙熙攘攘的人群中回望，长虹卧波一般的广济桥，在烟雨里沉默，和桥石缝隙中倔强生长的剑叶凤尾蕨一起倒映在水面，静默地记录了、见证了曾经发生的一切，留给我们的是对塘栖风骨一个新的认识。

二

水北街上的十几家老字号，生意兴隆，日夜流淌的京杭大运河丰满了塘栖的血肉，漕运的实用功能繁华了塘栖，给它带来乾隆六下江南三宿塘栖的荣光，高大的乾隆御碑更是刻下了塘栖曾有的辉煌。而这条千余米的小街上，如今又岂止一个御碑在展现塘栖的风采。风雅的塘栖人，沿街设立了方志馆、谷仓博物馆、文化促进会等文化场馆，用文化记录塘栖，宣传塘栖；除了专门的文体中心，还利用街角拐弯的空置房屋，成立社区图书馆、书吧、社区志愿者服务中心、外来务工人员之家等等，把文化延伸到每一个角落，把人文情怀衍射到每一个走过的人身上；亦如河西埭等村落的农村文化大礼堂，是最基层的文化基地，最根本的文化基石，也是塘栖力求建立的文化地标、精神家园，在耕读书香、孝悌礼仪的传统里嵌入新时代的农村特色。

塘栖人注重文化，弘扬传统，把工作种植在泥土里，开出了许多芬芳的花。这个弹丸之地，竟有清水丝绵制作技艺国家级非遗1项，水乡木船制造技艺、蚕圆与蚕桑生产习俗等省级非遗4项，县市级非遗27项，其他各类非遗800多项，让人瞠目之余不由惊叹佩服！同行的塘栖文体中心副主任孙晓云，年纪轻轻，却对塘栖的文化发展了如指掌，讲起塘栖的点滴如数家珍，对塘栖非遗项目和非遗传人的介绍更是信手拈来。她带领我们到塘北村，整个村在各家的小楼上挂着分工明确的“缫丝”“抖丝”“织土布”等旗帜，当缫丝传人合作默契地烧起土灶，用笊篱一样的工具缫丝时；当一群阿婆熟练地剥开煮熟的蚕茧，抖出小兜、大兜时；当一位中年妇女用木织机熟练地织出美丽的土布时，我们深深地被折服了，仿佛中华数千年传统农耕生活的画卷就此展开。褪去生存压力后的缫丝织布的行为，体现的是塘栖人对传统的重视、保护和复兴，他们化世俗为风雅，把最本质的东西赋予新的内涵，把千百年前的古风留存至今，吹遍塘栖的天空。

三

我们走到三条半弄。这是因水成街的塘栖曾经的72条半弄里仅存的硕果。一条沈家弄，一条郁家弄，一条半的太史第弄，约7000平方米的明清建筑，层层叠叠，典雅幽深。门面虽不起眼，内部却别有洞天。三四百年光阴的烟熏黑了砖墙，折旧了木柱。行走在窄窄的巷弄里，蹬蹬的足音回荡，紧掩的门扉关住的故事决不轻易外泄，我们只在时间的痕迹上作些微地窥探。屋与屋交界的墙根，“修厥堂墙界”“开泰元墙界”的字样，在岁月里沉淀出一种清清楚楚、明明白白，是塘栖人低调内敛品格之外的一份清白公正和智慧。

临河的廊檐下，一群老人坐在美人靠上，有轻声闲聊，也有沉默不语。一位古稀的老者抱着一只小小的西施犬，像抱着一个小小的孩子。面对我们，小狗摆出和孩子一样好奇而羞怯的神情，偷偷地看你一眼，又埋入老人的怀里。老人用手轻抚着它的脑袋，温和而宠溺地笑着。

有一个男子在廊檐下摆摊，无非是十块三双的袜子之类，雨天生意清淡，也不见他急躁，坐着摆弄手机，只等“愿者上钩”，也是自得的。

出了廊檐，在一家饭店的后门，一只小小的花猫似乎把尾巴绕在嘴里，像把辫子衔在嘴里踩着轻盈舞步的少女一般，向我们奔来。同行的韩小蕙老师惊呼：“看，它嘴里衔着鸡脖子。”我仔细一看，既不是尾巴也不是鸡脖，而是一段长长的鸭脖，于是说：“是鸭脖”。“它偷吃——哈，偷吃还这么不慌不忙？”“胆够大！”小猫斜睨了我们一眼，节奏不改地向边上的草地迈去。饭店边上的门开了，出来一个黑衣服的女人，我们说小猫偷吃。她抬头看了一下，笑着说：“真的哦。”也不见她急，不见她骂，笑眯眯地看着那小坏蛋窜入草丛，才去敲饭店的后门，说：“鸭脖看好喽，小猫偷吃了。”饭店里也没人出来，只有一个声音不紧不慢地响起：“好嘞，知道了，谢谢啊！”

我们对视一眼，不禁莞尔，明白这小偷是缘何胆大了。这是我们看到的塘栖最有趣温馨的风景了吧。

在街上，又碰见一只黄色的小猫，我们看它，它也看我们。韩老师弯腰摸它，它很享受地在她手心蹭着脑袋。我们要走了，它绕着我们走了一圈，有些不舍，却只目送我们离开，很有欣然相见，淡然相别的气度。让人不由感慨，是怎样温和质朴的民风才熏陶出如此温文可爱的生灵呢。

后来又遇见一只腊肠狗，没有链子，脑袋上顶着主人贴的半张疏通下水道的小广告，在川流的人群中很醒目。主人也不大管它，只偶尔回头看看。这大概又是塘栖人不动声色的幽默与机智了。

四

我们上船，在丁山湖上游荡。时间似乎落在湖里了，带着水汽，走得缓慢而悠闲。风贴着湖面吹来，雨是细的，风把它拉得更长，一丝丝的像塘栖人缫出的蚕丝抖在了水里，织出一片一片湖水绿的绸来。所以丁山湖上的水波与别处是不同的，它没有鱼鳞状的片片甲甲，不波光粼粼，不波浪起伏，不水花飞溅。它沉稳，风起云涌落在眼里也只是一个笑脸；它深邃，世事变迁也只是亘古长河里的一个节点；最主要的是它柔软，它是丝绸在微风里的轻轻抖动起伏——只能是微风，或者说它的一处波纹就是一匹丝绸，它就是由一匹一匹的丝绸连起的湖。

船如一把利剪，悄无声息地把它裁开，裁出的华裳一展，就美丽了无数诗句。

湖也是有岸的，岸边的水草应着湖的节拍招摇、生长；水湄的杨柳垂在岸边的屋旁，如浣纱的少女；屋前房后满满的枇杷，正在骄傲地展示金色的果实。数百年前曾作为唐宋皇室的贡品塘栖的枇杷是应该骄傲的，就是现在，它仍然是闻名遐迩的名果，慕名者纷至沓来。

水岸上的人家，一色的粉墙黛瓦，每家每户屋旁都有一个小小的埠头，拴着一只或两只漆黑、陈旧的小木船，船桨横在一旁，有些慵懒，又有些期待的模样。船旁偶尔竟有鱼儿毕剥跃起，跌入水里的瞬间就模糊了时光。

“逐水草而居，是我们先人数万年前的生活，它传存在我们的基因里，流淌在我们的血液里。”丁山湖的水是一面镜子，“我们在其中看到古老得让人忧伤的农耕生活的清晰影子”。拴船的木桩苍老而硬朗，它曾拴住湖上人家多少不曾被外人所知的美好日子啊。

有白鹭飞起，惊鸿一瞥，翩然远去；有灰鹭继而高翔，盘旋半空，灵动自在，与湖上散淡的时间相映成趣。

人在船里，愉悦弥漫全身，只想船慢些，好把丁山湖的风情细细地一层一层地剥开，品尝个够。

一条栈道沿着湖岸而建，与水岸人家相依相贴。塘栖人总是有办法在开辟新天地的同时，也从不忘记留住旧物什，然后在旧的日脚里打造出新的风情。

到了超山的梅园，一切，蓦地有了一个极致的旁白。安葬一代大师吴昌硕的“十里梅花香雪海”里，有五大古梅占其二的唐梅、宋梅的古韵，有六瓣梅的稀有珍奇，有一路石刻的诗文，有大师的遗风……梅的风景里是梅的风骨、风雅、风情，这又何尝不是塘栖人千百年来积淀而成的风骨、风雅与风情呢。

去“外婆桥”

孙汉民①

摇啊摇，摇啊摇，
摇到外婆桥。
外婆叫我好宝宝，
抱在怀里轻轻摇。
问我爸爸忙不忙，
又问我妈妈好不好。
小姨牵我手，
外公把我抱。
外婆煮南瓜，
给我蒸糕糕。
舅舅上树去，
给我摘桃桃
……

喃喃的童谣声，似耳语，如蚊鸣，伴我入眠；似歌声，似仙乐，让人

① 作者简介：孙汉民，男，塘栖人，原四川省乐山师范学院旅游地理系主任，副教授。

踏实，觉得可依可靠。童谣不断变换的音调、速率，伴我从梦中苏醒。朦胧中，望着头顶楼板下、不停晃动的水光波影，似云彩、是梦幻。仿佛还躺在船舱的仓板上，竹榻似乎随着门前北小河中的波浪，在晃动。难道我们又在摇向“外婆桥”？屋檐下，穿梭的燕子，引动着泥窝口乳燕的“喈喈”声，悦耳动听。在习习凉风中苏醒过来的我，总能见到坐在身边的外婆，手执一把蒲扇，轻轻地对着我摇晃着，身穿一套短袖大襟黑布衣裤，一脸慈祥。这是我，至今还十分清晰地记得的童年的梦。

我有众多的弟妹，母亲的怀抱里，总有婴儿要抚育。外婆成为家中的主角。买菜煮饭，缝补浆洗，一刻不停地忙这忙那。对众弟妹爱护有加，关怀备至。外婆，国字脸，眉清目秀，身材修长。因出身于大户人家，打小起缠脚，故而，走起路来，颤巍巍的。在我们弟妹的心目中，外婆比妈妈还要亲热。听妈妈说，外婆从小起，就是个当家姑娘。虽说没有进过学堂，但她心灵手巧，算账理家，杀伐决断，使人叹服。家里家外，拿得起，放得下。缝补浆洗，纺纱织布，裁衣做鞋，描画刺绣，上灶办席，腌菜酱腊，裹粽打糕，无所不会。幸运的我们，穿着外婆亲手剪裁、缝制的衣裤，脚着外婆纳底、做帮、上线的鞋子，天天吃着外婆煮的饭菜。有时，还能吃到外婆主持打制的年糕，和亲手裹制的糯米粽子。我们是在外婆的关爱下，慢慢地长大的。

记得三弟刚会走路时。一天早起，一向生龙活虎的他，像被谁抽走了脊梁，东倒西歪的，站立不起来。这可吓坏了妈妈，外婆一见，二话没说，立即下楼去熬了一碗稠粥，一匙一匙地喂下。不大一会儿，三弟又东奔西走了。外婆说，这是饿了。叹息道，孩子不经饿啊！这件事，一直在我弟妹中传说着，直到如今，我们深深地怀念着早已远离我们而去的外婆，直到永远。

说起外婆家，那可是个好地方，远近闻名。就在观看世界奇观“钱江涌潮”的观景地：海宁盐官镇，观潮台后的海塘下。绿荫掩映，池塘阡陌，小桥流水，瓦房鳞次栉比，那就是外婆家的村庄。条石垒砌的宽大的海堤上，躺卧着巨大的镇海铁牛，坐落着香烟缭绕的海神庙，直指苍穹的镇海宝塔，还有许许多多好玩的地方。终日游客如云。那一年，爸爸要去上海做事，离开水乡古镇。妈妈要带襁褓中的二妹去照料他的生活，尚余三岁的我在身边，碍手碍脚的。那个年头，去上海做事，真像如今进城打工的农民工，生活绝不安定。深夜的被窝里，听爸妈商量良久，最终，决定将我送到外婆家，我窃喜。神往已久的“外婆桥”，我要来了！

次日凌晨，我们一家四口人，在门前北小河的河埠上，下了一条小木船。船缓缓地驶去。夜深人静，到了一个集镇，船家说，这是长安镇。于是，就在街旁的河埠停靠休歇。我知道，长安，是海宁的一个大镇，外婆的娘家可是这镇上的大户人家。我说：“何不去舅公家？”妈妈说：“傻孩子，这种情况下，怎么能够去打搅人家？俗话说得好：‘富在深山有亲访，穷在街头无人问’。”这句话，深深地刺痛了我稚嫩的心，却教给了我一个永恒的真理。我躺在窄小的船舱里，彻夜不停地翻身。天蒙蒙亮，街上的小吃店陆续生火开张，爸爸上岸去街上买了些早点，供大家果腹。中午时分，到了盐官镇，上岸雇了两辆人力车，将我们送到了外婆家的大门口。恰巧，大约十岁的小舅舅放学回家，看到了我们，欢笑着往大门里冲去，边跑边叫。一会儿，外婆出来了，脸上堆满了笑容。伸手将我从车上抱下，又从母亲怀抱里抱过妹妹。舅舅的大狗阿黄蹦跳着，穿梭于我们的腿际身边，不停地摇晃着尾巴。

那时，我太小，加上年隔久远，关于外婆家的印象，只能根据脑海中残存的一些不很连贯的场景，加上儿时大人们片言只语的零星讲述，拼凑补缀，“编辑”成集。仿佛如今某些剪辑得十分糟糕的影视镜头，时而模糊，时而清晰。亦真亦幻。

外婆家的村子，名叫“陆家牌楼”。外婆家的院子，是村子里的主要建筑，院落几乎占了大半个村庄，高墙深院，气势恢宏。却名“朱家大院”，颇使人费解。黑漆的大门两侧，有石鼓，石狮，上马石。门前院子正中，立着一枝高高的旗杆，旗杆的上端，还有一个方形的刁斗。这一切，都述说着院子主人昔日的辉煌。此院子，在当年乾隆皇帝下江南时，曾与盐官镇堰瓦坝上盛极一时的、著名乡宦陈阁老陈元龙的大院齐名。大院中，住着朱姓一族人，外婆家是长房，在这大院和村子里，人缘都很不错，享有崇高的威望。长住村子里的朱姓人家，其实并不很多。多数在上海，在海外。或经商办厂成功当了老板，落户外乡。或去帮衬乡亲，投靠帮佣打工落了户，回来接走了家人。

从黑漆大门进去，沿着照壁前，右边羊栏旁边的深巷进去，途经几个侧门，从其中的一个侧门进去，才是外婆的家。厅房内，仍是一般农家的陈设。甚至于过分简陋，像是经历了一场持久的劫难，一贫如洗。朱家大院如今已不复存在，它的命运，在往昔那个十分荒诞的岁月里，注定是躲不过那一场浩劫的，被彻底地拆毁、铲平了。只是残存在一些老人们口头上、记忆里。留下的只不过是一声声深沉的叹息。

外婆家只有外婆和小舅俩。原本还有小姨，只比我大几岁，但她还在腹中时，外公就去世了，家中断了生活来源，生下来刚满周岁，便抱给了姑妈抚养。姑妈两口子，无儿无女，在不远的斜桥镇上开了一家杂货铺，便收养了她。那个兵荒马乱的年头，原在盐官镇上当个收税小吏的外公，卧病数年，撒手西去，家中的田土家什，典尽当光，家徒四壁。总算还剩下了祖屋可居，和宅边的三分园地。外婆十分要强，把全部希望寄托在小舅身上，自己苦做苦熬，挣钱供他去盐官的学堂里读书。小舅每日朝出晚归，中午带饭。小舅读书也十分努力。路途遥远，人又小，怕路上受人欺负，养了条大狼狗作为舅舅的伴随。

海宁盐官，历来是观潮的胜地。“八月十八潮，壮观天下无”。每年农历八月十八，数万观众，蜂拥而来，以领略天下奇观钱江潮。能一观如此壮美的胜景，实乃是人生一大乐事。然而，每年的观潮日，总会发生一些不幸的事，常常听说有人被潮水卷走，死于非命。真所谓是乐极生悲，一喜一悲，常结伴而行。幼年的我，也曾亲眼目睹过这样的一个场景，令我多少年后尚心有余悸。事情是这样的：我到外婆家的次年，八月十八前后，盐官照例从各地来了许许多多的观潮客，其中尤以上海客为多。着实让陆家牌楼和盐官镇，大大地热闹了一番，村民们趁机摆个小摊，卖点瓜子、花生、馄饨、年糕什么的，挣几个小钱补贴家用。游客多数为年轻人，也有一家一家来的，有的还是开着“小包车”来的。在20世纪40年代，能开私家车来观光游览的，实非一般平民百姓，不是达官贵人，便是富商巨贾。那天，外婆在石塘靠后的地方摆了个茶摊，我坐在摊位后的小竹椅子上。前后石塘栏杆边一线，人头攒动，语声喧哗。忽然听到人们呐喊："来了来了！"齐往前拥，以一睹钱江潮水之壮观为快。"砰"地一声震天巨响之后，被击上石塘的水柱，"哗"地转瞬间化作了一场倾盆大雨，劈头盖脸地泼向人群。淋成了"落汤鸡"的人们猛然后退，四散逃离。这一切，只不过是发生在瞬息之间的事情。一阵喧闹过后，只听到惊叫声中夹杂着哭声。听得外婆喃喃地说："唉……作孽！又有人被潮水卷走了。"空荡荡的湿地上，一个西装革履、戴着金丝眼镜的中年男人，高举右手，手指间攥着两根阳光下金光闪烁的金条，回顾四周的人群，高声嚷道："有谁救救我的阿囡，我送他两根'黄鱼'！"望着汹涌前进的浪花中，翻滚沉浮的黑发身躯，村子里的年轻人，几把扯下褴褛的上衣，扑通扑通地跳入了浪涛翻滚的江中。村子里的老人们，哭喊着冲上前去阻拦，根本无济于事。一时间，哀嚎声响成一片。其结果是下水的人，无一例外地到了另一个世界。如银的月光下，随着疲倦的回潮，年轻人的躯体，被江水静静地送回到石塘下的沙滩上。哀号声撕心裂肺，惊心动魄。

晚上，外婆对时而从梦中惊醒的我，喃喃地说："年年如此，都要死几个人。都是因为穷！唉……两根金条，如今能买好几十亩上好的田土哩！明明白白地是去送死，却还是争先恐后地往下跳。作孽啊，真是作孽！"明亮的月光下的屋外，不断地传来凄厉、嘶哑的喊魂声："阿囡，夜深了，好回家了！"惨不忍听。我用棉被使劲地蒙住头耳。我在外婆家没住多久，随着父亲在上海拼搏的失败，我们一家又回到了那个江南小镇上。外婆也带着小舅一起，随我们一起回了家。小小的舅舅成了我父亲的学徒，学习牙科技艺。这也不失为一条出路。从那时候起，我再也没有机会去外婆家了。

呵，"外婆桥"，美丽而又凄迷的"外婆桥"！我童年梦中的"外婆桥"！时光过去了六十余年，人们常说，时过境迁。但往日的某些情景，至今尚历历在目，虽说不十分连贯，恰又十分清晰、真切，宛如一个永远不会结束的梦。

呵，我的"外婆桥"！

燕子

姚志勤[1]

燕子堪称鸟中精灵，它们筑巢于屋檐下房梁上，特别亲近人类，而且与人同居。它们冬去春来，绝不会认错主人。在春夏秋季节里，一只燕子起码要吃掉数万害虫，燕子是害虫的天敌，庄稼的保护神，因而备受人们的青睐和保护。小时候居住的老屋里，每年都有燕子在房梁上做窝，最多的一年有三对燕子飞来，在一根梁上做了三个窝，燕子叽叽喳喳热闹非凡。记得有一次，几只燕子正在房梁上呢喃，母亲轻声地对我们说："你们听，燕子在说话呢，'燕子燕子，不吃你米，不吃你粞，借你高梁生个子，生个子。啥人保护我的子，走出门槛拾金子，拾金子。"接着母亲又说："燕子是家鸟，碰不得啊！谁捉燕子伤害燕子，谁就会生疮长癞痢头。"其实，她是在吓唬小孩，目的是教育我们不要伤害这些可爱的燕子。听完母亲一席话，我们反问道："你怎么能听懂燕子的话？"母亲笑着回答："我小时候也是听你们外婆教的。"

春暖花开时，房梁上三窝雏燕都孵出来了，每窝都有十来只，这可忙坏燕子夫妇，天亮后只要大门一开，它们就急急忙忙地飞出去觅

① 作者简介：姚志勤，笔名果子，女，仁和镇人，曾供职于塘栖第三小学。

食，为小燕子叼来丰盛的早餐，它们穿梭般地来来往往飞进飞出，那些小燕子的胃口似乎也特别大，好像总也吃不饱，成天在窝里嗷嗷待哺。有趣的是，小燕子们很讲卫生，拉屎时把屁股往窝外一挪，将屎拉到窝外。父亲就想办法将旧簸箕、竹篮之类的盛具挂在燕窝下，垫上硬板纸，接住燕屎，以免弄脏桌椅板凳和地面。

在燕子夫妇的辛勤哺育下，渐渐地小燕子羽毛丰满长大了，常有小燕掉到地上，它们飞不动跑不快，稍不留神就会成家猫的美餐。此时，父母就关照我们，看到落地小燕要加以保护，让大人架梯放回窝里。有一天我们惊喜地发现，三窝小燕子终于都出巢了，成群的燕子在屋里飞来飞去，它们又不时地飞进飞出，老屋里整天紫燕绕梁，一派祥和景象。

光阴荏苒，几十年转眼就过去了，父亲也离开我近30年了。我们兄弟姐妹都像出巢的小燕一样，离开了世代居住的老屋，外出工作结婚生子买房。现在老屋的地基上，住在城里的哥哥又回来拆了老屋盖了新房。但逢年过节，我们又像燕子一样回到老家。但老家再也没有父亲，新居再也不见燕子的踪影，有时会想念，不知燕子现在在哪里繁衍生息……

许家孃孃

赵晓燕[①]

我的母亲生性聪明，为人善良谦和，隔壁邻舍都跟她讲得来。她结交的老姐妹很多，且大都贫苦。旧人旧事历久弥新，许家孃孃是我至今记起仍为之动容的一位。

许家孃孃姓盛，住在市新街一条我叫不出名字的弄堂里，离我家几步路，记忆中三朝两日来我家白相的。问姆妈讨点茶叶末子，借两三支“旗鼓、雄狮”香烟是常事。她的丈夫是从前塘栖国民党手里的什么司令，解放后死在牢监里。一个女儿，居住不远的杭城，却从未见她来过，也从来听不见许家孃孃说起女儿。倒是有一次我去她家寻姆妈，碰巧看到她和二郎、三郎俩侄在天井里谈笑风生，看上去姑侄关系甚好。

许家孃孃是旧时过来之人，虽昔日风光灿烂，很有经历，但不善操持，更无啥营生，只在市河对面的缝纫组里做点小生活，这遗孀的窘况可以想见。冬日里一件大襟棉袄只有一件罩衫，罩衫洗了便没得换，这天她就不出门了，老底子过来的人都领教过塘栖冬天的严酷，脱壳棉袄人们是吃不消的，身上空荡荡的像赤膊一样。遇上落雪天，只好不

① 作者简介：赵晓燕，女，塘栖人，现居福州。

洗，让伊脏去。但是，我要说但是，你别想从她脸上窥见一丝丝“罪过”相。老人身材高挑，腰板笔直。特别是她的走相，脚步很轻，却很实；眸子很有神，眼里似笑非笑，左顾右盼是绝对没有的，年轻时不知何等美人！有一回我在街上老远就看见她了，想走近一点再叫吧，眼睛可没离开她，然她的眼波余光硬是没觉察，直到我一声“许家孃孃”，她的视线才缓缓移动，笑眸子里跳跃着点点光亮，那种修养是骨子里渗出的骄傲，含而不露。时到今日，我对她那种笑容依旧难忘。

以前的蓝卡其布穿穿汏汏正面就褪色泛白了，不好看，里面却依然像天空一样碧蓝如洗。于是聪明的、会过日子的塘栖人就拆了旧裤翻个身，冒充新的了。我小时候也穿过。许家孃孃就常干这活，她在缝纫组做生活，人家都是自带缝纫机入组，她没有。只有见缝插针地“乘机之空”，“毫烧，毫烧”地抢一点踏踏，到底又是半路出家，不会裁剪，只会踏踏。除此也就是打打补丁，放放裤脚边。小人裤子嫌短了，裤脚边拆开接一块，叫做放裤脚边。最多做个小孩衣服和内衣内裤，踏一件衣裳的技巧在上领头和袖子的功夫上，偏偏是她最怵的，便常来我家向姆妈讨教。我家有部飞人牌缝纫机，是姆妈的“吃饭家什”，全家人的穿戴都靠这部飞人牌。姆妈耐心，很是诲人不倦的。不过常常是一件生活，教完了也就做完了。一个不善人师，干脆利落地代劳了；一个不得而知，下回依然仍旧。老姐妹俩似乎都乐此不疲。姆妈不干活时，或一个小生，一个花旦，一搭一档“林妹妹，宝二爷”的小声哼哼着，渐入佳境，许家孃孃的兰花指便跷起来，煞是好看，但她只文气地坐着比划，从不站起做的。那种优雅恬淡的矜持，叫你觉着，即若米缸里已无颗粒，她也是不肯露怯的。或在一旁扯着姆妈永远听不厌的老话，一双簇新白缎子绣花舞鞋，只因跟他生气，下雨天呐，竟这么跨出门槛自顾走了。话往昔，许家孃孃的脸孔竟红潮浮泛，却看不见炫耀、造作，是对幸福的纯粹追忆。说到动情时，眼眶里湿蒙蒙的，我也极爱听。人，即使不再有花好月圆，也可以把美丽蕴藏在残冬里。姆妈感叹，老来苦，是真个苦。

许家孃孃跟母亲其他老姐妹最不同的是深谙世故人情，处事娴熟而自然，我想，如果那会儿有心理咨询服务就好了，许家孃孃定是不会饿着的。

母亲与三哥一向关系紧绷绷，绷断了就吵。小吵、大吵、冷战，逐步升级。有一次，生活压力太大的三哥竟然把饭桌掀起。那时的我们都小，尤其是我，吓得小老鼠似地缩在角落里。我是分明看见许家孃孃把已跨进墙门的一只脚抽回，转身回去！我惊愕。但是第二天许家孃孃特特地又来了。不问缘故，半句不插，静听母亲哭诉。待母亲倒完苦水，她一声长叹，晚娘难做的！只见母亲已然平静许多。许家孃孃又把昨日细细道来，“我要进来了，不但相劝不了，他无趣，反倒愈发‘人来疯’呢！”一个优秀的倾听者，波澜不惊，不着痕迹，却胜千言万语。许家孃孃不简单！

只不过许家孃孃毕竟优裕惯了，又不善操持。她楼上出租给吴家，自己住楼下，天井、灶头间共用。房租收入五块钱，常常是月中就花光了，还要吸点烟，吃点茶，还有半个月哪，她就来找姆妈借。她不叫借，叫“调头寸”。可那年月谁家有啊？实在没办法，姆妈就两支烟，无非“雄狮、旗鼓”、一把茶叶给她，不叫还了。蒋豫生的《塘栖旧事》中对许家孃孃也有描述，一些细节读来令人酸楚，老人烟瘾难熬，在烟罐里寻烟蒂吸，面皮老老与吸烟的路人搭讪，讨口烟吸。我曾奇怪她为何不戒烟？母亲说这是从前吃乌烟的缘故，还好共产党来了，强制戒鸦片，否则她今朝更不堪设想，真是苦相摆出了。现在说来凄楚，许家孃孃还向我这个小人调过“头寸”。原来，家里打酒、打酱油的活归我，找出一分、两分的姆妈就赏我了，加上卖空瓶头、破布头、肉骨头的零碎，都归我，她晓得反正我也舍不得用的。天长日久，攒三聚五的就有了两块五角！姆妈来做我工作，先借给许家孃孃用用，还你的。许家孃孃笑容可掬地在边上等着，还要听故事的，小心眼里再舍不得也不好意思不拿出来。想不到的是，许家孃孃她自有她的规矩和做派，还我时竟多给两角。姆妈不肯，两角，好吃一二天味！许家孃孃自有说法，小人嘛，让她开心点，我也开心，下趟借也好借呀。姆妈说，许家孃孃手松惯了。这就是许家孃孃，性情使然，哪怕囊空如洗，哪怕是活命的铜板，规矩与做派是不改的，即便是在一个孩子面前。写到这里，心里五味杂陈，怅怅然。

许家孃孃爱看书，均是线装书。一口旧橱，屈指可数的几件破旧衣裳与线装书和谐共处。临窗一张四仙桌，吃饭，看书。每每去她家，形只影单的许家孃孃总是临窗而坐在看书。我想，幸好许家孃孃有书为伴，把那孤苦化解许多。许家孃孃书看得多，也讲得好，要好的邻居们谁不爱听！我至今还清楚记得许家孃孃说书的风采，可谓神采奕奕。那好听的南浔吴语，字字清清软软送进听者的耳鼓，她条理清晰，感情饱满。讲《庵堂认母》，当说到志贞三师太见儿子吃鱼，第一筷就直取鱼眼时，好似鞭子抽打在志贞心上，一声“啊呀！”“怎地与他一般模样？！”听得众人心也随之一紧。几十年过去，只要吃鱼，见那白白的鱼眼时，耳边都会响起“啊呀”声。就会想到志贞三师太的儿子吃鱼第一筷就直取鱼眼。

最要感激许家孃孃在我没有书读的日子里，是她的“封、资、修”故事，填补了我无聊的少年空白。我求告她给我讲“封、资、修”，我懂事，她因此而耽搁的生活，不用大人说，自动帮忙补上。踏红臂章，木头人也会的。“文革”期间，各地战斗队波涛汹涌，塘栖自然不甘人后，而每个战斗队员一律带一个鲜艳的红臂章，就是有了身份，神气极了。许家孃孃所在的缝纫组遂捡拾了许多这种木头人也会的生活，一人分一沓，大家也会照顾她多几个红臂章。许家孃孃没有缝纫机，就到我家来做，那些“才子佳人、忠孝节义”的故事就在这样的情景下悄悄说开了。在文化大破坏年代，一切统统是“毒草”，对于被拒校门外的我，那些“才子佳人、忠孝节义”委实是甘霖，是中华民族传统文化的启蒙教育，现在可以叫国学。天冷，母亲把煤球炉拎进房里，关紧房门，栓紧门闩，泡好茶，开讲。许家孃孃的说书技艺，在我，是最高水平。她声情并茂，表情丰富，语音跟着故事情节忽高忽低、忽快忽慢。《志贞三师太》《红楼梦》，我是听得如痴如醉，食不甘味。听到“庵堂认母”“宝玉哭灵”，我早已是眼泪鼻涕、抽抽搭搭。每天都要讲到天漆黑一团，肚子饿得咕咕叫，仍是意犹未尽！每次母亲有心留她用饭，而她每次都是不肯的。最多手心接一小把茶叶算作我的“束脩”。因着此种佳境，我那没有书读的日子，童心不猥琐。今天值得一提的是，许家孃孃对于《红楼梦》里的人物有她独到的见地，她说她不喜欢林黛玉，小里小气，碰碰就哭；她喜欢薛宝钗，是个小姐样，稳重大方，温良贤淑。丫头里最欣赏紫鹃，忠诚勇敢，良心好。

记得1974年4月第一次享受探亲假，母亲的老姐妹这么多，我独去看望了她。在木桥塊下致和堂弄隔壁的食品店里买了五角钱小鸡蛋糕。那会儿小鸡蛋糕五分钱两个，五角钱满满一纸袋。我手托鸡蛋糕，兴冲冲而去，推开墙门，临窗独坐的许家孃孃，两手拢在袖筒里，头枕双臂垂靠在桌上，不见书，面容蜡黄，不变的是那可掬笑容，很动人，似乎还很造就人。

探亲假飞快结束。那晚，她来我家，我正去一家家话别，姆妈与她坐在厅上有一搭无一搭地聊天。和几个小姐妹一同回到家，一声“小燕”“啊，许家孃孃！”看到她，我是蛮开心的。只是年轻的我光顾着小姐妹了，竟没坐下陪她说上几句，哪怕一句呀。人都走光了，姆妈说，许家孃孃是来送你的呀！那个懊悔！我哪里想得到，第二年回去就没有再看到她了……母亲说，许家孃孃快不行时，是其弟、弟媳和母亲轮班守的，寿衣也是其弟媳和母亲穿的。

岁月流逝，当年听许家孃孃说书的我，用一支拙笔，记下一份真情回忆。不知许家孃孃看不看呢？

几十年过去了，我一直不明白，我们何以这样记怀她？如今自己也渐进老年，我终于理清，是许家孃孃苦到终了不叫苦的孤高精神让我明白了：幸运与不幸之间不仅仅只有同情与支持，一个幸运者在“苦到终了不叫苦”的不幸者面前，应是感恩。正因为有他们承受了、分担了人世间的苦难，才有了幸运者。

——苦难的不幸者值得幸运者敬畏。

输液室

莫少骅[1]

T吃坏了肚子，让我陪着去医院打点滴。

输液室里充溢着消毒水、呕吐物、方便面的混合味道，刺激反胃，好在进去一阵子嗅觉就适应了。

T挂上点滴，头弯着靠在椅背上呈闭目养神状，于是我拿出书来打发时间。可是输液台隔三岔五地喊着病号的名字，害得我一行字都看不进。

放下书，环顾四周。对面座位上，右侧是一对母子，六七岁模样的男孩子打着点滴，妈妈低头玩着手机，不时拿给儿子看下，两颗脑袋凑得紧紧的。母子俩一身很潮的打扮，眉目之间很相像，甚至母子俩微微发黄的肤色也极其相似。

左侧，一开始是一位坐着轮椅打着点滴的中年人，一看就知道是外省来的打工者。右小腿缠着纱布，脚背肿胀且血迹斑斑，身边陪着一位面容憔悴的中年妇女，两人几乎没有交流，一直到打完点滴。

他们走后，原来的座位上来了一对老人，一对成年父女俩把他们

① 作者简介：莫少骅，女，塘栖人，供职于余杭区妇联。

安顿好后，留下了他们俩。老太太打着点滴，穿着一件旧旧的黄色格子外套，看料子是有点厚度的外套，在这个室外温度三十度的天，怎么看都显得有点突兀。

T和我刚好坐在这一排位子的中间。我们左边是一位独自打着点滴的年轻女子，右手打着点滴，左手靠在椅子扶手上，头埋在左手臂弯里。一身黑色小西服裙装，上衣口袋装饰着两道白线，恰如其分显示出了这套小西服的质地、品位以及价格。裙子较短，女子时不时地把它往下扯一下。

我们右边是一个四十左右的男人，中等身材，皮肤黝黑。他打着电话，似乎在和谁详细交待病情，说着说着突然大声喊着护士给他换药水。电话挂下后没多久，来了一对探望他的年轻女子，其中一位一屁股坐在男人对面的空位子上顾自玩起手机，另一位笑眯眯慢悠悠地和男人说着话，从手里拎的塑料袋里拿出一只面包问男的要不要吃。对面的那位打岔着：你喂他吃啊。这位只是笑。男人接过面包吃起来，这边这位年轻女子利落地打开一瓶矿泉水，蹲在男人的膝盖前候着，她的脸微微仰着望着男人，脸红红的，皮肤看上去凹凸不平，一双水汪汪的眼睛里满是快溢出来的笑。一条短短的蓬蓬裙，大花的图案，裙边有一小段线可能松了，掉下来，轻轻晃动。等男人吃下一个面包后，这两位年轻女人和男人道了别手挽手走了。

氯化钠挂得极慢极慢，大半天才下去一小截。

这时，又来了一位探望者。一个身穿鹅黄雪纺衫，白色中裤，挎着包的年轻女子。她走到右边那个男人身边，侧着身站着，两手端着手机，眼不离手机和男的有一搭没一搭说着话：妈打电话过来了……忘了告诉她我们不回家吃饭了……女子烫着中长的卷发，五官算得上标致，人字拖，露出染成鲜红色的脚趾甲。

之前一言不发的那对老夫妻，这会儿，老头儿开始絮絮叨叨数落起老太太的不是来。责怪她已经是第三次这样子了，吃了隔夜的东西，痛得在床上打滚，要吓死人啊……老太太像个受了委屈的小学生一样，驼着背，低着花白的头，搓着皱得像树皮的双手。一枚也许跟了她大半辈子的银戒指，牢牢的扣在她的右手无名指上。

左边的女子始终独自一个人打着点滴，她也是漫长的氯化钠。中途，她让我帮忙打开她随身带着的保温杯喝水，并轻轻地向我道谢。

右边的男人挂完了点滴，女子和他一前一后地走了。他们空的座位上又来了两位工友，其中一位手受伤了……

人，来了，走了，来了，又走了……输液室就像一个微缩的人生舞台吧。可能你一辈子都不曾知道你的另一半背后的故事，到两个人老得不能再老了，你还因为拖累了他受到他的抱怨……可是，谁知道呢？我们经常游走在知道和不知道之间，孤独地走着自己的路，而别人始终还是别人。

能不忆塘栖

刘继明[①]

今年5月，应塘栖镇政府的邀请，我有幸参加了塘栖古镇的“中国枇杷节”。

我国南方有许多著名的古镇或古城，譬如我曾去过的云南丽江、大理、和顺，浙江绍兴、乌镇，江西婺源，等等，它们或得益于悠久深厚的地理文化以及独特的建筑和民俗，或因某个文化名人的余荫，再加之地方政府日积月累、不遗余力的包装，逐渐声誉鹊起、声名远播，直至成为全国乃至海外游客趋之若鹜、长盛不衰的旅游景点。

塘栖古镇似乎不属于这一类。

位于杭州市北部的塘栖镇，与湖州市的德清县接壤，著名的京杭大运河穿镇而过，使其成为苏、沪、嘉、湖的水路要津，历朝历代以来，塘栖均为杭州市的水上门户。镇区内河道纵横、水网密布，与碧波涟漪的丁山湖形成了山水相映的迷人景观。早在明清时代，塘栖镇就曾贵为江南十大名镇之首。旧时，曾有栖溪十六景之说，分别为：芳杜菱歌、厂阴渔火、长桥月色、溪口风帆、永明晚钟、清流高阁、塔址芙

① 作者简介：刘继明，男，湖北石首人，中国作家协会会员。

蓉、北塘夜市、南山翠微、柳堂春晓、超巅远眺、溪河夜泊、翠河秋色、超峰雪霁、西浦斜阳、横潭渔火。文人雅士们纷纷为这些景色吟诗咏句，为那些景点增光添彩，留下了不少诸如“市门相向锁长虹，画舸奔云趁晚风”之类的佳句。

时过境迁，那些昔日的胜景大都早已湮没不存。至今尚存的超山素为江南三大探梅胜地之一，与江苏的邓尉、梅园齐名；镇中心横跨运河的广济桥，重修于1498年，系京杭大运河上唯一的一座七孔石拱桥；广济桥堍的郭璞井，传说为晋人郭璞所建；水北保存完好的乾隆御碑，系浙江省境内最大的石碑之一，除此之外，还有南宋古庙、吴昌硕墓、三条半古弄、八字桥古街等等。

塘栖镇的名胜古迹宛如一桌丰盛佳肴的菜单，着实让人目不暇接。遗憾的是，我们在塘栖只有一天的游览时间，尽管匆忙，古镇的精华可不能遗漏。首当其冲的当然是著名的广济桥。傍晚，我们从酒店出来，穿过一条古色古香的小街，来到运河边，一抬头就看见了广济桥，那古朴雄伟的风姿，宛如一只静卧于运河上的苍鹰，有一种令人震撼的美；面对夜色中两岸繁星般闪烁的灯火，让人产生“不知天上宫阙，今夕是何年”的感慨。

像所有江南古镇那样，塘栖也有许多古老的街巷与河汊，它们纵横交错、四通八达，像血管那样将整个镇子连接成一个整体。河汊上每隔一段距离，就有一座石拱桥，其造型宛如一弯月牙，横跨于河道之上，游船从月牙下面穿过，使人仿若置身于梦境，有一种在古代与现代之间穿越的感觉。

河汊很窄，仅容得下一条小型游轮通过。坐在船上，仿佛置身在著名水城威尼斯。两岸是密集的民居，白墙黑瓦，间或看到几座民居面河的墙壁上的壁画，笔法略显粗糙，显然出自本地民间画师之手，但那浓郁的江南水乡画面，还是有极强的“代入感”，更能让人感受到塘栖古老而浓厚的文化气息。

塘栖不是那种刻意包装、供人游览的盆景式“古镇”，而更像一位待字闺中、不事张扬的仕女，呈现出一种“生活着”的朴素情态和美感。漫步街头，最时尚的服装店、星巴克、酒吧和古朴幽静的客栈、弄堂交错并置在一起，仿若时光错位，却又那么自然贴切。传统与现代、古老与新潮水乳交融、相生相伴。这就是塘栖与其他古镇不一样的魅力，也是令我印象特别深刻之处。

行色匆匆，虽不能一一游览这些名胜美景，但管中窥豹、一叶知秋，临别时，还是觉得带走了塘栖最迷人的那部分精华，有一种满载而归的感觉。

回武汉没几天，收到了一份来自塘栖的快递，是一盒装饰精美的枇杷。尽管像韩小蕙女士一样，在塘栖已品尝过那“南方水果”的“密实，汁旺、果甜”，“吃多少都不伤身”，生出少有的“饕餮相”，但还是有几分惊喜，赶紧打开包装盒，看到那一串串、一枚枚钻石般圆润、小巧、可人的淡黄色的枇杷，眼前又浮现出在塘栖镇的所见所闻，心头仿佛掠过一缕清泉，那么甘甜，美丽……

能不忆塘栖！

剥络麻

陈慕鲜①

看到《城乡导报》“剥络麻时节到了，余杭区少见络麻”一文及柳村先生关于络麻丰收场景的照片作品，勾起了我对那个时光的一段回忆。

我高中毕业后，响应老人家的号召，来到广阔天地接受再教育，赶上了剥络麻时节。原先在我区的塘栖、临平、乔司等地都种植络麻，而塘栖又以塘北片居多，我下乡的地方正是运河北面的龙光桥，那时叫繁荣大队。

种植络麻是一桩很辛苦的农活，从播撒种籽到出苗到长成，施肥自不必说，同时还要经过锄草、删苗（补苗）、拔笨头络麻。由籽变成苗，这是络麻的“婴儿期”，野草常常要侵占它的地盘，于是锄草是经常的。给络麻锄草的锄头很袖珍，只有五六厘米宽。从城镇来到农村，来到地头，手里拿着这样的农具，真不知道该怎么用。搬一只小凳跟在一帮阿娘们的屁股后头，把杂草和过于密集的络麻秧一起删掉。当然，在秧苗稀少的地方还要补苗。络麻地里闷热难忍，这还不算，最可恶的

① 作者简介：陈慕鲜，女，塘栖人。

是成群成群的乌蚊子、花蚊子、长脚蚊子来回地飞追，一叮就是一个大包，痒得让人难熬，痒得让人难忘。

通过删苗或补苗这样的劳作之后，络麻地不像先前那样乱糟糟了。清爽碧绿、疏密有致的秧苗们便开始蓬勃生长，到盛夏时候便是络麻的“青年期”了，它可以长成很高的“络麻蓬”，人走进络麻蓬仿佛走进森林一样，遮天蔽日，绿荫浓厚。

到九月底十月头上，络麻已经是生长成熟期了。这时，生产队里就要剥络麻了。剥络麻的情景有点热闹，有点壮观，有点喜气。生产队里男女老幼齐出动，人人都有事体做。男壮劳力从田地里连根带土将络麻拔起来，堆放在一起如一座青绿色的小山。然后，两个人一组来“夹麻”，使络麻的皮、秆、叶大致脱节。夹麻时，其中一人手拿两块七八寸长的木板，把要剥的络麻夹住，另一人则抓住根部拉出。夹麻的人要有力气但不能用蛮力，这样才能夹得均匀，使麻皮和麻秆分离。否则，太重会夹碎麻秆，太轻则一拉而出不能使其脱胶。夹麻之后就是剥络麻，那是阿娘们做的事体。剥络麻的阿娘们一字排开坐在条凳上，身上拴一块深颜色的厚实的围布，有的干脆用麻袋片围在腰间。把夹过的络麻从中间折断，用右手的食指和中指夹住麻秆，左手同时使劲地将麻皮拉出，使皮和秆完全脱离再分放两边。这时条凳的一边是刚剥出来的翠绿色的麻片，一边是堆积起来的青白色的络麻梗。络麻梗是好东西，晒干后可以拿来当柴火烧饭，也可以编成篱笆，还可以做成房间隔墙。络麻剥的时光，年长些的阿爹们前后左右跑运输，年老些的阿娘们递茶递水忙后勤，放学后的“细鬼”挑细小一点的络麻来练练手。此时从络麻地里跟踪而来的乌蚊子、花蚊子、长脚蚊子也都不请自到凑热闹。

从田里刚拔来的络麻有一种胶汁，很会沾手，稍微剥几枝，手就锈黄，再变黑，要经过一两个月才能洗干净。看看自己纤纤细手，此时已同老农一般，甚至鲜血也渗了出来，只是硬着头皮不敢戴手套，接受再教育是要看实际行动的。

剥出来的麻片，细小些的晒干后就是生麻，一般留作生产队里集体使用，也有些分给农户修草舍、裹粽子、编篱笆、搭瓜棚、搓绳子，旧时，披麻戴孝系在脖上用的麻也是它。宽大样子好的那些麻片，打成捆放到河水里浸泡，上面再压些重一点的石头，使其完全沉没，待沤烂后再漂洗。大约一星期之后，整个村庄的小河里都弥漫着浸泡络麻的臭味，河水是黑的，人是不能饮用了。这时，家家户户划出一只小木船绕个弯到运河里去兜水。夕阳余晖里，载着清清的运河水，和村民们嬉笑在一起，是一幅我脑海中永远不曾褪色的“知青”浪漫画卷。

麻片经过浸泡一段时间后，男壮劳力们就要开始洗麻，这是一件很累人的农活，非男壮劳力不可。男人们赤了脚站在河里，拖一捆麻片，分成几次在河埠头上反复甩打，使劲地来回拖动、反复漂洗，再用长柄木榔头敲打，一直到完全去掉硬块、胶质，然后在大太阳下晾晒。这时，生产队的晒场上、河滩上、路边地角和房前屋后等地方，常常是长长的竹竿搭起来，绺绺的麻片挂上去，村庄里便多出了一道一年难得一见的风景。风景里的阿娘们搬一只条凳，坐在树荫下开始整麻。场地上灰飞尘舞，人的脸上头上眉毛上都是白白的灰。乱七八糟的麻片经过阿娘们双手反复搓揉、梳理，变得片片柔软、井井有条。接下来就要交给男人们来打包了，一般的麻包打成长方形，每包七十公斤左右。麻包成件后，生产队里分批用水泥船装运到塘栖供销社出售。这个场景也是热闹而隆重的，男人们操橹举楫在河边整装待发，女人们在岸上挥手叮咛依依不舍，有点像把已经养大成人的、模样端正的女儿姑娘嫁出去一样。待男人们再回来时，口袋里装的就是钞票了，一年的辛苦，这时才有了结果。

塘栖写意（外一章）

凌翼[①]

◎ 坐船走塘栖

从入住的雷迪森庄园出来，就是乾隆御碑。一块巨大的汉白玉石碑上，刻着密密麻麻的文字，这与当时地方缴纳皇粮有关。

几十步外就是运河码头，当然，现在已经只是码头遗址。据说，为了保护广济桥不被损毁，当地将运河改道，绕了一个圈子，让运河在镇子外围信步悠游。这倒也是个创举，但也有不少有识之士，对此愤愤不平。因为，运河改道，这截老运河便失去了昔日的鲜活。

广济桥是一座呈八字形的七拱石桥。中间拱得最高，两端呈下行态势低向河岸，越靠岸，拱自然越小。

微微漾动的河面似一张宣纸，上面布满水墨大师的情怀。拱桥倒映在运河中，是一道百看不厌的剧照。拱桥的高处像人生的盛年，两端的低处代表幼年和老年。无论从哪端登桥，就如幼年缓缓步上盛年；到

① 作者简介：凌翼，江西宜丰人，中国作家协会会员。

了最高处，又缓缓而下，预示从盛年走向老年……每个人都在桥上走，但谁又去想这些问题呢？

从几百米远的另一座桥上远观广济桥，只见人群在桥上来来去去、影影绰绰地往返，像极了皮影戏中的活动人形。塘栖是皮影戏之乡，不知皮影戏节目单有没有这一出剧目？

人在桥上走，如织娘手中的梭子，穿梭往来。岁月如旧，桥却在变老，人也换了一茬又一茬。

当年经济日益铺张之时，不少人主张将老桥拆除，唯有镇长力主保护，才使这座古桥得以幸存。为了经济运行，不惜从古老的遗存开疆拓土，今天看来是十分愚蠢的。

塘栖是水乡。河道可穿行到各个乡村的边边角角。

塘栖的水道多，名目繁多的桥自然少不了。可惜镇上的水巷毁得差不多了。水巷与陆上街市不同，陆上街市跑着车子，水巷荡悠着船只。水巷几百米，便有一座拱桥，方便水巷两边的行人过往。

水巷拆掉了！

为了经济发展，不拆桥，不填河不行吗？

谁也回答不了这个问题。

而今有钱了，想起那些损毁的河道与古桥、街市来，顿悟之余，又开始将道路挖开，回归为河道，再在河道上安放仿古的桥。

开河道，架拱桥，虽是画虎成猫，但总归承认古人建的镇子好。怀旧，成为不少人的心病。一茬茬人来到古镇，或许就为了寻找心灵的慰藉吧。

在巷子里穿行，来到运河岸边，一只小型机动船在那里等候。船在水中航行，一幅幅水乡画面扑入眼帘。手机和相机兼顾拍摄，应接不暇。眼睛成为镜头，无须揿动快门，尽情摄入脑海之中。

水中穿行，自是别有韵味。两岸的民居都与运河发生着联系，家家后门都有阶梯与河水连接。后面多半泊着一只瘦船，有的人家还在水中圈养一群水鸭，自是水乡人家写照。两边堤岸上有枇杷树，树枝被金黄的果子压弯，诱惑着我们这群远道来的客人。此时，我想起了杨万里的《枇杷》诗句——

大叶耸长耳，一梢堪满盘。

荔枝多与核，金橘却无酸。

雨压低枝重，浆流水齿寒……

如果此时，船夫将船靠岸，让我们伸手摘上一串枇杷，给我们解馋，倒不失为一件快意事呢。

现代交通越来越快，而古人乘船行走，荡荡悠悠，反倒让人十分羡慕起来。怪不得当年丰子恺先生不坐火车，嫌一个钟头的车程太短暂，专意挑选从运河乘船经塘栖去杭州呢。因为水路荡荡悠悠，让人产生无穷遐思。

丰子恺享受慢节奏的船行快乐，也许与塘栖的枇杷不无关系。丰子恺说，坐在船窗口吃枇杷，“皮和核都丢到河里，吃好之后在河里洗手”。原来，坐船吃枇杷有这妙处。

看来，到塘栖来，吃枇杷是第一要务。可惜，我们此番坐船，没有枇杷可吃，也就不用在河里洗手。枇杷就在岸上，那树上金色的果子诱惑着我们。我们与枇杷对望着，更增添了一种遐想和诱惑。

今天我们再也没有丰子恺的幸运，可以在走陆路和水路上进行选择。陆路如此发达，水路便完全被弃用。我们乘船走了一段不短的距离，不过是会务组安排的一个节目。

坐船的好处，人与水特别亲近，身体浮在水上，只隔着一层船体。船在水上运行，令波纹一圈圈扩展，也让我的文字此刻有了摇曳之感。

“怎么就到了？”

这段水程，让我们觉得实在太短暂、太弥足珍贵了！

◎ 吴昌硕的超山

超山是梅花的世界。此时，梅花开放的时令未到，我们只有看梅树了。

塘栖人恋梅，由来已久。不然，何以唐梅、宋梅都在这里聚合呢？

漫山遍野、虬枝盘曲的梅树群中，突见一棵苍劲老迈的古树，被石栏围兜着，像盆栽，愈显珍贵。这是全世界最古老的梅花之一——宋梅。

宋梅主干的大半边身子只见骨头不见肉，这显现出时间的沧桑。老干旁边又发新枝，如此循环，遂成宋梅模样。

不远处的唐梅，虽有斜枝逸出，但形态娇小。按说它比宋梅早生几百年，阅历更比宋梅丰富，沧桑应该超过宋梅才是。千余年的沧桑，在唐梅身上似乎难觅踪影。碗口大的主干，让人生疑，觉得这是一株赝品。不过，这并不影响观瞻者与它合影留念。

我们的步履下，早已掩埋过王国维、俞樾、康有为、郁达夫、林风眠、梅兰芳、张大千诸多名人的足迹。

超山梅花不会没有超尘拔俗的传奇。近、现代史上就有一位“诗、书、画、印”四绝的一代宗师，他以篆笔写梅，纵横恣肆。他与超山梅花有着绝世的恋情——

曲径一转，台阶上方是吴昌硕墓。吴昌硕爱梅花，与超山结下不解之缘。据说，他在家乡安吉鄣吴修筑了双穴寿坑，夫人施氏也已葬在那里，但他仍嘱托子孙：百年后葬在超山梅林之中。他不仅活着时爱梅，死后也要与梅作千古之伴。

实际上，在跨进梅园时，四柱石牌坊上的门联，已经告诉了我们，吴昌硕与这座超山有着非同一般的渊源。吴昌硕在一幅画作上题诗：“十年不到香雪海，梅花忆我我忆梅。何时买棹冒雪去，便向花前倾一杯。”梅园石牌坊的门联就取自前两句。

陵墓工程不小，十多个工匠，陆续修造了五年。葬礼自然是当时杭州一件轰动的事。出席葬礼的除了浙江省、杭州市、杭县最高长官，还有来自全国各地的知名人士、日本友人、先生的生前友好、亲戚和弟子以及塘栖、临平两镇四乡八村的慕名祭拜者。

陵墓荟萃当时所能穷尽的工艺：墓体圆柱形，墓顶隆起；四周环道，两边植有盘槐；墓道门两边石柱镌刻有联，墓侧勒石俱为当时名流作图、记、撰书等……瞻仰大师的同时，犹如步入艺术走廊。

墓前有吴昌硕造像，先生手握书卷，眺望梅林，栩栩如生。

可惜“文革”期间，这座有着极高艺术价值的陵墓被革命小将们用重锤砸毁。打开棺木，吴昌硕和夫人施氏尸体竟然完好无损。尸体暴露，被好心人用芦席包裹着在旁边山坡简单埋葬。楠木棺材也被用作了运输木船的修补……

20世纪80年代，一场外事活动，使吴昌硕墓得以修复。但砸毁的那尊塑像和众多勒石，已无法再现。

新塑的立像是1988年用花岗岩重新雕塑而成，与吴昌硕真人宛似。许多人不自觉地站在吴昌硕立像前，留下一帧照片。

没有看见梅花，被吴昌硕的故事打动，心里有刀剜似的疼痛。先生在世时挚爱梅花，死后还要埋在梅花丛中。吴昌硕与梅花，真可谓生死相依！

吴昌硕平生所作诗与画，三分之一的题材来自梅花。他画过的梅花，半数的原型，来自超山。可见超山梅花对于一代大师的熏染是功不可没的。

老夫无酒资，写幅梅花卖。
春风入毫端，腕底走百怪。
墨池飞霹雳，黑龙挂天外。
古苔点虬枝，香彻大千界。
……

我从吴昌硕雕像前走过，回望一眼雕塑，似乎看见一个身着长袍的老者，从梅林深处走来。

他走着，带来一阵风，梅花含苞欲放。他吟哦着，梅花一朵朵绽放开来……

黄山随笔

施群[①]

在领略了徽州文化、古城风韵的第二天，我们将登攀号称“归来不看岳”的山中伟丈夫黄山。凌晨三点多，我已经睡不着了。想想要爬山，必须让自己保持体力，于是心里默默数数，迷迷糊糊间听见“叫醒”铃声，赶紧起来洗漱，勉强对付了一顿早餐，匆忙上车。真正上山的路还须经历一段十分危险的盘山公路，不停地绕圈、不停地刹车，更唬人的是开车的司机居然不停地看电视，在他转头间，突然发现司机居然还戴着墨镜！许多人在上山的这段路上吐的吐、难受的难受、生生地把一个个鲜灵活跳的美女、帅哥给整惨了！而我这位一到徽州就感冒发烧的“伤病佬”却精神尚好，黄山这个“下马威”真是厉害。

好不容易到了索道口，按照行程安排，我们先坐缆车到慈光阁，然后再爬山。可是排队坐缆车的人实在是太多了。足足等了一个多小时，才终于登上缆车。我们八人一辆，想想那么一根钢缆，维系着我们如此可爱的生命，于是我坐在车内傻傻地问旁边的同事：“缆车多久维

① 作者简介：施群，女，塘栖人，现供职于塘栖某社区。

修一次呀?”立刻遭来许多“卫生球”,丽丽美女更是恶狠狠地说:“不维修的!”留下我一个人发呆。我们这一车的八人中,有二位“杨贵妃式”的帅哥,属于肉感较强的,偏偏又选择了坐在我这边。要知道,本美女有恐高症。二位“蟀哥”倒好,充分发挥运动细胞与摄影才华,在这小小缆车内“摇头摆尾”,咔嚓不断,把我吓得半死。隐隐感觉缆车不规则前进,似乎倒向我这边多了点,这时的恐惧对我而言更甚于盘山公路。好不容易上得山来,赶紧以百米冲刺的速度抢了出去。路口就有导游候着,在正黄旗的带领下,我们这群哥哥、姐姐们歪歪斜斜地开始登山了。登山开始没多久,先是厚厚的雾气压了下来,没过多久,密密匝匝的雨就下了起来,我们就再一次领略了黄山的“无常”。在导游的示意下,大家纷纷打开手中的被称为雨衣的灰色薄膜,“夹头夹脑”地穿上。终于我们这群“蓝领”正式升级成“灰领”,慢慢地向黄山行进。没走多久,雨就大了很多。于是,我们的衣服湿了,接着是鞋子,你也许无法想象一双脚泡在湿得稍一用力就可以从鞋子里挤压出许多水的感受。人是越来越冷,难怪有人说,黄山一年中难得好天气,三百六十五天就有二百八十多天下雨。看来我们不是有缘人,至少与黄山的美景无缘。大家登山的速度也是逐渐慢了下来,走在身边的丽丽美女突然冒出一句:“难怪人家要‘华山论剑’,有多少人能真正登上山顶,且保持体力大战群英?”我立马点头表示同意,现在的我为了节省体力,基本用简单的肢体语言传递信息。导游先生边走边尽职地讲述着,还时不时地提醒我们:走路不观景,观景不走路。于是,细看周边的游客鲜少有人驻足观景,事实上隔开稍远,就只能看到雾茫茫的一片,更不用说领略黄山的“四绝”了。像是体会红军长征似地,终于在下午二时左右,我们来到了被誉为黄山招牌的“迎客松”前。大家都像是走完了二万五千里似的,再无心细看,有匆匆挤去前面照相的,有三五成群凑在一堆的,有拿出东西来吃的,稍作停留就有人提议打道回府。很快下得山来,却是另一番景致,黄山下面天空一片晴朗。这下大家的兴趣又来,于是呼朋唤友,看景拍照地忙开了。我终于在脱掉那闷得死人的雨衣后,呼吸到了来自黄山最美好、新鲜的空气,突然脑海中浮现出“只缘身在此山中”诗句，很羞愧的是居然想不起前后连接，也不知是何人所作，只是想古人就是比我辈强，硬是将山上、山下、山里、山外描述得如此贴切，竟再也找不着合适的语句形容此二番别样风景！没有真正见识黄山的秀美与险峻，却收获了一份别样的心境：顺其自然，否极泰来。

梦里水乡丁山湖

吴见娣[①]

“春天的黄昏，请随我走进梦里的水乡。让挥动的手臂在薄雾中飘荡，不要惊醒杨柳岸，那些缠绵的往事化作一缕轻烟，已消失在远方”。

童年的丁山湖是我最难忘的。小桥、流水、人家；石径、渔船、桑麻，是一幅淡妆浓抹总相宜的山水画，深深镌刻在脑海中，永不褪色。记得小时候，每天早晨，我总是在听着母亲从丁山湖里提水倒入水缸的哗哗声；听着父亲捕鱼归来，鱼儿在水桶中的欢跳声；听着早起的人们踏过村边的青石板路，发出的啪啪声中醒来。水乡的生活就在这首忽远忽近而又温馨无比的乐章中开始新的一天。

儿时的丁山湖，湖面宽阔，四周土质肥沃，盛产枇杷、甘蔗。乡民环湖而居，河港纵横，非舟莫通。它南望十里香雪海赏梅胜地超山，北通京杭大运河，湖东是大片的桑树林，西边是延绵的池塘（有鱼塘也有荷塘）。从超峰俯瞰，晴日鱼塘点点，若明镜辉映；夜间渔火闪闪，似萤虫浮动，璀璨耀眼。青山隐隐，绿水迢迢，处处弥漫着鱼米之乡、花果之地、丝绸之府的灵秀气息。

---

① 作者简介：吴见娣，女，塘栖人。

家住丁山湖边，犹如置身世外桃源。都说水能使人灵气，我说水也能使人和气。丁山湖的乡民勤劳朴实，过着日出而作，日落而息的农家生活。落日的余晖下，湖面渔船点点，一派渔舟唱晚的美丽情景。

儿时的记忆中，最喜的是春天，“春水碧于天，画舫听雨眠”，碧绿的湖水微波荡漾，泛舟湖面，悠闲自得；朦胧的群山，苍翠的黛色笼罩在烟雾的纱帐之中；湖岸上的柳绿鲜艳，桃花的粉红点缀其间，色彩明丽。丁山湖宛如精心巧饰的盆景，令人赏心悦目。“草长莺飞二月天，拂堤杨柳醉春烟。儿童散学归来早，忙趁东风放纸鸢。”和小伙伴们跑在田埂上，爷爷扎的风筝总是天空中最显眼的一只。那时总幻想着能和风筝一起高飞，去看看丁山湖外面的世界。

最盼望的是夏天，长长的假期可以天天和伙伴们一起摸鱼捉虾，嬉水划船。“接天莲叶无穷碧，映日荷花别样红”的盛夏，爷爷划着小船载我去采莲藕，我光着脚丫坐在船头，脚尖伸入湖水中，爽凉滑软的感觉恰似真丝软缎。摘一大荷叶顶在头上，是经济又实用的太阳帽。在丁山湖的柔波里我甘心做一条水草，把整个夏天都沉浸在与水的相亲相依上。

最忙碌的是秋天，稻谷、小麦、桑麻、玉米、大豆都等待收割，一家老小都下地农忙，田间地头是人们劳作的身影。爸爸割稻我拾穗，虽然辛苦但喜上眉梢，这一年又有不错的收成，日子越过越红火。也是从那时起，我深切体会到了“谁知盘中餐，粒粒皆辛苦”的道理。小时候最爱吃的零食就是奶奶用收获的大豆给我煮的五香豆，那味道至今回味无穷。

最悠闲的是冬天，下雪了，身上穿着厚厚的棉袄，脚底踩着暖暖的火炉，手上捧一碗热气腾腾的加着麦团的稀饭，静静地欣赏丁山湖的雪景，别有一番滋味。瑞雪兆丰年，期盼来年的好收成。雪停了，伙伴们会不约而同地走出家门，堆雪人、打雪仗，在皑皑白雪中嬉戏打闹……

怀想着，憧憬着，祈祷着，美丽的丁山湖如一曲永远唱不完的歌，在让人细细品味她的如诗如画和似水流年之后，能再次尽显水乡的灵秀！

歇夏

——淡远的水墨风俗画

莫罗松[①]

蚕下山了，小荷也闲了。“蚕老枇杷黄”一过，天渐渐热起来。又到歇夏时候了，小荷到河埠头淘米，总要留心看看哥哥的船来了没有。

这天清晨，小荷到田里摘了些豆子，回到家就看见哥哥正逗着东东玩。小家伙摇摇晃晃地扑进舅舅怀里，笑得小脸也红了。小荷说：

“哥，你来了，小家伙天天盼着你呢！”哥哥说：“蚕罢了，妈几次催我接你回去歇夏，今天才闲了。”小荷就去张罗饭菜，哥哥抱东东去田里走走。东东爸爸在竹地里干活。哥哥和阿强在竹地里谈些闲天，无非是蚕养得如何，竹林该怎样侍弄之类。

午间，小荷、小荷婆婆从灶间搬出饭菜，还打了酒。小荷公公也从地里回来了，彼此见过，俱各欢喜。一家人围着吃饭。小荷婆婆说起自己当年歇夏的事，零零碎碎的，末了感慨道：“就像上辈子似地，一眨眼就过去啦。”公公兴致也高，喝着酒，说起和婆婆当年找对象的事，说是“老婆子当年架子搭得老高，从不正眼看人背地里却老是打听

① 作者简介：莫罗松，塘栖人，杭州市作家协会会员。

我”。说得几个晚辈都笑了。饭后小荷收拾东西，抱着东东上船。一家人送到河埠头，神情都有些不舍。阿强抱着胳膊一声不吭，小荷扬起脸说：“你就不能划船来看我们娘俩啊？”

河两岸是一大片芦苇，风吹过哗哗地响。乡亲们坐在菱桶里采菱，见了小荷，都说歇夏去啊。小荷一一应着。望见那棵香樟树，小荷娘家也到了。

母亲牵着侄儿的手，早等在河埠头。娘俩好久不见，分外亲热。小荷安顿下东西，刚喝了两口茶，婶婶嫂嫂们听说小荷回来歇夏了，都来探望。问候过了，见了东东你抱我抱，议论说鼻子像小荷，额头像阿强，眼睛清清亮亮的真大。小荷说说儿子的事，怎样地不肯断奶，晚间总是哭不肯睡之类。说着些闲话，天色就晚了。大家纷纷走散。晚饭后，嫂嫂婶婶们又送来东东的见面礼，有送长命锁的，有送铜铃铛的。小荷推辞不过，只得收下了。大家喝着烘青豆茶，咸咸淡淡地说话。外面一阵狗叫，河埠头像是有人来了。推门进来的却是阿强。于是大家取笑阿强半天不见就想老婆了。

小荷住了半月有余，看看田里稻子也黄了，想着要回去，母亲挽留不过，只得应了。晚间便蒸些青团子染些红鸡蛋，让小荷带上。还是小荷哥哥划船送回去。

到了晚间，小荷村里家家户户桌子上放着青团子红鸡蛋。有人问了，都说：“小荷歇夏回来了。”

与水为伴

莫罗松

我对水极为熟悉，因为我似乎就是在水中长大的。我出生在大运河边，三面环水的家就像一艘泊在岸边的船。水的气息弥漫了整个童年时代。我在水中发展了我的生命，气质性格的养成似乎也离不开水。现在我工作的地方，是一个运河边曾经十分热闹繁华的码头城镇。与水为伴，看水起水落，夜夜枕着水涛声入睡，我感到非常愉快。

水边人家伴水栖。一汪碧水黏和了很多平凡人生的悲欢离合。我看到人们在水边生长，水中觅食，水中娱乐。擂鼓声声，欢呼阵阵，赤膊的人们赛着龙舟，我感到一种力量和智慧的美，一种源于生命深处的活力和激情。半水半岸的舞台上，社戏演得红红火火。夜色沉沉中，无数船上的观众那样痴迷入神，人间的温情、英雄的业绩在水乡的每一个村庄上空响彻。敲着锣鼓的迎亲船从一个石埠头来到另一个石埠头。暗夜里的点点渔火，快乐的人们唱起古朴的“收网歌”。在一条河和另一条河之间，祖祖辈辈的人们歌哭于斯。我想起祖父讲的莫氏家族的来历。一个卖萝卜的年轻人，手握竹笛，双脚划船，穿行在村庄之间。每次经过一棵香樟树时，笛声得到另一管竹笛的回应。于是他停下船，看到一位荷花般的姑娘下来淘米。他说妹妹能借口茶喝吗，姑娘红着脸点点头。于是莫氏家族就在水乡扎了根。

有关水的美好回忆太多。我想起坐船夜行。船擦着水面的潺潺声，岸边的犬吠声，挑担夜行人的交谈声，来往船只的应答声，芦苇丛中惊起的野鸭声，都极有意味。躺在船舱里，外婆讲着古老的故事，一边剥着水里捞起的菱角。月色溶溶里穿过一座座石桥。很多个夏天，我像一条鱼，除了吃饭睡觉，几乎都在水中。蓝莹莹的水下，我看到了一个奇妙的世界。一个透明的、身心俱净、坦荡自由的世界。被父母赶上岸，我只能用兔子般的红眼睛注视着空气中的人世间。我与水草相亲，与鱼儿交谈，我真的像一条鱼一样待在水中。

水教会我沉静流动而不凝滞，谦和平凡不浮躁，涓涓细流水滴石穿的坚韧；水告诉我自然的美丽和谐，拒绝粗暴、虚假、丑恶，向真向善向美。近而立之年，在经历了个体生命的风起云生之后，我感谢水教会我如何在水中岸上生存，并且确信在未来的日子里将得益匪浅。

阿婆亮亮

阿婆亮亮，照在梁上；

阿婆亮亮，照在水缸；

阿婆亮亮，照在树上；

阿婆亮亮，照在墙上。

该首童谣流传时间久远，起源年代不详。祖孙口耳相传。大致流传于余杭塘栖一带。该首童谣是成人教导幼儿认识器物、景物种种名称的蒙育谣。众多乡村子弟得益于此童谣甚巨，即能使幼儿感知认识客观物事，启迪心智，又能感受乡村民间的人情物态。在表现形式上，采用反复排比，以“阿婆”比喻月亮，层叠反复吟唱不尽，一种简单和重复的美，像山洞里先人的壁画，纯粹、拙朴、暖人心房。

日升月落，星转斗移，一代代的人长大了，老了。他们活着时走在尘土飞扬的路上，死了化作雨水和泥土，歌谣却像永恒的月光照耀他们的眼睛和灵魂。在漫漫时间长河里的某一天，祖孙二人坐在月光下。

祖母牵着孙儿的手，用大蒲扇赶蚊子。萤火虫飞来飞去，家狗在桌椅间钻进窜出。祖母随意指一物，孙儿就吟唱一物名称；遇到孙儿不识之物，祖母就从旁附和帮助。慢慢地，孩子就在歌谣里长大成人了。有一天，孙儿从很远的地方回到家乡，像一块门板似地站在祖母面前，树枝间漏下来的阳光就会照着祖母泪流满面的脸。

歌谣，承载着故乡和童年，是风筝的线，握在老祖母的手里。

梅海寻香

彭丽芬[1]

“江南无所有，聊赠一枝春。”书桌的陶罐里还插着一小段梅枝，那是友人从超山梅花节带来的，花枝干枯，花虽凋零，但心灵仍能触摸到淡淡的香味与浓浓的感动。新岁的时候友人踏雪归来，拍了些梅的照片，梅树挂着雪，那一抹雪白，婉约着开成娇羞的花儿，伴着花香，淡雅地舒展，让人忍不住想伸手去折一枝。于是赶在梅花盛开的季节，去梅海寻香，触摸早春的气息。

行了半里，来到江南赏梅胜地之一“十里梅海”超山，再一次盼来了梅的身影。江南的春仿佛来得越来越迟了，立春过后竟然纷纷扬扬地下了场大雪，恰似冬回大地，这无疑是赏梅最佳的时机，往年南方的梅少了雪这一角色，自是逊色不少。踏雪步入梅海，一树一树的梅花，在风雪中开得沸沸扬扬；一阵一阵的清香，浅浅而来，却入了心，入了魂。宋代诗人卢梅坡有一寓意深刻的诗作《雪梅》：“梅雪争春未肯降，骚人搁笔费评章。梅须逊雪三分白，雪却输梅一段香。”诗人认为梅花虽白，终归逊雪三分；雪花虽白，却缺少梅花的一种冰清玉洁的香。梅

① 作者简介：彭丽芬，女，余杭区作家协会会员。

与雪各有千秋，只有将二者结合起来才能珠联璧合，美轮美奂，构成一道至美的风景。

梅海寻香尤以唐梅和宋梅最为名贵。《唐栖志》载：“山中多梅花，中无杂树，有南宋古梅，花时游人极盛!”宋梅种植在大明堂外，800多年来的雨雪风霜，依然枝虬苍劲、风韵洒脱，它高丈许，干老的枝干上疏疏落落地点缀着几朵白色的重瓣之花。六出为贵，宋梅有着与众不同的珍贵，它有六片花瓣，是一株罕见的六瓣梅。另一株同享盛名的便是唐梅，种植在大明堂正中的石坛内，已有千余年的树龄。“羡他竟有回天力，数点开余大地春”的咏梅名正是说它，唐梅的底部现存两根枝干，一根已枯萎，一根却老枝横斜，梅花数点。在这根茕茕的枝桠上，数点花儿就那样立着，除去花型花色的美，还有一种伶仃的楚楚之状，如同一个内外俱佳的女子，姣好的面容下却掩饰不了历经千年的沧桑和气度。

每次去寻香，必去看吴昌硕先生亲手栽种的腊梅王，这一树的美丽用淡黄色晕染的腊雕刻而成，一片片花瓣黄得不夹一丝浑浊，轻得没有质地，只剩片片色影，娇怯而透明。梅瓣在寒风中微微颤动，这种颤动能把整个香雪海摇撼。梅海中还有两株白梅，是全国最高的两株白梅，名为绿萼，因其萼绿花白而得名，它的花期比别的梅来得晚，当其吐香时，正如一位姗姗来迟的少女，身着洁白纱裙，淡雅、纯洁、娇嫩，不做修饰、不加炫耀，仿佛把人带入了银白色的童话世界。红梅在梅林最多，也最招人眼，它有着明艳的红色，更有宜人的香气，少女酡红的笑意，暖在初春的酒窝上。它生得落落大方，不轻佻，它就那么随意地立着，恰似月下随意吟就的一首晚唐诗篇，赏一丛这样的梅，你就会感到没有春天的喧闹与媚艳，没有冬天的单调和冷酷，红梅点点，似少女情窦初开的心灵，神圣而腼腆，似智者超然物外的深沉和温煦，似仁者远离红尘的宁静和恬淡。走近这些梅树，发现它们的姿态很优美，它们是一种很有造型的树。细看它们或弯曲、或直指、或弓或卧，都表现得顽强和坚毅。摸着它们铁骨铮铮的躯干，叹服它们释放出来的精彩，必定被它们果敢和无所畏惧的精神所折服。梅是何物？这么清简，又这么沉着。梅花开在寒冬，梅子结在暖夏，梅就像一个无眠之人。李时珍说，梅“得木之全气，故其味最酸，所谓曲直作酸也”。

“无意苦争春，一任群芳妒。零落成泥碾作尘，只有香如故。”梅在雪中绽放凋零，雪在梅中化成香水。一地洁白，一树繁花，在生命的尽头相融，吟唱着生命至美的歌，这寂寞深处的零落和平静，更是生命安静的美，于是我也便安静了，忘却红尘，宠辱不惊。记得《人间词话》中有这样一段：“有我之境，以我观物，故物皆着我之色彩；无我之境，以物观物，故不知何者为我，何者为物。”

喜欢雪，喜欢梅。喜欢梅花暗香盈袖的安静状态。于是，我微笑着在雪地上镌下了一首《梦里梅影》：折叠起几多悠然的思绪／轻轻嗅着这份暗香／仿佛置身香雪海／收拢江南的初春／碾成窗台上的冰枝／在湿润的季节里／芬芳成如歌的岁月／诗从山间走来／还带着晶莹的雪水悄悄滑落／将涟漪泛在我的心上／歌／在花影中荡起了回声／撒下一粒种／谁的呓语清舞在我梦里／下一季长成一枚枚青涩的果实／缠绕唇齿……

心灵的远行

孙宁[①]

作为一个喜欢旅行的人，对西藏的向往成了一种无法抵挡的诱惑。在身临其境之前，雪域高原对于我们这些生活在都市里的人来说，充满了敬畏和神秘。可一旦踏上了这块土地，震慑心灵的东西就会渗透全身，变得突然真实生动起来。

——题记

青藏铁路开通的七月，和几个同学结伴走了趟西藏。如今已时过两个月，沉积在心中的那份对雪域高原的惊叹、感慨和崇敬，还时不时会变成一簇簇跳动的火焰，直逼胸膛。在辽阔得近乎奢侈的空间，在我日渐成熟的这个年龄段，它给我重新注入了年轻时的生命激情，我像突然闯进了一个精神殿堂。置身四周的，是那可以随时为你滋润双唇的雪白浓稠的牦牛酸奶、酥油茶，还有并不挺拔的藏式小楼上飘动的五色经幡，更有藏民们一步一叩首的虔诚的顶礼膜拜。好几次，都想把这种感觉变成文字，终因一些琐碎的小事耽搁下来。今天，一曲高亢、深远的

① 作者简介：孙宁，女，塘栖人。

《天路》，把我重新拉回了书桌前，提起笔，把心中的震撼一点点渗透到纸上，写给那些和我有着同样感受的人，更是为了写给我自己。因为她跟我云游过的所有地方不同，那里弥漫着藏传佛教神威力量的气息，激荡着康巴汉子野性的血脉，散发着古老艺术超凡灵气的诱惑，演绎着生死轮回生命长歌的序曲……

在蓝天白云的相伴下，青藏铁路像一条钢铁巨龙，在唐古拉山脚下罕无人迹的青藏高原上延伸。褐红色的荒漠和海天一色的措那湖，零星的藏羚羊和野牦牛在远处慢慢移动，一种无比壮阔的草原美色，让你感到自身是如此的脆弱渺小，自然界是如此的高贵与伟大。

当一个外域游者步入这个曾被历史的风雨洗礼过，被虔诚的心灵叩拜过的神秘土地时，你会不由自主地跟着西藏人的脚步，顺着西藏人的方向前行。

自公元7世纪松赞干布将吐蕃王城从山南的雍布拉康迁到今天的拉萨，一千三百年的漫长历史和文明才得以不绝如缕地薪火相传到今天，这里，留下了太多先人的遗迹：布达拉宫、大昭寺、哲蚌寺、色丹寺……她向我们昭示着昔日的沧桑和往事的轮回。

拉萨的阳光很好，没有一点杂质，从高高的布达拉宫到大殿前平坦的广场，从风景优美的罗布林卡到流水潺潺的拉萨河，阳光毫不吝啬地从天上泼下来。在内地的阴郁里待久了，一走近如此肆无忌惮的阳光，整颗心都要醉了。在藏区，哪怕是最偏远的山村里最卑微的穷人，只要他能在有生之年叩着长头去一趟拉萨，那他就会成为当地人眼里最有福气的英雄。他们面色安详，一步一叩首，脸颊上带着永远抹不去的高原红。那是阳光的恩赐。

拉萨，一座城市？一个首府？一座天堂？只有所有挣脱精神桎梏的生命才能与她对视，她可以透视所有来者的灵魂。遥望布达拉宫，这座当今世上海拔最高的宫殿，松赞干布时代的建筑已基本毁于历史的硝烟中，今天，她只为我们留下了法王修行洞和观音佛堂。今天我们所看到的几乎所有的建筑群都是17世纪中叶五世达赖受清朝册封后开始兴建，并历经后世的达赖不断扩建而成的。从松赞干布起，先后有九个赞普、10位达赖在这里居住过。拉萨，是西藏的中心，而布达拉宫又是拉萨的中心。她曾被世人称作是一座“活着的宫殿”，有书籍这么描述她：布达拉宫，雄居于大地的核心。对于西藏人，她是一个崇高的宗教象征，对于其他人，她的象征力量则与形而上的领域有关：崇高、伟大、庄严以及朴素，大地所隐藏的内在语言，被敞开在天空下，她与希腊、埃及和吴哥等地的伟大神殿处于同样的精神领域，她作为某种精神的载体，屹立于世界屋脊之上，活在过去与未来之中。那些建筑的奇异图案和绚丽的色彩，深深地刻着藏族艺术的鲜明烙印。

这里的人们不停地行走，浩浩荡荡，络绎不绝，每天都是一个永不结束的节日。他们因虔诚而饱受着身体之苦，又因虔诚享受着心灵之乐，他们一生好像只为一件事活着，为了他们心中永远的香格里拉。低沉、肃穆的诵经声，迎送了无数个晨曦初醒的黎明和暮色四合的黄昏。那些脸上写满沧桑，手摇转经筒的老妇人，坐在闻名遐迩的玛吉阿米小楼上细细品尝青稞酒、酥油茶的背包客们，不需抬头，不用四顾，无不给人一种超越世俗凡界的惊愕与震撼，这时，你不会在乎脸庞已被晒成绛红，也不会顾及因高原反应带来的种种不适，你的心会像拉萨的天空一样透明湛蓝，你会抛开一切杂念，不再为心中日渐膨胀的浮躁寻找一份理由、一个栖息地，你的心，你的思想，会随着舞动的经幡缓缓流动，渐渐被一种崇高的精神牢牢地控制住。

一直住在嘈杂、浮躁空气里的人，都以为和雪域高原的距离只是在于路途的漫长、氧气的稠薄、海拔的悬殊，可当我冲破这种距离，庄严地站在她面前时，才发现原来与她的距离还是那般遥远，不可企及。慢慢体会才发现，那不是地理或者认知上的距离，而是与生活在这里的人们一种精神上的距离。这种距离不是用双脚而是要用整个心灵去丈量的。

雪域高原，仅拉萨就向世人展示了一种异域文化，诠释了一种崇高精神，这就是在与现代文明交汇时，她总有一股高蹈不群的力量。

我为这一次心灵的远行感到无憾。

我为重新找到的精神家园放声高歌。

消逝的水台

唐荣官[①]

塘栖开埠以来就是一个水陆码头。

京杭大运河发达的水上交通，孕育了古镇经济文化的繁荣。自古以来，依靠着大运河，外地的南北土产、京广百货、粮食木材源源而至；本埠的枇杷甘蔗、鱼虾水产、蚕丝土布等物品纷纷外输。那时南来北往的客商士人，四时八节的男女香客都纷至沓来。一到傍晚，运河两岸、长桥堍下，泊满了来自苏、沪、皖的船只，恰如“门泊东吴万里船”的生动写照。镇上店铺林立，货物充盈，兴旺的漕运使塘栖成为显赫一时的江南名镇。

大运河是塘栖的母亲，水就是塘栖的灵魂。早先，镇上的商家喜好择水筑房，临河开店。街市沿河而兴，街道都是廊檐店铺的格局。

民国初期，镇上工商业日趋繁荣，劳少麟等一批有为的士绅，筹措新建了有海派风味的广济路，扩建了很多的店铺。之后，商家从西石塘到西市角，再到东市角沿河一带，又逐渐兴建了许多濒河而筑的水台，用来开办酒肆、面馆、水果、杂货等小店铺。

① 作者简介：唐荣官，男，塘栖人。

所谓水台，就是从街道的廊檐向河滩延伸的商铺房子。从前的西石塘街，廊檐约有五六米宽，其中街道很窄小，只有二三米宽，仅供行人来往；其余的地方便是下滩了。下滩砌好石驳岸或者河埠，上面一般做好“米床”（今人雅称：美人靠），供人歇脚。人们就利用下滩这块地方，从河中打桩，铺出三四米的平台，再在平台上建房；打的桩大多为木桩，也有用石条做的石桩，这样就建成了一个十多平方的半岸半河的店面，与廊檐里的店面相对，俗称为水台。

水台的屋顶多半为人字形顶，上面覆盖着瓦片或铁皮，用玻璃明瓦采光。水台临河一边，装一些玻璃窗来透亮。廊檐里面的店铺，因水台的缘故，光线要暗许多，遇到阴雨天，白天也要点灯，这样一来街道也就更加挡风避雨了。所以从前常用“塘栖街上落雨淋（轮）不着”这样的歇后语，来形容镇上独特的街景。

笔者家先前在西石塘老街138号有两间店面，抗战初期也在下滩造了两间水台，白铁皮的顶棚。先是自家开山货行用，后来租给族人开水果店，到1958年才被统一拆掉。

塘栖的这一大批水台，在从前的江南集镇中是十分罕见的。那塘栖为什么要建这么多的水台呢？据老一辈人说，抗战前后，时局动荡政府腐败，加上日本人侵占的原因，人们趁机自建水台来扩充店铺，用现在的说法就是搞“违章建筑”。如此一哄而上，塘栖的水台就越造越多了。

当然，那时候西石塘街的下滩，也并非全部是水台。从新中国成立初期的状况来看，从长桥堍一直到东市角，大商号的下滩一般不建水台的，主要是为了采光和上下河的便利，又为了要显示商店的品牌。这些商号从西到东依次是：源兴酱园、恒昌森南货店、劳永康米行、马白贤瓷器店、新兴米厂，及水沟弄东边的同和协杂货店、同福永酱园、鑫和洋油公司、大昌桂圆店等等。他们除了有自家卸货的河埠，还设置沿河的木头“米床”，让人休息落脚。

笔者依稀记得20世纪50年代中期水台开店的情景，从长桥堍向东排列：德信堂药店对面的水台是阿掌盐摊、旁边是咸鲞店，姚大生布店对面是潘家南货店，步家面粉作坊对面是李炳庆杂货摊，永新祥杂货店对面是姚善宝饭店和东边的庆祥水果店，丁阿六香烟店对面是钟马标的糕饼店，德和荣杂货店对面是唐春发水果店，顾正昌铜匠店斜对面是刘和生水果摊，水沟弄口王九大茶叶店对面是盛再行的饭店，黄家席子店对面是唐梅青的水果摊，西市角的下滩是杜炳南开的得意楼茶店……以上仅是当时的部分情景，更多的我已记不真切了。

今天年轻的朋友，如果你在遐想塘栖以往水台的情景，可能会觉得是那样地有趣，那样地富有诗情画意：临河而居，倚窗而坐，泡一杯清茶，静观运河碧波荡漾，舟楫游弋；微风吹来远处白帆点点，广济长桥横卧运河，对岸枕河人家，河埠整齐，淑女浣衣。正好比人在画中，画在人间，此情此景也许是现代人十分赞赏和寻觅的天堂。

其实我们的父辈乃至更多的先人，那时他们并非生活得如此安逸和美好。历史是凝重的、苦涩的。如今，人们已经从贫困中走出，旧时的景况也从记忆中渐行渐远。从前最好的房子，也无法与现在的房子相比。而当年的水台，则是更差的棚屋，因为租金比较便宜，那些小生意人才找这种地方开店谋生。

那时的水台，到了寒冬腊月，便成了一座四面透风的凉亭，屋外朔风怒号，屋内滴水成冰。那时的冬天好像特别冷，店中的女主人往往用一只铜火缸，里面装些柴炭火，放在脚下取点暖，但也难挡寒气阵阵。男人则在薄薄的棉衣外加上一条土布围裙，紧缩着身体，不断擦着因寒冷而不时流下的清水鼻涕。

到了炎炎夏日，午后猛烈的西晒太阳，将水台烤得像一只大蒸笼，人热得无处可逃。做生意的男主人一般便赤着膊，下身穿条中式短裤，不求体面，只求凉快。那时的女人却很传统，穿得衣衫整齐，手里一把蒲扇不停地扇着，背上的汗水渗透了衣裳。

从前根本没有什么电扇、空调之物，蒲扇乃是富人和穷人夏天都不可缺少的东西。

我家东边过去是胡家的碗店，对面的水台是万师傅开的剃头店，店里面在空中用绳子吊着一块大纸板，纸板底下的一端拴着一根细绳子，细绳另一端穿过墙上装好的滑轮，然后一个伙计用力一张一弛地拉那细绳，那吊着的纸板就被一阵一阵地甩动起来，扇出很大的风，客人坐着感到很舒服。我那时年幼，偶尔去剃个头，坐在那里感到十分的惬意和新奇，剃好头后就连忙帮着一拉一扇的，十分好玩。

现在我们到其他古镇旅游时，可能见到过类似的水台，样子比老塘栖的要小巧精致一些，看起来也很古朴很传统。其实这些多半是再修的建筑，用些褐色涂料做做旧，作为水乡街景的点缀也恰到好处。而从前塘栖的水台并没有这样雅致，它很土也很简陋。那时，如果你站在水北街往水南看，就会发现这一大片水台是那么陈旧不堪，参差不齐。在20世纪50年代末，政府趁着公私合营和调整商业网点时，就逐步拆除了这些水台。我想这在当时可能是必要的，但从保存历史建筑的角度来看，却多少有些惋惜和遗憾。

到如今，塘栖水台的消失已有近五十年了，镇上除了老人们还稍有一点印象外，水台这个名词已经淡出了人们的记忆。在现有的资料中，似乎也缺少有关塘栖水台的记载和描述。

水台这一传统的历史建筑，曾经是塘栖古镇独特的街市风景，是水乡文化的一个时代标识，也是许多老塘栖人魂牵梦绕的故乡情结之一，这样宝贵的文化遗产是不能被遗忘和湮没的。现在政府大力提倡挖掘和保护历史文化遗产，这真是收集与整理水台历史资料的大好时机，我辈要抓住这个机遇，使古镇璀璨的历史文化能更好地继往开来，传承发展。

今天，水台的实物虽然已经消失，但是重温历史，我们仍然可以去追忆当年街市的风貌，再现古镇的廊檐、水台、米床的景象。

小镇记忆

朱黎晶[①]

我与老塘栖只匆匆见过一面，还来不及彼此了解，她已经消失在历史的长河。作为80年代出生的塘栖人，从此，只好在留有她痕迹的文字里，与她熟识的长辈口中，或是想她的梦里，完整她的形象。

◎ 情系摆渡船

从前的小镇是出了名的水多，在密布的河网中，最有名的当数穿镇而过的京杭大运河。它将小镇分成了水南和水北。有时会想，如果没有古人不遗余力的挖掘，小镇的南北至今应该仍连成一片吧。

旧时镇上有36爿半石桥，连接运河两岸的自然也是桥，那是一座俗称“长桥”的七孔石拱桥。也许是“长桥”太长，也许人类天生就爱走捷径，不知从何时起，运河里出现了一种方便的交通工具——摆渡

① 作者简介：朱黎晶，女，塘栖人。

船。它摇摇摆摆，穿梭于两岸间，为小镇居民出行服务。应运而生的是“东摆渡”和“西摆渡”两个渡口，一般都是哪里方便就在哪里等船。

小时候曾住水北新桥湾，常常被母亲牵着小手去坐船。记忆中的摆渡船有顶棚、两边还有长凳。虽然路程不远，却也设施齐全，保证人们不被风吹雨淋，也有地方小憩。坐船不是免费的，费用大概是每人一分。上船时你就要准备好硬币，就和现在坐公交车一样，而且船上也有“投币箱”，是一只自制毛竹筒。艄公是位老汉，仿佛还是瘸了腿的，每每见到他，我幼小的心灵总不免产生几分同情。听着艄公有节奏的摇橹声，看着运河水泛起的层层波浪，感受着船在浅浅波涛中的运动，这一切都留在我记忆的深处。

“十年修得同船渡”，许仙和白娘子当年就是这种缘分。想想看，曾经我和多少人共渡过一条船呐，想必大家为此前世起码修了十年。当年是否有人因共渡一条船而结下姻缘？如此，可真够浪漫的啊。

悠悠渡船，引人遐想，不过小船并非每次都一帆风顺，翻船事件屡有发生。一旦面临这样的危险，识水性的人往往就成了救星。我的父亲就曾做过一次救星。80年代的某天，父亲乘坐的摆渡船被浪头打翻了，一船人扑通扑通都落了水。父亲从小在河里摸鱼摸虾摸螺蛳长大，水性好，自己游上岸一点问题也没有。可这时他却发现一个小男孩正在一旁扑腾着双臂求救，于是他不顾一切地游了过去，奋力把孩子拖上了岸。男孩没什么大碍，但脸上的惊恐并没有消退，因为他的妈妈还在水中。见状，父亲二话不说又一头扎进了水里，最后终于把孩子的母亲也救上了岸。这次见义勇为让父亲那块舶来品电子表提早退休，不过却换来了感谢与荣誉。被救母子连声表示谢意；当年的杭州日报也对此事进行了报道，父亲的大名被印成铅字，传到了杭州各地。如果那时电视媒体像现在这般发达，说不定他真要成名人了。不过，父亲是个实在人，做事从来就凭着良心，不计回报。也对，都是一条船上的人，怎能见死不救？

大约90年代末，运河里的摆渡船销声匿迹了。仔细一想，36爿半石桥都已悉数不见，更何况是这两条小船呢？只怪后来人无福，少了“十年修得同船渡”的那一份遐想。

◎ 回首老弄堂

戴望舒有诗：撑着油纸伞，独自彷徨在悠长、悠长又寂寥的雨巷。小镇虽然曾有72条半弄堂，但《雨巷》中的描写在这里并不全然适用。小镇的弄堂不同于别处，它交错纵横，上方大都被遮盖，让油纸伞没了用武之地。由于藏在深宅之间，从街市上往里望，隐约见到的是黑乎乎的一溜。

走在伸手难见五指的老弄，仅靠出口微弱的光亮引路。两壁间偶尔也会露出一丝光线，因为后面正是别人家的天井。常有好事者，爱朝细缝里张望，试图窥探他人的生活。有时头顶的楼板还会发出"咚咚咚咚"的脚步声，原来那上面也有人居住。弄堂很窄，擦肩的瞬间，是一种奇妙的感受。

弄堂内没有阳光，却有阵阵凉风（俗称"弄堂风"），独特的构造让它成了避暑圣地。夏日的午后，吃完饭，老老少少就搬着竹椅、木凳、竹榻板，拿着蒲扇、纸扇，来到弄堂里。邻舍们碰头总是亲切地寒暄：饭吃过啦？摇摇蒲扇，拉拉家常，乘乘风凉，谈笑声能顺着弄堂一直传到大街上。

弄堂是阴凉的，但同时这种阴凉也给它增添了一层神秘色彩。弄堂黑，何止走在里面，即使在熙熙攘攘的街上，经过弄堂口，胆小者都会不自觉地加快脚步。尤其是夜里，虽然弄堂两旁放有一盏盏油灯照明，但那种诡秘的气氛依然不减。久而久之，一个个恐怖传说流传开来。在母亲所住的沈家弄，孩子们天天嚷嚷着的是一个有关"大手"的故事。据说大手藏在黑暗深处，趁人不注意就会从墙壁中伸出来，一把将小孩抓走。于是常有这样的场景：孩子们结伴走着，突然一个调皮的小家伙高喊：大手来了！抓大手啊！大家便应声飞奔逃窜。

恐怖故事毕竟是故弄玄虚，母亲邻舍阿欢的一次经历相比之下更加惊险。某天夜里，阿欢上夜班回家，正走在沈家弄内，分明感觉身后有人在拍打自己。回头一看，一个陌生男子正朝她做鬼脸。这可把阿欢吓坏了，拔腿就往家里跑，门关紧后心里还是鼓声不断。同样心慌的还有日本鬼子，听说当年这帮侵略者来到小镇，愣是不敢进弄堂，怕到里面遭遇埋伏。

弄堂很长，又多拐弯，因此很难一眼看到底。这种“未卜的前途”容易让人失去安全感。小时候，母亲拉着我逛街，半道上常常喜欢穿弄堂。我起初不太情愿，好好的大道不走，为何要走小路？走后才知道，弄堂里没有车水马龙，熟悉路的人东拐西拐还能走出捷径来，每次出弄时都有惊喜，呀！原来已经到了这里！

如今，镇上的弄堂已经为数不多，只有市新街上的三条平行小弄依稀留着当年的影子。上街时，我们没了别的选择，只能走所谓光明大道了：晴天，阳光暴晒；雨天，雨水淋湿。没了擦肩而过的暧昧，没了黑暗深处的欢笑，没了阴森恐怖的故事，没了前途未卜的不安，没了的东西何其多。

青石脆响，古弄悠长，那高墙深处曾住着世代人家，那铁门背后曾锁着千秋故事，而现在，一切都化为了乌有，惟独剩下了历久弥新的记忆。

◎ 再见新桥湾

顶着一路的尘灰，隔着20年的光阴，我要去寻找久违的新桥湾。新桥湾是个被人遗忘的角落，小镇地图上找不到，乡人文字中查不到，但凭着梦中的记忆和尘土上的标签，我踏上了这条儿时的回家路。翻过里仁桥，走过塘栖镇最老的工业区块，下北新桥后再穿过邵家兜，然后沿运河一直朝西走。然而，除了泛黄的运河水和隔河的大纶丝厂厂门，我始终找不到旧家的丝毫痕迹，哪怕一砖半瓦，哪怕断壁颓垣。新桥湾在地球上彻底消失了……

记忆中的新桥湾位于水北街最东侧，京杭大运河的转角处。200来米长的范围里，居住着100多户人家。虽然地理位置偏远，区域面积也不大，但这里的房屋结构却是典型的“塘栖式”。面河而建，庭院深深，过街楼、美人靠、河埠头所有的元素都透着江南水乡的风情。

对于从小在新桥湾长大的居民来说，运河水是他们对这个世界最初的记忆。洗衣、淘米、挑水，那是生活；游泳、抓鱼、打水漂，那是游戏；而观看穿行河上的船只则是一种特权。京杭大运河作为沟通南北的交通大动脉，历史上曾起到过“半天下之财赋，悉由此路而进”的巨大作用。90年代以前，运河塘栖段的水上航运仍然十分兴盛，客轮、货轮、机动船、手划船，无不是家门口的风景。

在大大小小的船只中，两层高的“苏班”堪称“明星”。每当它驶过新桥湾时，都会引来格外关注。一时间，弄堂里、阁楼上、厅堂中的人们纷纷现身，伴随着悠长深远的鸣笛声，他们指指点点，说说笑笑。在生活依然单调的80年代，“苏班”的到来足以成为人们一天的谈资。

此外，手划船也是新桥湾的常客，为大家运来大米、番薯、鲜鱼等农产品。这些小船多数来自德清、塘北一带，目的地是镇上的农贸市场。活泛的农民一路叫卖，有时索性就把船停靠在河埠头做起了顺路生意。遇到“送货上门”这样的好事，讲究实惠的人们自然不会放过。东家唤西家，你挑一点我拣一点，一度形成“抢购狂潮”。

相比单枪匹马的船只，最让人兴奋的还是长长的船队。十来条大船首尾相连，每条大船上都满载货物，一路浩浩荡荡，壮观极了。团结自然就是力量，但运河转角处航道狭窄，若想顺利“过关”离不开齐心协力。“撑篙，撑篙”，只听领头的船老大一声令下，十来个壮汉便都铆足了劲，齐刷刷地撑起了篙。

偶尔也有不识趣的机动船，仗着船小灵敏，到了弯口不减速。水浪便如潮水般汹涌而来，疯狂拍打着河岸。对此，脾气暴躁点的邻舍就会狠狠骂上几句，作为抗议和发泄。当不幸发生撞船或是交通堵塞时，岸上的人们总抱怨航道不够大，可幼小的我却想，如果航道变大了，我们的家不就没有了吗？

90年代初，政府决定将运河航道进行拓宽，新桥湾的100多户人家都成为拆迁户，搬进了新房。随着时代的发展，水陆交通逐渐被陆路交通所取代。几年前，为了加大对广济桥的保护，运河塘栖镇区段开始禁航，昔日船运的繁忙景象已经不再。

新桥湾是一段历史，她记录着运河的过往，也记录着我的童年。

奶娘

沈玲芳[1]

“寻着了，寻着了！”我一跨进家门激动地喊。“是不是奶娘寻着了？”丈夫急切地问，“是的，是的，她还健在！”

我出生在新中国刚成立的年代，刚解放的中国老百姓仍旧是吃了上顿没下顿，生活非常困苦。我家在水北街广济桥东“春米坊”（碾米厂）隔壁，父亲在水北街后面的大河坝种着二分瘠地，一年到头脸朝黄土背朝天地辛勤劳作，盼望着能有个好收成。母亲在米厂门口摆个小杂货摊，说说是个摊，其实是一张一米多长，五六十厘米宽的桌子，上面放着三四个玻璃糖罐，里面装着五颜六色各种颗粒水果糖、棒棒糖。我从小懂事，从不随便拿来吃，只有经过大人同意才吃一颗。桌子的中间放着几包香烟，几盒洋火柴，它的主要供应者是那些为米厂劳作的搬运工人。他们把大米或砻糠从米厂一袋袋（有200斤吧）背到停在运河边的大船上，或从大船上把一袋袋稻谷背到米厂里。他们很辛苦，只有在歇脚时坐在石阶上抽上一支烟，喝上一口水，算是一种享受吧。桌子的另一边放的是几条船牌洗衣皂，几刀毛草纸。就是这么个简陋的小杂货

① 作者简介：沈玲芳，女，塘栖人，塘栖第一小学高级教师（已退休）。

摊，勉强维持生计。

母亲在有我前曾生有一女，孩子五岁那年，因出麻疹发高烧死了。生我时，又因右侧乳房生疮开刀，没有奶水。父母的心情可想而知，他们生怕再失去一个孩子。出生刚十来天的新生婴儿嗷嗷待哺，急啊，暂且只能用饭米水、粥引汤充饥。当时的中国还没有自己生产的奶粉，哪买得起外国人的洋奶粉。愁煞我父母亲。

运河对面（现水南街）有家麦麸店（就是麦子和麸皮），店主是獐山永泰人。父亲去他店里买麸皮（那时老百姓当口粮）说起家中的小毛头的事，店主听了蛮同情也很热心，答应帮忙找一找奶娘。

我的奶娘獐山永泰人，叫阿南，当年二十七岁，育有一子叫金松，已七岁；生第二胎时，婴儿出生才几天，不幸夭折，民间叫“六朝五更擒”（就是出生才五六天就夭折了）。奶娘来到我家，母亲一看非常称心：眉清目秀、身材修长、大眼睛、长睫毛、高鼻梁、薄嘴唇，头发乌亮，脑后梳着一个不高不低的发髻，皮肤微黑红润，浑身透出健康的美。那时女性的美，真是原汁原味原生态的美。街坊邻居无一不夸赞我的母亲有眼力，怎么会访到如此齐整的奶娘。说孩子有福气，日后吃了她的奶肯定会和她一样漂亮。奶娘抱过襁褓中饿得哭闹的小毛头，就给孩子喂起奶来。“有奶便是娘”，这句话名副其实。从今后，奶娘每天把我抱在手上，搂在怀中，睡在她特别温暖、特别香甜的胳肢窝里。奶娘的胳膊是慈爱构成的，孩子睡在里面怎能不香甜呢！从此后，婴儿原先又干又黄的小脸渐渐地泛出了红晕，小脸蛋一天比一天圆润、粉嫩。父母亲感到无比欣慰，觉得运气好，碰到个好奶娘。

在一个风雨交加的夜晚，奶娘发现小女孩额头滚烫、嘴唇干红，“不好，病了，难怪白天吃奶不香！”“不行，得赶紧去卫生院看医生。”母亲望着窗外，街上路灯昏暗，没有行人，瓢泼大雨没有停息的意思，“只有等天亮一点了，雨小一点再去吧，可怕的是撑着雨伞在狂风暴雨中上广济桥危险。”奶娘决心已定，抱起孩子即要动身。她用散发着奶香的衣襟裹着小女孩，撑着一把大油布伞和母亲直奔卫生院。母亲经常唠叨：“奶娘只是没把你装在肚子里带十个月而已。”母亲的这句话是对奶娘的赞赏、肯定。我一直记在心里。

光阴匆匆三年过，小女孩牙牙学语，独立开步，奶娘却要离开我家，她含泪吻别小女孩，恋恋不舍向门外走去，母亲手上的小女孩这才恍然大悟，她不顾一切，赤脚下地拉着母亲一直追到了广济桥上，撕心裂肺扑向奶娘，就此情景，母亲不知有多少次深情地给我讲述“奶娘含泪看着母亲，一手抱着孩子，另一手拉着母亲的手。眼前的东家，心里善良、真诚待己如亲姐妹，除了每月有两升米的工钱，只要家中有什么困难，有什么病痛，东家都毫不犹豫尽力帮助，家中的儿子尚小，到塘栖来住上十天半月，东家从不计较，毕竟东家也不是富裕人家。东家难得给自己做件新衣服也不忘给奶娘也添一件……奶娘再看看手中的孩子，割舍不下，重又折返我家。”写到此，我喉咙哽咽，泪水止不住流下。第二天，天刚蒙蒙亮，奶娘再次吻别梦中的小女孩，悄悄离开我的家，母亲依依不舍送奶娘到广济桥堍下。等小女孩醒来发现奶娘不知道去向，哭着喊着到门背后，楼梯下，甚至鸡窝里寻找奶娘。

小女孩的童年是幸福、快乐的。每逢暑假奶娘都会叫丈夫（我叫他干爹）摇着小木船从獐山到塘栖来接我这小姑娘，“咕噹，咕噹”的划桨声至今还荡漾在我美好的回忆里。在乡下，我结识了两小伙伴法琴、秀琴，我跟着她们在草地上一起割羊草、采野花，唱啊、跳啊，追逐嬉闹。到小池塘里摸螺蛳，抓鱼虾……开心极了。这种快乐城镇孩子是难以享受得到的，真是回味无穷。晚上，我仍睡在奶娘温暖的胳肢窝里，她摇着大蒲扇，哼着我听不懂的小曲，催我进入甜美的梦乡。

人上了年纪，就是忆旧。孩提时的往事，活像电视剧里的影子，一幕幕掠过眼前。魂牵梦绕着我的就是对奶娘的思念。记得我初中毕业那年，正投入中考的复习阶段，不料，史无前例的“文化大革命”开始，想继续读书的愿望被破灭。1968年12月份，毛泽东发出最新指示，“知识青年到农村去，接受贫下中农再教育”。不管是独子还是家庭困难的一刀切全部下到农村去锻炼。我当时想去獐山，可常见见奶娘，岂料奶娘托人捎来口信，叫我不要去獐山，她不愿我去受苦，因獐山是属于塘栖地区较穷、较苦、较远、交通又不便的地方。我听从奶娘的嘱咐，去了塘南公社；后来进入杭州师范学校重拾我的读书梦想，毕业后从事教育工作。虽然这辈子未干出惊天动地的业绩，但勤勤恳恳为党的教育事业做着应有的贡献。有一年，我们班上来了位学生，他的爸爸在獐山镇政府工作，我觉得打探奶娘的机会来了，等他来接孩子时，我就把奶娘的情况一一向他述说。他看我迫切的样子，笑着说："一定帮你找到。"几天后，好消息来了，"你奶娘健在，和儿子住在一起。"我连忙拜托他把奶娘儿子的电话要来。下班后，连晚饭都不急着烧，先打电话要紧，电话那头是奶娘儿子接的，说奶娘出去串门还未回家，并说身体很健康，叫我放心好了。我听了，真的很高兴，真的很放心。不知不觉我进入退休行列，寻找奶娘的心思缠绕着我，只要有熟人去獐山，或丈夫去獐山搞活动、会朋友（他爱好书画、摄影）甚至我也跟他一起去过，总不忘打听奶娘的信息，毕竟年代久远，年纪稍轻的根本不知道（原先奶娘儿子家的电话也早已停机）。怎么办？我心中惆怅。近日，老年大学来了位新学员，是獐山永泰人，我迫不及待地向他打听我奶娘的情况，巧的是，奶娘居然和他是自家门里的亲戚，"巧极、好极了！"我兴奋地跟孩子似地蹦起来，终于有奶娘的消息了。马上决定明天就去看望我日夜思念的奶娘。晚上翻来覆去难以入眠，天不亮就催促丈夫早点出门，恨不得插翅飞到奶娘身旁。

如今不比老早，塘栖到獐山永泰只有靠划小木船出行，现已开通了公交车，方便了。下了车，我不停地向路人打听去我奶娘家的路线，越来越近了，"喏！58号，到了到了！"丈夫指着门牌号对我说，我的心"呯呯"跳个不停，心想，奶娘还认识我吗，还叫得出我名吗？会不会弄错呀？不觉来到一幢三层洋楼前，我放慢脚步寻思着："应该是这屋吧。"只见堂屋内站着一位面带笑容的老太太，她上身穿着一件淡蓝色棉布大襟衫，胳肢窝下的衣襟扣上夹着一块淡蓝色格子的手绢，下身穿一条黑色的棉布裤子，脚上穿着一双天蓝色的塑料拖鞋，从她的着装可以看出这位老人很干净，利落。见有人来，招呼道："你们是哪里来的？""塘栖来的。"我走近老人仔细端详，她脑后梳着一个不高不低的发髻，脸上虽然布满了皱纹，但透过皱纹，仍旧能看得到她的清秀和我记忆中的模样，"像！像！"我连说两声。"噢，你是玲……阿芳，你来看我啦！”我急忙三步并两步跑到奶娘身边：“奶娘我想您啊！”我紧紧地把奶娘搂在怀里，千言万语，万语千言汇入娘俩的泪水中。

奶娘已九十一岁高龄，身板硬朗、干净整洁、行动灵活，全没一点儿笨拙和迟缓。招呼我们落座后，拿出茶盅，斟上她亲自烘制的烘青豆茶。她抿了一口茶，慢慢平息激动的情绪，讲述着我小时候的乖巧、调皮。仿佛我又回到了孩童时期，快乐、幸福，充盈着我们彼此的心田。她思维清晰，记性极好，“我记得我们已有三十多年未见面了。”“是的，那年我去塘栖卫生院看牙齿，看好后，再去你家的。”奶娘声音还是那么高亢、响亮。讲到高兴处，忘情地哈哈大笑，奶娘笑起来真好看，她脸上的皱纹不像其他老人那样盘根错节，她的皱纹跟画上画的那样的水波纹，一条条很整齐，笑起来就像一朵绽放的花儿。讲到动情时，老人默默地拿出手帕轻轻擦去脸上的泪花。“你的父母亲待我真好，他们自己吃腌菜汤，有点荤腥都给我吃，七岁的儿子跟娘在你家住上几日。你的父母亲从不计较，从不嫌弃，还给他吃糖。”言语中流露出对六十多年前东家对她的好的感激。是啊，我们的祖辈传承下来的就是纯朴、善良和真诚。茶过三盅，奶娘忽然站起来说：“我去买个西瓜来。”话音刚落，我们两人同时一愣，真不敢相信这是从九十多岁老人口里说出的话。连忙说：“不用，不用。”我拉着奶娘的手说：“西瓜是很重的，而且要到街上去买来回要走半个多钟头的路。”谁知她说：“我拎得动。”此话太使我感到意外了。想不到奶娘心态那么年轻自信，根本没把自己当成耄耋老人。后来，当我每次看到西瓜，吃着西瓜时，就会想起奶娘说的那两句话，我从心底里为奶娘高兴，愿她老人家跨越百岁。

奶娘性格直爽、开朗乐观，随和。有位心理学家说过，常笑的人往往更幸福，性格阳光之人更长寿。我对奶娘说：“您老人家肯定能超过一百岁。”她却说：“你吃我的奶，也会像我一样长寿。”看，奶娘的脑子反应多灵光啊。我拉着奶娘的手笑了。

奶娘生活在四世同堂的大家庭里，现住在儿孙们去年刚造的三层洋楼里。她的儿媳带我们参观了三层洋楼：一上楼梯映入眼帘的是用红漆木地板铺成和同色木头围成的护栏杆组成长方形的走马楼，感觉既宽敞又大气。北面是厨房和卫生间，走进南面是会客室和大餐厅。就像是进了大酒店，用“气派、豪华”来形容恰如其分。高档的沙发，桌椅，晶莹剔透的水晶吊灯，圆餐桌上铺着白色绣花桌布，中间摆着一只精美的花瓶，里面插着一束靓丽的鲜花，圆桌一圈静静地排放着十只沙发靠椅。四周墙上都用彩色花纹的壁纸装饰，落地窗配有时代气息的窗帘。奶娘儿媳说她儿子在华西村做装饰材料生意，“哦，怪不得如此时尚。”三楼是卧室，完全是五星级宾馆一样。穿过卧室到了南面阳台，推开落地窗，眼前一座近四米宽的水泥楼梯直通大门前，楼梯两旁装着铮亮的不锈钢扶手，我沿着楼梯缓缓走下，心中感慨万千，如今一代的农民，早已脱胎换骨，他们用勤劳创造财富，用智慧改变人生。奶娘已在门前等我。又进堂屋参观奶娘的房间，奶娘被安排在堂屋左面的一个房间里，也是套房，南面是奶娘的大木床，床上罩着透明的蚊帐，床上的被子叠得整整齐齐，柜头上放着彩电、电风扇，房间里面有个卫生间，足有五六平米，有洗衣机、淋浴房，设施齐全。我说：“奶娘，你这个小天地真不错。”奶娘说：“跟本来比我已经是蛮惬意了。”是的，知足才能长乐，长乐才能长寿。奶娘生活无忧，子孙们都很孝敬她老人家，家庭和睦，其乐融融，这就是她长寿的主要因素吧。她一生勤劳，进入老年还是照样闲不住，擦桌椅、收拾菜蔬，做些力所能及的事，自己的衣服偏要自己洗。在阳光明媚的天气，还喜欢到河埠头去洗涮。这真是健康是福、能干为荣，有多少人羡慕呢。

屋里来了左邻右舍七嘴八舌都夸我有良心，重情义，“没有奶娘，哪来我的长大，奶娘是娘啊。”我动情地说。隔壁邻居大姐告诉我说：“老太太经常念叨你，说不知这孩子怎样了？过得好不好？”大姐还说：“当年就是我爹作的介绍。”我连忙鞠躬致谢。“缘分啊！”奶娘高声地说。我忍不住再把奶娘搂在了怀里，许久，许久，不愿松开。

奶娘执意要送我们到路口，这天天气也特别好，阳光灿烂。奶娘用手掌搭在额前遮阳，目送我们渐渐远去，我一步一回头，再回头，见奶娘仍站在太阳底下，挥手示意，嘴里喃喃地说：“要来噢，要来噢。”这是奶娘对我的呼唤，这是奶娘对我的期盼。怎不叫我泪流满面。

六十多年前的往事已成为历史，但奶娘那慈母之爱心，舐犊之亲情却牢牢地镌刻在我的心中，今生今世难以忘怀。

奶娘，我会常去看您、陪您、孝敬您。

生命需要慰藉

曹月娇①

人类疾病的产生和变迁有深刻的历史社会背景，20世纪前半叶人类健康的主要威胁是传染性疾病和营养不良，后半叶是心脑血管疾病和肿瘤。而现在心理障碍悄无声息潜入我们身边，潜藏在人们内心角落。特别是正遭受各种疾病的患者，一般躯体疾病受到很好的照料，而内心心理精神疾病却往往被忽视。心理障碍毋庸置疑影响着21世纪人类健康。学者们一致认为人类将从“传染病时代”、“躯体疾病时代”进入“心理精神疾病时代”。

很长时间，就想为此写点什么，临床工作时间虽不久，但日日夜夜接触照顾长期被病痛折磨的人们，总觉得自己能力小。好多时候，好像无能为力，特别是恶性肿瘤晚期的患者，包括每日照顾他们的家人。每一个患者对我来说都是特别的，不管是活在人世还是已去天堂。他们每人都有自己的故事，对我也是一场刻骨铭心的记忆。

12床，老年女性，小细胞肺癌，疾病是我院支气管镜检查发现并明确诊断的。她是一位很坚强的老太太。在我国，往往只要是诊断出恶

① 作者简介：曹月娇，女，现供职于余杭区中医院。

性肿瘤，首先知情及决策人是家属。而她不同，她要求知情。接受病情是很难的，很多患者包括家属最难过的就是接受现实这一关。而她这个过程，从怀疑、悲伤到积极配合就几天时间。我在心里总称她“坚强的老太”。每次值班夜查房，总是会和她聊会。从疾病为什么会在个体身上发生到发现这个毛病该怎么办？答：“把它当成一个需与自己长期相伴的生存状态，虽然目前的医疗水平无法治愈癌症，但就如高血压、糖尿病此类的疾病也是终生不能一次性治愈的一样。我们把它当成一个持久战，从心理上轻视，治疗上重视它。”

为了积极配合，提高营养，吃素信佛三四十年她，听从了我们的意见，摄取高蛋白的鸡鱼肉蛋，体质明显好了很多。接受第一次口服化疗后，坚强的老太的口角出现大片的溃疡，连舌面都是裂口疮面；还有反复的呕吐，可这些对她来说都没什么，在积极治疗下各种药物的副反应慢慢地越来越轻。随着治疗一期期结束，复查肺部CT摄片上的肿块基本消失，这是最开心的日子，也是我们医师最欣慰的时刻。

好景总是觉得太短，恶性肿瘤的命运，始终决定了最终的结果。在家调养大半年的她，出现了阴道出血，去病检虽未发现转移的肿瘤细胞，但理论上还是考虑继发转移，疾病的扩散。对症处理，出血尚未止牢，又出现了肩背、右髋疼痛。剧痛折磨着坚强的老太，止痛片、吗啡针每天都成了家常便饭。为缓解老太的不适，我们想尽各种方法。最后主任的中药外贴止痛方，缓解了她的苦楚。可每日也要忍受中药敷在身上强烈的气味。她还劝同病室友一起积极治疗。疼痛进行着，上腔静脉综合征出现了，真是“你方唱罢我登场”！颜面浮肿、呼吸困难、恶液质……就这样坚强、一直坚持不放弃的老人被打垮了。快走到生命尽头的她很依赖我们，每个值班的晚上，都要被她叫起很多次，大部分的时候不需要特殊处理，只是到她身边听她诉说，然后或予安慰或予鼓励。主任常教导我们：“不管是病人或是家属态度如何，他们都是痛苦不堪的，所以一定要拿出百分之百的耐心；当你的医术杯水车薪的时候，你的态度和热心还可以提供帮助。”这些话我一直铭记于心，也将陪伴我终生的医学路。

老太太坚强的意志慢慢消磨殆尽，虽然通过药物的治疗，上腔静脉综合征有所缓解，疼痛也不似以前那样剧烈，可是老人的身体却如大厦轰然坍塌。生命体征很微弱，生命的蜡烛即将燃尽。看着病床上的老人我心里很难过，她坚强地熬过了多少痛苦的黑夜，可知即将黎明的时刻却要离开。此时我们也许是自我安慰，也是安慰家人：离去或许是对她更好的解脱，没有了疼痛，没有呼吸困难……孩子们在她昏睡的时候带她回家了。再也听不到坚强的老太太对我讲要战胜病魔；听不到她带着浑身的病痛安慰同病室友；听不到每天查房时她忍受各种不适给我们讲"我好多了"；看着空荡荡的床位，我的心也是空落落的。

每个人的生命仅有一次，仅有一次的生命很多人都很珍惜。特别是肿瘤晚期的患者，此时，他们对生活没有太高的要求，仅仅是希望活着，希望可以生活自理不带给周围人更多麻烦地活着，希望有尊严地活着。坚强的意志总能陪伴他们克服种种困难，抱着一丝希望为生活战斗，生命还在点燃。若一旦放弃，生命的终结可能就在下一刻，临床工作中碰到太多这样的实例。作为医生的我们，依旧在和病魔争夺着一个个鲜活的生命，当药石无可医时，我们就走进他们的心里，作为他们的精神支柱，给患者一点点希望，一点点活下去的动力，生命的烛光尚可发出点点的光芒，照亮你我！

水之北

沈雯[①]

这个地方和塘栖的水北同名。大概江南小镇会有很多类似的地名，在河之南，或者水之北，取了这样浅显直白的名字，除了标识出地理方位，便只剩浅白的人，凉薄的日子。

许多年前，太婆改嫁到了这里，这个唤作水北的小村子，四周河网密布，遍植桑树。这是她的第二段婚姻，她已经有了一个儿子，一个女儿，那唯一的女儿便是我的外婆，她那可怜的随后早逝的女儿。太婆嫁的男人姓沈，四里乡亲都尊称他沈师傅，因为他那特有的砌老虎灶的好手艺，在他之后，便近乎失传。沈师傅也已经有一个儿子，虽然不是太婆亲生，但依旧视太婆如生母。

这一家都是老实本分的农人。我的舅公，虽然和我没有直接的血缘，今日想起来，连他叫什么名字，我也从不曾得知。他没有自己的父亲能干，好像还喜欢赌些小钱，因为这点癖好不受家里人待见，每次他输了钱周转不开，便跑到镇上问我母亲借钱，随身背着的厚实麻袋里，总是装着刚从地里挖来的，给我的荸荠。母亲深知他本性纯良，因而每

① 作者简介：沈雯，女，塘栖人，现供职于《城乡导报》。

次舅公开口，她都有求必应。

有年冬天去太婆家，面容黝黑的舅公从里屋奔出来，他欢天喜地地把我高举到头顶，对我说："舅公带你去挖荸荠吃。"我站在他背后硕大的竹篓里出了村子，在一片布满黑泥的稻田边，舅公把我从竹篓里"放出来"，他在我看来毫无一物的泥地四下翻拣，不停把一个个又大又黑的荸荠扔给我。他走过来擦擦满手的泥，掰开一个最大的荸荠，那鲜白的肉"豁"地暴露在我的眼前，白得那么明晃刺眼，好像不属于当下的环境。这么多年过去，关于舅公的记忆只有这么一段，那个又白又胖的荸荠却在我脑中无数次出现。

后来得知他赌输了钱好几天没有回家，邻居派人回来通知的时候，他已经发了高烧神志不清，舅舅划着小船把他从邻村接了回来，那天下着漫天大雪，他便没有了。

我的舅婆于是守了寡。年轻时她是颇能干的，两条细长的麻花辫垂在背后，模样周正。每次去看到她在灶间生火，我总要凑上去试一试。把成捆的稻草折成一小段，抽出一根细的稻草缠在整捆的中间使它不至于散开。然后塞到灶里，看它噼啪烧起来。舅婆在灶的那一头煮饭，一边看我这心血来潮的爱好，一边连声说："够了够了，不要烧了，我的饭要焦掉了。"

乡间的美食颇多，随取随吃。10岁那年暑假住在太婆家，早上6点刚过便起床去后院的河埠头摸螺蛳。长长的青石板下面，螺蛳一摸一大把，皆是肥且大。舅婆站在河岸上看牢我，生怕我掉到河里去，但并不加阻止。摸完螺蛳又去桃树上采桃胶，一刻不得空闲，其实兴趣皆不在吃上，只是为了好玩。但只有一样是百吃不厌的，便是野菱角的根。天光静晓，舅婆划着小木船带我去湖里摸菱角，绿色的湖面上，三角形的菱角叶一簇一簇，清晰可见菱角的根在水面下晃悠，深不见底。回来切成小段，用姜丝和菜油炒出几大盆，菱角根吃油，唯用菜油方可。太婆总是边看我吃边念："这个城里头来的宁（人）要切（吃）各种东西。"

上个月舅婆过世了，年老患上了老年痴呆症，后来我去，她不再记得我。

10岁那个暑假对我来说意义颇大，除去不记事时太婆来家里照顾我，那是我唯一一段与她最亲近的日子。她中年失去女儿，只有我母亲一个外孙女拖在身边，一直到我出生，老太太只念这一条血脉。

有天晚上闷热难耐，我下楼去找水喝，昏暗的月光底下，太婆正站在天井里擦洗身子。她是真的衰老了，身上的每一寸皮肤都耷拉下来，干瘪下垂的乳房，布满青筋的双手，一头蓬乱的白发显在月光里。一瞬间我愣在原地不能说话。那是我第一次要求晚上和她一起睡，也是直到她去世的仅有一次。在她的房间里，她显得有些局促不安，生怕我睡得不舒服。她先是从箱子里摸出了一包不知什么时候别人送她的喜糖给我吃，继而睡在我旁边给我扇扇子。竹席的四角都破了，一不留意就会扎到手臂上，我不得不往床的中间靠，辗转反侧不能入睡。太婆好像睡着了，黑暗里她仰天躺着，没有穿上衣，另一只手上的蒲扇却一直没有停。我侧过头去看她，想要说话却不知道说些什么。那天她絮絮叨叨念了一晚上："怎么要跟我这个老太婆睡啊，囡囡，怎么要跟我睡。"

太婆走的时候87岁，人说那是一道坎。舅舅从年初便内心留意，好像暗示着某种预兆一般。一天晚上太婆去院子里喊猫回家，被青苔滑倒，摔断了腿，随后在梦中突然离世。那道坎，她没有迈过去。

那个小小的岛，遥遥相对着她生活了一辈子的村庄，被湖水与对岸隔开。那岛上，常年落满厚厚的樟树叶，那里有太公、舅公、太婆，如今又多了舅婆。直到今日，他们每人剩下的不过这青冢一堆，荒草一片。水北村里的很多河道都荒废了，很少有人家再用小木船，太婆家门前昔日我摸螺蛳抓小鱼的河塘，如今也已经被填上，成了水泥路。

而我所剩的，也只有这些只言片语而已。